16	3	2	13
5	10	11	8
9	6	7	12
4	15	14	1

Edith Nesbit

A FÊNIX E O TAPETE

Ilustrações de H. R. Millar
Tradução de Marcos Maffei

editora 34

EDITORA 34

Editora 34 Ltda.
Rua Hungria, 592 Jardim Europa CEP 01455-000
São Paulo - SP Brasil Tel/Fax (11) 3811-6777 www.editora34.com.br

Copyright © Editora 34 Ltda., 2023
Tradução © Marcos Maffei, 2023

A FOTOCÓPIA DE QUALQUER FOLHA DESTE LIVRO É ILEGAL E CONFIGURA UMA APROPRIAÇÃO INDEVIDA DOS DIREITOS INTELECTUAIS E PATRIMONIAIS DO AUTOR.

Capa, projeto gráfico e editoração eletrônica:
Franciosi & Malta Produção Gráfica

Ilustrações:
H. R. Millar

Tratamento das imagens:
Cynthia Cruttenden

Revisão:
Nina Schipper, Alberto Martins, Beatriz de Freitas Moreira

1ª Edição - 2023

CIP - Brasil. Catalogação-na-Fonte
(Sindicato Nacional dos Editores de Livros, RJ, Brasil)

Nesbit, Edith, 1858-1924
N435f   A fênix e o tapete / Edith Nesbit;
ilustrações de H. R. Millar; tradução de Marcos Maffei
— São Paulo: Editora 34, 2023 (1ª Edição).
336 p.   (Coleção Infanto-Juvenil)

ISBN 978-65-5525-149-4

Tradução de: The Phoenix and the Carpet

1. Literatura infanto-juvenil - Inglaterra.
I. Millar, H. R. (1869-1940). II. Maffei, Marcos.
III. Título. IV. Série.

CDD - 828

A FÊNIX
E O TAPETE

Nota dos editores.. 7

1. O ovo 13
2. A torre sem teto 43
3. A cozinheira rainha.. 73
4. Dois bazares 103
5. O templo 133
6. Fazendo o bem.. 163
7. Miados da Pérsia... 187
8. Os gatos, a vaca e o ladrão............................... 211
9. A noiva do ladrão 233
10. O buraco no tapete.. 257
11. O começo do fim 281
12. O fim do fim 303

Notas para a leitura 327

Sobre a autora... 331
Sobre o ilustrador.. 334
Sobre o tradutor.. 335

NOTA DOS EDITORES

Edith Nesbit escreveu este livro na Inglaterra, em 1904, como uma sequência de *Cinco crianças e um segredo*, publicado dois anos antes. Considerada uma das pioneiras da moderna narrativa fantástica para crianças, é natural que ela faça referências a coisas, pessoas, lugares e acontecimentos que são estranhos ao leitor de hoje.

Ao invés de suprimir essas informações, o que tornaria o livro mais pobre, o tradutor e os editores optaram por colocar no final do volume uma lista de notas que traz, além de curiosidades, informações úteis à leitura.

Por isso, não se desespere quando, por exemplo, encontrar personagens deste livro falando em *shillings*, *pennies* e soberanos. Você vai ver que, muitas vezes, eles mesmos se atrapalham com as moedas e se metem em boas encrencas por causa disso. Assim, sempre que encontrar uma palavra ou expressão acompanhada de indicação de nota, vá até as últimas páginas do livro e procure a explicação desejada.

A FÊNIX
E O TAPETE

para o meu querido afilhado Hubert Griffith
e sua irmã Margaret

Caro Hubert, se um dia eu encontrar
Um tapete mágico por aí a sobrar,
Só um desejo farei, na mesma hora:
"Leve-me ao Hubert, sem demora!"
E para longe ele nos transportaria,
Aonde as terras são cheias de magia,
Às que de outro jeito não se chegaria,
E lá, dos presentes, os melhores eu escolheria.

Mas ufa! que coisa! e que desgraça,
Nenhum tapete mágico por mim passa,
Com a Fênix ainda nunca me encontrei,
E que Psamiendes são mais difíceis, já sei;
De modo que é pouco afinal o seu presente —
Só este livro, seu livro e meu, e justamente
Também dela, cujo nome vem depois do seu:
Margaret, dela é este livro, como seu e meu!

Edith Nesbit
Dymchurch, setembro de 1904

1.
O OVO

Tudo começou no dia em que era quase 5 de novembro, e uma pulga surgiu atrás de alguma orelha — uma das orelhas de Robert, imagino — quanto à qualidade dos fogos de artifício para a comemoração do dia de Guy Fawkes.[1]

— Eles foram muito baratos — disse quem quer que tenha sido, e eu acho que foi o Robert. — E se eles não funcionarem na noite do dia 5? Daí aqueles garotos Prosser vão ter algo do que rir.

— Os que *eu* comprei estão bons — Jane disse. — Sei que estão, porque o homem da loja disse que eles valiam o *tripro* do dinheiro...

— Tenho certeza de que *tripro* não é uma palavra lá muito certa — Anthea disse.

— Claro que não — disse Cyril. — Lá muito certas são só as palavras de quem, antes de abrir a boca, abre o dicionário, para dar uma de inteligente.

Anthea se pôs a remexer nas gavetas de sua cabeça em busca de uma resposta bem desagradável, quando se lembrou do quanto não parara de chover naquele dia, e de como os meninos tinham se desapontado por terem ficado sem o passeio de ida e volta ao centro de Londres no andar de cima do bonde, que a mãe deles prometera como recompensa por não terem nem uma vez esquecido, por seis dias seguidos, de limpar as botas no capacho ao voltar da escola.

Assim, tudo o que Anthea disse foi:

— Não banque o inteligente você também, Esquilo.[2] E os fogos de artifício parecem ser bons, e vocês ficaram com os oito *pences*[3] que não usaram hoje na passagem do bonde para comprar mais. Deve dar para comprar uma roda de fogo perfeitamente boa por oito *pences*.

— Imagino que sim — disse Cyril, friamente. — Mas como não são *seus*, esses oito *pences*...

— Mas falando sério, mesmo — disse Robert —, quanto aos fogos de artifício. Não queremos passar vergonha na frente dessas crianças vizinhas. Elas acham que são melhores do que todo mundo só porque usam roupas vermelhas e aveludadas aos domingos.

— Eu de qualquer jeito jamais usaria uma roupa de veludo mesmo; a menos que ela fosse preta, e para ser decapitada, se eu fosse Maria, a rainha da Escócia[4] — disse Anthea, com desdém.

Robert insistiu nesse ponto, teimoso. Um aspecto notável de Robert era a teimosia com que persistia em suas opiniões.

— Eu acho que devíamos testá-los — ele disse.

— Ô, jovem pateta... — disse Cyril. — Fogos de artifício são como selos de correio. Só se pode usar uma vez.

— E o que você acha que quer dizer "Carter — Sementes Testadas", naquele anúncio?

Houve um silêncio perplexo. Então Cyril pôs o dedo na testa e balançou a cabeça.

— Meio ruim aqui — disse. — Sempre temi que fosse esse o caso do coitado do Robert. Toda essa inteligência, sabe, e ser o primeiro em álgebra tantas vezes, só poderia querer dizer que...

— Cale a boca — disse Robert, furioso. — Vocês não entendem? Claro que não dá para *testar* sementes se você fizer isso com *todas*. Você apenas pega um pouco delas aqui e ali, e se daí essas crescerem você pode ter bastante certeza de que as outras estarão... Como se diz mesmo? O pai me falou... "à altura da amostra". Vocês não acham que devíamos testar uma amostra dos fogos de artifício? Fechem os olhos, cada um pega um, e daí a gente experimenta e vê se funciona.

— Mas está caindo um toró — disse Jane.

— E daí? — retrucou Robert. Ninguém estava de muito bom humor. — Não precisamos sair para fazer isso; basta afastar a mesa, e aí acendemos os fogos na velha bandeja de chá que usamos de trenó. Eu não sei o que *vocês* acham, mas *eu* acho que já está mais do que na hora de a gente fazer alguma coisa, e essa seria bem útil; porque daí a gente não só iria *esperar* que os fogos de artifício fizessem aqueles garotos Prosser calar a boca; a gente iria saber.

— Bom, até seria alguma coisa para se fazer — Cyril admitiu, com uma desanimada aprovação.

Assim, a mesa foi afastada. E então o buraco no tapete, que tinha ficado perto da janela até o tapete ser girado, apareceu de forma evidente. Mas Anthea esgueirou-se na ponta dos pés até a cozinha, pegou a bandeja quando a cozinheira não estava olhando, e a trouxe e a colocou sobre o buraco.

Então todos os fogos de artifício foram postos sobre a mesa, e cada uma das quatro crianças fechou os olhos bem apertado e estendeu a mão para pegar alguma coisa. Robert pegou uma bombinha; Cyril e Anthea, chuvas de prata; mas a mãozinha gorducha de Jane se fechou na joia da coleção inteira, o *Jack-in-the-box* que custara dois *shillings*, e ao menos um dos quatro — não vou dizer qual, porque em seguida se arrependeu — declarou que Jane fizera de propósito. Ninguém gostou disso. Porque o pior era que essas quatro crianças, com uma aversão muito respeitável a qualquer coisa que cheirasse mesmo que de leve a trapaça, tinham uma lei, inalterável como as dos persas e medos,[5] segundo a qual se devia acatar os resultados de um cara ou coroa, ou de um jogo do palitinho, ou de qualquer outro recurso ao acaso, por mais que se pudesse não gostar do jeito que as coisas tinham saído.

— Eu não queria fazer isso — disse Jane, quase chorando. — Não me importo, vou tirar outro...

— Você sabe muito bem que não pode — disse Cyril, amargo. — Está decidido. É medo e persa. Você tirou esse, e tem de acatar isso, e nós também, para azar nosso. Não se preocupe. *Você* vai ganhar a sua mesada antes do dia 5. E, de qualquer modo, vamos deixar o *Jack-in-the-box* por último, e aproveitaremos o máximo que pudermos.

Todas as mãos se precipitaram no salvamento, e o fogo de parafina se tornara apenas uma trouxa de tapete engruvinhado, quando subitamente um barulho forte sob os pés deles fez os bombeiros amadores recuarem. Outra explosão — o tapete se mexia como se tivesse um gato embrulhado nele; o *Jack-in-the-box* enfim se dignara a acender, e estava ardendo com uma violência desesperada dentro do tapete.

Robert, com o ar de alguém que fazia a única coisa que se podia fazer, correu até a janela e a abriu. Anthea berrou, Jane prorrompeu em lágrimas, e Cyril virou a mesa de cabeça para baixo em cima da trouxa de tapete. Mas o fogo de artifício continuou, explodindo e estalando e soltando fagulhas mesmo debaixo da mesa.

No instante seguinte a mãe deles irrompeu na sala, atraída pelos berros de Anthea, e em poucos momentos o fogo de artifício cedeu e houve um silêncio mortal, e as crianças ficaram paradas olhando para os rostos enegrecidos umas das outras e, com o canto dos olhos, para o rosto pálido da mãe delas.

O fato de que o tapete da salinha das crianças ficara arruinado causou bem pouca surpresa, e tampouco alguém ficou realmente atônito de que a cama tenha se revelado o fim imediato daquela aventura. Dizem que todos os caminhos levam a Roma; pode até ser verdade, mas em todo caso, quando se é bem jovem, tenho certeza absoluta de que muitos caminhos levam à cama, e lá ficam — ou você fica.

O resto dos fogos de artifício foi confiscado, e a mãe não gostou nem um pouco quando o pai os acendeu no jardim dos fundos, embora ele tenha dito:

— Ora, que outro jeito haveria para se livrar deles, querida?

Veja, o pai esquecera que as crianças estavam de castigo, e que as janelas dos quartos delas davam para os fundos. E assim todas viram os fogos de artifício maravilhosamente, e admiraram a habilidade do pai com eles.

No dia seguinte tudo estava esquecido e perdoado; só que a salinha das crianças teve de passar por uma séria faxina (como a da primavera), e o teto teve de ser caiado.

E a mãe saiu; e bem na hora do chá no dia seguinte um homem veio com um tapete enrolado, o pai o pagou, e a mãe disse:

— Se o tapete não estiver em bom estado, eu espero que o senhor o troque.

E o homem respondeu:

— Não tem nem um fiapinho solto em lugar nenhum, madame. É uma pechincha como nunca se viu; e até meio que me arrependi de ter vendido por um preço tão baixo, mas é impossível resistir às damas, não é, senhor? — e piscou para o pai e foi embora.

O tapete foi então colocado na salinha das crianças, e realmente não tinha buraco em parte alguma.

Quando a última volta foi desfeita, algo duro fez barulho ao cair e rolar pelo chão da sala. Todas as crianças se lançaram em busca dele, e Cyril o pegou. Ele o levou até a luz. Tinha a forma de um ovo, muito amarelo e brilhante, meio transparente, e com uma espécie esquisita de brilho que mudava conforme era segurado. Era como se fosse um ovo com uma gema de fogo pálido que aparecia de leve através da casca.

— Posso ficar com ele, não posso, mãe? — Cyril perguntou.

E claro que a mãe disse não; tinham de levá-lo de volta ao homem que trouxera o tapete, porque ela tinha pago só por um tapete, e não por um ovo de pedra com uma gema fogosa.

Ela então lhes disse onde ficava a loja, e era na Kentish Town Road, não muito longe de um hotel chamado Bull and Gate. Era uma lojinha apertada, e o homem estava arrumando móveis do lado de fora muito astuciosamente, de modo que as partes mais quebradas ficassem o menos possível à vista. E assim que viu as crianças soube quem eram, e começou imediatamente, sem nem deixar que falassem.

— Não, senhor; não, senhor — ele exclamou alto. — Eu não aceito devolução de tapetes, de modo que nem tentem me convencer. Uma pechincha é uma pechincha, e o tapete está inteirinho perfeito.

— Não queremos devolvê-lo — disse Cyril. — É só que achamos uma coisa nele.

— Deve ter entrado na casa de vocês, então — disse o homem, com indignada prontidão. — Porque não tem nada nas coisas que eu vendo. Vai tudo limpo como um brinco.

— Eu nem falei que não estava *limpo* — Cyril disse. — Mas...

— Ah, se são traças... — disse o homem — isso se resolve fácil com bórax. Mas suponho que tenha sido só uma, perdida. Estou lhes dizendo que o tapete estava bom de uma ponta à outra. Não tinha traça nenhuma quando saiu das minhas mãos; nem mesmo um único ovo.

— Mas é exatamente isso — interrompeu Jane. — *Tinha* mesmo um único ovo.

O homem meio que avançou na direção das crianças e bateu o pé.

— Fora daqui, já! — ele gritou. — Ou eu chamo a polícia. Era só o que me faltava, os fregueses ouvindo vocês vindo aqui me acusar por terem achado coisas nas mercadorias que vendo. Caiam fora, antes que eu os expulse com puxões nas orelhas. Ei! Guarda...

As crianças fugiram, e acham, e o pai delas acha, que não podiam ter feito outra coisa. A mãe tem a sua própria opinião.

Mas o pai disse que podiam ficar com o ovo.

— O homem com certeza não sabia que o ovo estava no tapete quando o trouxe — disse ele —, assim como a mãe de vocês não sabia, e temos tanto direito ao ovo quanto ele.

Assim, o ovo foi posto em cima da lareira, onde até que enfeitou bem a salinha mal iluminada das crianças. A salinha era mal iluminada porque ficava no porão, e suas janelas davam para um canteiro cheio de pedras no chão de um corredor. Nada crescia ali, a não ser erva quebra-pedra e caracóis.

A salinha tinha sido descrita pela corretora de imóveis como uma "conveniente sala no porão para o café da manhã", mas durante o dia era um tanto escura. Não importava muito de noite quando as lâmpadas a gás estavam acesas, só que era de noite que os besourinhos ficavam muito sociáveis, e costumavam sair dos armários baixos dos dois lados da lareira, onde moravam, e tentavam fazer amizade com as crianças. Ou ao menos, acho que era isso que queriam, mas as crianças não estavam nem aí para eles.

No 5 de novembro o pai e a mãe foram ao teatro, e as crianças não estavam felizes, porque os Prossers da casa vizinha tinham montes de fogos de artifício, e elas, nem um único.

Nem mesmo deixaram que elas fizessem uma fogueira no jardim.

— Chega de brincar com fogo, já brincaram bastante — foi a resposta do pai, quando pediram.

Quando o bebê foi posto para dormir, as crianças se sentaram tristonhas em volta do fogo na salinha.

— Estou morrendo de tédio — disse Robert.

— Vamos falar sobre o Psamiende[7] — disse Anthea, que em geral tentava dar às conversas alguma animação.

— Qual a graça de ficar *falando*? — disse Cyril. — O que eu quero é que alguma coisa aconteça. É terrivelmente monótono para um garoto não o deixarem sair lá fora à noite. Simplesmente não há nada para fazer depois de se livrar das tarefas.

Jane terminou a última de suas lições de casa e fechou o livro, batendo a capa com força.

— Temos o prazer das lembranças — disse ela. — Pensem só como foram as últimas férias.

As últimas férias, de fato, davam muito no que pensar — pois tinham sido passadas no campo, numa casa branca que ficava entre um areal e uma pedreira, e coisas tinham acontecido. As crianças encontraram um Psamiende, ou duende-da-areia, e ele tinha concedido qualquer coisa que elas desejassem — exatamente qualquer coisa, sem nem se preocupar se era realmente bom para elas, ou algo assim. E se você quer saber que tipo de coisas elas desejaram, e no que deram os desejos, você pode ler num livro chamado *Cinco crianças e um segredo* (sendo este o Psamiende). Se você não o leu, talvez eu devesse lhe contar que a quinta criança era o irmãozinho bebê deles, que era chamado de Carneirinho, porque a primeira coisa que ele disse foi "Béé!", e que as outras quatro crianças não eram particularmente bonitas, nem especialmente inteligentes, ou extraordinariamente boas. Mas não eram más pessoas no geral; de fato, eram bem parecidas com você.

— Eu não quero pensar nos prazeres das lembranças — disse Cyril. — Eu quero que alguma coisa mais aconteça.

— Fomos mais sortudos do que muita gente, se pensar bem — disse Jane. — Ora, quem alguma vez na vida encontrou um Psamiende? Deveríamos ser gratos por isso.

— Por que não continuamos sendo, então? — Cyril perguntou. — Sortudos, quero dizer, não gratos. Por que tudo tinha que acabar?

— Talvez alguma coisa vá acontecer — disse Anthea, tranquilamente. — Querem saber de uma coisa? Às vezes eu acho que somos o tipo de gente para quem coisas *realmente acontecem*.

— É como na história da Inglaterra — disse Jane. —

Alguns reis são cheios de coisas interessantes, e outros... nada nunca acontece com eles, exceto nascer, ser coroado e enterrado, e às vezes nem isso.

— Eu acho que a Pantera tem razão — disse Cyril. — Acho que nós realmente somos o tipo de gente com quem coisas realmente acontecem. Tenho uma espécie de pressentimento de que as coisas logo começariam a acontecer se ao menos a gente pudesse dar um empurrãozinho nelas. Só precisam de alguma coisa para começar. Só isso.

— Gostaria que ensinassem mágica na escola — Jane suspirou. — Acho que se a gente soubesse fazer um pouco de mágica, ela poderia fazer alguma coisa acontecer.

— É, mas como se faz para começar? — Robert olhou a sala em volta, mas nenhuma ideia lhe veio das cortinas de um verde desbotado, ou das venezianas sem graça, ou do gasto linóleo marrom do chão. Mesmo o novo tapete nada tinha a sugerir, ainda que a sua estampa fosse das mais maravilhosas, e sempre parecesse estar a ponto de lhe fazer pensar em alguma coisa.

— Eu poderia começar bem agora — disse Anthea. — Li um monte sobre o assunto. Mas acho que a Bíblia diz que é errado.

— Só é errado na Bíblia porque as pessoas queriam fazer mal a outras pessoas. Não consigo ver como as coisas podem ser erradas a não ser que façam mal para alguém, e nós não queremos fazer mal a ninguém; e, além disso, não conseguiríamos se tentássemos. Vamos pegar as *Lendas de Ingoldsby*.[8] Tem alguma coisa sobre Abracadabra nesse livro — disse Cyril, bocejando. — Bem que podíamos brincar de mágica. Vamos ser cavaleiros templários. Eles foram longe na mágica. Costumavam fazer feitiços ou algo assim com um bode e um ganso. O pai me contou.

— Bom, que ótimo — disse Robert, com maldade. — Você pode muito bem ser o bode, e a Jane sabe como ser um ganso.

— Vou pegar o *Ingoldsby* — Anthea apressou-se a dizer. — Vocês tiram o tapete de frente da lareira.

Assim, eles desenharam figuras estranhas no linóleo, onde o tapete da lareira o mantivera limpo. Desenharam-nas com o giz que Robert embolsara da mesa do professor de matemática na escola. Você sabe, é claro, que pegar um giz novo é roubar, mas não há nada de errado em pegar um pedaço já quebrado, desde que seja só um. (Eu não sei a razão dessa regra, nem quem a estabeleceu.) E eles cantaram as músicas mais lúgubres que puderam lembrar. E, claro, nada aconteceu. Então Anthea disse:

— Tenho certeza de que um fogo mágico precisa ser feito com madeira de aroma doce, e ter resinas e essências mágicas nele.

— Não conheço nenhuma madeira de aroma doce, exceto cedro — disse Robert. — Mas eu tenho umas lascas de lápis feito de cedro.

Então eles queimaram as lascas de lápis. E ainda assim nada aconteceu.

— Vamos queimar um pouco do óleo de eucalipto que usamos para resfriados — disse Anthea.

E foi o que fizeram. Soltou certamente um cheiro bem forte. E eles queimaram pedaços de cânfora do armário grande. Ficou muito brilhante, e soltou uma fumaça negra horrível, que pareceu muito mágica. Mas ainda assim nada aconteceu. Então eles pegaram alguns panos de prato limpos da gaveta na cozinha, e abanaram com eles por cima das figuras de giz mágicas, e cantaram "O hino das freiras morávias em Belém", que é muito impressionante. E ainda assim nada aconteceu. De modo que eles foram abanando cada vez mais freneticamente, e o pano de prato de Robert acertou o ovo dourado e o derrubou de cima da lareira, e ele caiu dentro do fogo e rolou para baixo da grelha.

— Ih, caramba! — disse mais de uma voz.

E todos se deitaram de bruços para olhar debaixo da grelha, e lá estava o ovo, incandescente num ninho de cinzas quentes.

— Não quebrou, em todo caso — disse Robert, e enfiou a mão sob a grelha e pegou o ovo. Mas o ovo estava muito mais quente que qualquer um poderia ter imaginado que ficaria em tão pouco tempo, e Robert teve de soltá-lo com um grito de "Que droga!". O ovo caiu na barra de cima da grelha, e de lá quicou para o vermelho incandescente do coração do fogo.

— A pinça de lenha! — exclamou Anthea. Mas, infelizmente, ninguém lembrava onde ela tinha ido parar. Todos haviam esquecido que a pinça fora usada por último para pescar o bule de chá da boneca do fundo da caixa d'água, onde o Carneirinho a deixara cair. De modo que a pinça da salinha das crianças estava esquecida entre a caixa d'água e a lata de lixo, e a cozinheira se recusou a emprestar as da cozinha.

— Não faz mal — disse Robert. — Vamos tirá-lo com o atiçador e a pá.

— Ih, parem — exclamou Anthea. — Olhem para ele! Vejam! Vejam! Vejam! Eu realmente acredito que alguma coisa *vai* acontecer!

Porque o ovo agora estava incandescente, e dentro dele algo estava se mexendo. No instante seguinte houve um leve som de algo se quebrando; a casca do ovo se abriu em dois, e dele saiu uma ave cor de fogo. Ficou um momento entre as chamas, e enquanto estava ali, as crianças puderam ver bem diante dos olhos delas a ave ficar cada vez maior.

Cada queixo estava caído, cada olho, arregalado.

A ave se ergueu em seu ninho de fogo, estendeu as asas, e voou pela sala. Ficou dando voltas e mais voltas, e por onde passava o ar ficava quente. Então empoleirou-se no guarda-fogo. As crianças se entreolharam. Então Cyril estendeu a mão para a ave. Ela inclinou a cabeça e olhou para o menino, como talvez você já tenha visto um papagaio fazer quando está prestes a dizer alguma coisa, de modo que as crianças não ficaram nem um pouco espantadas quando ela disse:

— Cuidado; ainda não esfriei o bastante.

Elas não ficaram atônitas, mas ficaram muito, muito interessadas.

Olharam a ave, e certamente ela merecia ser olhada. Suas penas eram como ouro. Era mais ou menos do tamanho de uma galinha garnisé, mas o seu bico não tinha a forma do bico de uma galinha.

— Eu acho que sei o que é — disse Robert. — Já vi uma figura.

Ele saiu correndo. Uma apressada busca entre os papéis na mesa do escritório do pai produziu, como dizem os livros de matemática, "o resultado desejado". Mas quando ele voltou para a sala com um papel, gritando: — Vejam, olhem aqui! —, os outros pediram para ele ficar quieto, e ele obedeceu no mesmo instante, pois a ave estava falando.

— Qual de vocês... — estava dizendo — pôs o ovo no fogo?

— Foi ele — disseram três vozes, e três dedos apontaram para Robert.

A ave fez uma reverência, ou ao menos algo muito parecido com uma.

— Fico-lhe eternamente grata — disse num tom muito bem-educado.

As crianças estavam todas engasgando de tanto maravilhamento e curiosidade — todas, exceto Robert. Ele tinha o papel na mão, e ele *sabia*. Foi o que disse. Ele disse:

— Eu sei quem você é.

E ele abriu e mostrou um papel impresso, em cujo cabeçalho havia a figurinha de uma ave pousada num ninho de chamas.

— Você é a Fênix — disse Robert; e a ave ficou bastante satisfeita.

— Minha fama perdurou então por dois mil anos — disse. — Permitam-me que eu veja o meu retrato. — Ela olhou a página que Robert, ajoelhando, estendeu no guarda-fogo,

e disse: — Não é um retrato muito lisonjeiro... E o que são esses caracteres? — perguntou, apontando a parte escrita.

— Ah, isso é bem chato, e não é bem sobre você, sabe — disse Cyril, sendo educado sem se dar conta. — Mas você está em montes de livros.

— Com retratos? — perguntou a Fênix.

— Bom, não — disse Cyril. — Na verdade, acho que não vi nenhum outro retrato seu além desse, mas posso ler algo sobre você, se quiser.

A Fênix assentiu, e Cyril foi buscar o volume X da velha *Enciclopédia*, e na página 246 encontrou o seguinte:

— "Fênix: na ornitologia, uma ave fabulosa da Antiguidade."

— "Antiguidade" está bem certo — disse a Fênix. — Mas fabulosa... Pareço fabulosa, por acaso?

Todo mundo fez que não com a cabeça. Cyril continuou.

— Os antigos falam dessa ave como algo singular, ou a única que há de sua espécie.

— Isso está bastante certo — disse a Fênix.

— Eles a descrevem como tendo aproximadamente o tamanho de uma águia.

— Há águias de diferentes tamanhos — disse a Fênix.

— Não é nem de longe uma boa descrição.

Todas as crianças estavam ajoelhadas no tapete da lareira, para ficar o mais perto possível da Fênix.

— Vocês vão cozinhar seus miolos — ela disse. — Atenção, estou quase fria agora — e com um bater de asas douradas ela voejou do guarda-fogo para a mesa. Estava já quase tão fria que se sentiu apenas um cheirinho muito leve de queimado onde ela pousou na toalha da mesa.

— Só chamuscou muito de leve — disse a Fênix, em tom de desculpa. — Vai sair quando lavar. Por favor, continue lendo.

As crianças se juntaram em volta da mesa.

— "... o tamanho de uma águia" — Cyril continuou —, "com uma bela plumagem como crista, o pescoço coberto com penas de cor dourada, e o resto do corpo púrpura; só a cauda é branca, e os olhos cintilam como estrelas. Dizem que vive por cerca de quinhentos anos em regiões ermas, e quando chega a uma idade avançada constrói para si mesma uma fogueira de madeira doce e resinas aromáticas, acende-a com o bater de suas asas, e então queima a si mesma; e das suas cinzas sai um verme, que com o tempo cresce e se torna uma Fênix. Por isso, os fenícios deram..."

— Deixe para lá o que eles deram — disse a Fênix, eriçando suas penas douradas. — Eles nunca deram muita coisa, de qualquer modo, sempre foram gente que não dá nada de graça. Esse livro deveria ser destruído. É extremamente incorreto. O resto do meu corpo nunca foi púrpura, e quanto à minha cauda... Bem, eu simplesmente lhes pergunto, por acaso é *branca*?

Ela se virou e mostrou solenemente sua cauda dourada para as crianças.

— Não, não é — todos disseram.

— Não é, e nunca foi — disse a Fênix. — E isso do verme não passa de um insulto vulgar. A Fênix põe um ovo, como todos os pássaros que se respeitam. Faz uma fogueira, essa parte está certa, e bota seu ovo, e queima a si mesma; e adormece e acorda em seu ovo, e sai dele e volta a viver, e assim para todo o sempre. Nem sei dizer o quanto cansei disso tudo; uma existência tão irrequieta; nenhum repouso.

— Mas como o seu ovo veio parar aqui? — perguntou Anthea.

— Ah, esse é o segredo da minha vida — disse a Fênix. — Não posso contá-lo para ninguém que não seja realmente compreensivo. Sempre fui uma ave incompreendida. Dá para perceber pelo que disseram sobre o verme. Quem sabe eu conte a *você* — ela prosseguiu, olhando para Robert com olhos que de fato pareciam estrelados. — Você me colocou no fogo...

Robert ficou embaraçado.

— O resto de nós fez o fogo de madeira e resinas de aroma doce, todavia — disse Cyril.

— E... e eu colocá-la no fogo foi um acidente — disse Robert, contando a verdade com certa dificuldade, pois não sabia como a Fênix reagiria. Ela reagiu da maneira mais inesperada.

— Sua cândida confissão — ela disse — removeu meu último escrúpulo. Vou contar a minha história.

— E você não vai desaparecer, ou algo assim, de repente, vai? — perguntou Anthea, ansiosa.

— Por quê? — ela perguntou, eriçando as penas douradas. — Vocês desejam que eu fique aqui?

— Ah, sim — disseram todos, com inequívoca sinceridade.

— Por quê? — perguntou a Fênix de novo, olhando modestamente para a toalha da mesa.

— Porque... — disseram todos ao mesmo tempo, e ficaram nisso; só Jane acrescentou depois de uma pausa: — ... você é a pessoa mais bonita que já vimos.

— Você é uma criança sensata — disse a Fênix. — E eu *não* vou desaparecer ou algo assim de repente. E vou lhes contar a minha história. Eu residi, como diz o livro de vocês, por muitos milhares de anos nas regiões ermas, lugares vastos e tranquilos com muito pouca companhia realmente boa, e comecei a ficar entediada com a monotonia de minha existência. Mas eu adquirira o hábito de pôr meu ovo e me queimar a cada quinhentos anos... e vocês sabem como é difícil largar um hábito.

— É — disse Cyril. — Jane costumava roer as unhas.

— Mas eu parei — apressou-se a dizer Jane, um tanto magoada. — Você sabe que eu parei.

— Só depois que puseram aloé amargo nelas — disse Cyril.

— Eu duvido — disse o pássaro, gravemente — que até mesmo aloé amargo (o aloé, falando nisso, tem o seu próprio mau hábito, que ele bem poderia curar antes de sair curando os outros; refiro-me à sua prática indolente de só florescer uma vez por século)... eu duvido que até mesmo aloé amargo teria me curado. Mas eu me curei. Acordei uma manhã de um sonho febril... e estava chegando a época de fazer aquele fogo enjoado e botar aquele ovo tedioso sobre ele, e eu vi duas pessoas, um homem e uma mulher. Estavam sentados num tapete... e quando me apresentei educadamente eles narraram para mim a história da vida deles, a qual, como ainda não ouviram, vou agora passar a relatar. Eles eram um príncipe e uma princesa, e tenho certeza de que gostarão de ouvir a história dos pais deles. Quando era bem jovem, aconteceu que a mãe da princesa ouviu a história de um feiticeiro, e tenho certeza de que ficarão interessados nela. O feiticeiro...

— Ah, por favor, pare — disse Anthea. — Eu não consigo entender todos esses começos de histórias, e você parece se afundar cada vez mais neles a cada minuto. Conte-

-nos apenas a *sua própria história*. Essa é a que realmente queremos ouvir.

— Bom — disse a Fênix, parecendo bastante lisonjeada com isso. — Para encurtar setenta longas histórias (se bem que eu tive de ouvir todas... mas sem dúvida nas regiões ermas há tempo de sobra), esse príncipe e essa princesa gostavam tanto um do outro que não queriam mais ninguém, e o feiticeiro... não fiquem alarmados, não vou entrar na história dele; o feiticeiro lhes dera um tapete mágico (... já ouviram falar em tapetes mágicos?), e eles simplesmente se sentaram nele e disseram-lhe para levá-los para longe de todo mundo; e ele os levou para as regiões ermas. E como pretendiam ficar lá, eles não precisavam mais do tapete, de modo que o deram para mim. Essa foi realmente uma oportunidade única em toda a minha vida!

— Não vejo para que você precisava de um tapete — disse Jane — se você tem essas belas asas.

— São ótimas asas mesmo, não são? — disse a Fênix, empertigando-se e as abrindo. — Bom, eu pedi ao príncipe para estender o tapete, e eu botei meu ovo nele; e disse ao tapete: "Agora, meu excelente tapete, prove o seu valor. Leve esse ovo para algum lugar onde ele não se abra por dois mil anos e onde, quando esse tempo tiver passado, alguém irá acender um fogo de madeira e resinas aromáticas doces, e pôr o ovo para chocar", e, como viram, aconteceu exatamente como eu disse. As palavras mal tinham saído do meu bico, e ovo e tapete já tinham desaparecido. Os amantes reais ajudaram a montar a minha fogueira, e me consolaram em meus últimos momentos. Eu me queimei e nada mais soube até acordar em seu altar.

Ela apontou suas garras para a lareira.

— Mas o tapete — disse Robert —, o tapete mágico que leva aonde se deseja. O que aconteceu com ele?

— Ah, o tapete? — disse a Fênix, negligente. — Eu diria que é esse aí. Lembro-me da estampa perfeitamente.

Enquanto falava, apontou para o chão, onde estava o tapete que a mãe tinha comprado na Kentish Town Road por vinte e dois *shillings* e nove *pences*.

Nesse instante ouviu-se a chave do pai sendo enfiada na fechadura da porta.

— Ih! — sussurrou Cyril. — Agora vamos levar uma bronca por não estarmos na cama!

— Desejem estar lá — disse a Fênix, num sussurro apressado —, e desejem o tapete de volta no lugar dele.

Foi o que fizeram no ato. Isso os deixou um pouco zonzos, com certeza, e um pouco sem fôlego; mas quando as coisas pareceram estar em ordem novamente, lá estavam as crianças na cama, e as luzes tinham se apagado.

Eles ouviram a voz baixa da Fênix no escuro.

— Eu vou dormir na cornija sobre as cortinas — ela disse. — Por favor, não mencionem nada sobre mim para a sua parentela.

— Não adiantaria nada — disse Robert. — Eles nunca acreditariam em nós. Eu acho que — acrescentou pela porta entreaberta, para as meninas —, falando em aventuras e coisas acontecendo... Acho que vamos nos divertir um bocado com um tapete mágico *e* uma Fênix.

— Sem dúvida — disseram as meninas, na cama.

— Crianças — disse o pai, na escada —, tratem de dormir já. Que história é essa de ficar conversando a essa hora da noite?

Nenhuma resposta era esperada para essa pergunta, mas debaixo das cobertas Cyril murmurou uma.

— Que história? — ele disse. — Não sei. Não sei de história nenhuma.

— Mas temos um tapete mágico *e* uma Fênix — disse Robert.

— Você vai ter algo mais se o pai entrar e o ouvir — disse Cyril. — Fique quieto, estou lhe avisando.

Robert se calou. Mas ele sabia tão bem quanto você que as aventuras daquele tapete e daquela Fênix estavam só começando.

O pai e a mãe não tinham a menor ideia do que tinha acontecido enquanto estiveram fora. Em geral é isso o que acontece, mesmo quando não há tapetes mágicos ou uma Fênix na casa.

Na manhã seguinte... Mas tenho certeza de que você vai preferir esperar pelo próximo capítulo antes de ficar sabendo disso.

2.
A TORRE SEM TETO

As crianças tinham visto o ovo da Fênix se abrir nas chamas da lareira de sua própria salinha, e tinham ouvido ela contar como o tapete que estava ali mesmo era realmente o tapete mágico, que os levaria a qualquer lugar que escolhessem. O tapete as tinha transportado para a cama bem na hora certa, e a Fênix se empoleirara na cornija que segurava as cortinas do quarto de dormir dos meninos.

— Com licença — disse uma voz gentil, e um bico cortês abriu, muito suave e delicadamente, o olho direito de Cyril. — Ouvi os servos lá embaixo preparando comida. Acordem! Uma palavrinha de explicação e conciliação... Eu realmente gostaria que vocês não...

A Fênix parou de falar e voou ofendida para a cornija; pois Cyril reagira aos tapas, como meninos fazem quando são acordados de repente, e a Fênix não estava acostumada com meninos, e ficara ferida, se não em suas asas, em seus sentimentos.

— Desculpe — disse Cyril, de repente despertando por completo. — Por favor, volte! O que estava dizendo? Alguma coisa sobre bacon e rações?

A Fênix voejou de volta para a grade de latão ao pé da cama.

— Veja só... você *é* real — disse Cyril. — Que incrível! E o tapete?

— O tapete é tão real quanto sempre foi... — disse a Fênix, um tanto desdenhosa. — Mas, é claro, um tapete é só um tapete, enquanto uma Fênix é superlativamente uma Fênix.

— É, é mesmo — disse Cyril. — Estou vendo que é. Ah, que sorte! Acorde, Bobs! Temos uma razão realmente boa para acordar hoje. E é sábado, além disso.

— Estive refletindo na calada da noite — disse a Fênix — e não pude deixar de chegar à conclusão de que vocês ficaram insuficientemente espantados com a minha aparição ontem. Os antigos sempre ficavam *muito* surpresos. Vocês, por acaso, *esperavam* que meu ovo se abrisse?

— Nós não — disse Cyril.

— E se tivéssemos esperado... — disse Anthea, que viera de camisola ao ouvir a voz argêntea da Fênix — jamais, mas jamais mesmo, teríamos esperado que do ovo saísse algo tão esplêndido quanto você.

A ave sorriu. Será possível que você nunca tenha visto uma ave sorrir?

— Mas veja... — disse Anthea, embrulhando-se na colcha dos meninos, já que a manhã estava fria — coisas assim já aconteceram com a gente antes — e ela contou a história do Psamiende, ou duende-da-areia.

— Ah, sim — disse a Fênix. — Psamiendes eram raros,

até no meu tempo. Lembro que costumavam me chamar a Psamiende do Deserto. Ficavam sempre me elogiando; eu não consigo nem imaginar por quê.

— Então você *também* pode conceder desejos? — perguntou Jane, que agora também estava lá.

— Ah, nossa, não — disse a Fênix, com desprezo. — Ao menos... Mas ouço passos se aproximando. Cuidarei de me ocultar. — E foi o que fez.

Acho que já disse que aquele dia era um sábado. Era também o aniversário da cozinheira, e a mãe tinha permitido que ela e Eliza fossem visitar o Crystal Palace com um grupo de amigas, e sendo assim, claro que Jane e Anthea tinham de ajudar a arrumar as camas e lavar a louça do café da manhã, e outras coisinhas desse tipo. Robert e Cyril pretendiam passar a manhã conversando com a Fênix, mas a ave tinha suas próprias ideias quanto a isso.

— Eu preciso de uma ou duas horas de tranquilidade — ela disse. — Realmente preciso. Meus nervos não vão aguentar, a menos que eu descanse um pouco. Vocês precisam lembrar que dois mil anos se passaram desde a última vez que conversei com alguém. Perdi a prática, e preciso me cuidar. Já me disseram muitas vezes que a minha é uma vida valiosa. — Assim, ela se aninhou dentro de uma velha caixa de chapéu do pai — que tinha sido trazida do quarto de despejo alguns dias antes, quando repentinamente um elmo tornara-se necessário para uma brincadeira de torneios medievais —, com a cabeça dourada sob a asa dourada, e adormeceu. E então Robert e Cyril afastaram a mesa e iam se sentar no tapete e desejar estar em algum outro lugar. Mas antes que pudessem decidir onde, Cyril disse:

— Não sei. Talvez seja um tanto desleal começar sem as meninas.

— Elas vão ficar ocupadas a manhã toda — disse Robert, impaciente. E então uma coisa dentro dele, que livros enjoados às vezes chamam de "radar interno", disse: "Por que você não as ajuda, então?".

E aconteceu de o "radar interno" de Cyril dizer a mesma coisa no mesmo momento, de modo que os meninos foram ajudar a lavar a louça e a tirar o pó da sala de estar. Robert ficou tão interessado que se propôs a limpar os degraus da porta da frente, uma coisa que nunca o tinham deixado fazer. E nem dessa vez deixaram. Uma razão era que já tinham sido limpos pela cozinheira.

Quando todo o trabalho doméstico estava terminado, as meninas vestiram o bebê feliz, todo animado, em seu casaco azul de bandoleiro e chapéu de três bicos, e o ficaram distraindo até a mãe mudar de roupa e ficar pronta para levá-lo para a casa da avó. A mãe sempre ia à casa da avó aos sábados, e em geral algumas das crianças iam com ela; mas naquele dia ficariam cuidando da casa. E seus corações se enchiam de sensações deliciosas e de satisfação cada vez que lembravam que a casa da qual teriam de cuidar tinha dentro dela uma Fênix *e* um tapete mágico.

Sempre se pode manter o Carneirinho contente e comportado por um bom tempo brincando com ele o jogo da Arca de Noé. É bem simples. É só fazer ele se sentar no seu colo e dizer que animal ele é, e então você diz um poeminha sobre o animal que ele escolheu ser.

Claro, alguns animais, como a zebra e o tigre, não dão poesia, por serem muito difíceis de rimar. O Carneirinho sabe muito bem quais são os animais de poesia.

— Eu sou um bebê urso! — disse o Carneirinho, cutucando com o focinho; e Anthea começou:

> *Eu amo o meu bebê ursinho,*
> *Amo seu nariz, sua boca, seus dedinhos;*
> *Gosto de tê-lo em meus braços,*
> *E dar um grande e gostoso abraço!*

E quando ela dizia "abraço" é claro que ela dava um verdadeiro abraço de urso.

Então vinha a enguia, e era o caso de fazer cócegas no Carneirinho até ele se contorcer todo feito uma enguia de verdade.

> *Eu amo o meu bebezinho enguia*
> *É a coisinha mais escorregadia;*
> *Mas enguia mesmo só quando for menino,*
> *Porque agora não passa de um girino!*

Bom, você sabe muito bem que um girino é um sapo quando é pequeno, e não tem nada a ver com enguias. Mas o Carneirinho não se importava muito com esse detalhe.

— Porco-espinho agora — ele disse; e lá foi Anthea:

Meu bebê porco-espinho, gosto de você
Mesmo suas costas tendo tanto espinho;
Porque tão fofo e macio é o seu focinho
Que dá vontade de beijar até anoitecer.

E então ela o beijava muito, e ele ria todo contente.

É uma brincadeira bem de bebezinho e, claro, as rimas são só para gente muito, muito pequena; não são para gente grande o bastante para ler livros, de modo que não vou contar mais nenhuma.

Quando o Carneirinho já tinha sido um bebê leão e um bebê fuinha, um bebê coelhinho e um bebê ratinho, a mãe ficou pronta; e ela e o Carneirinho, tendo sido beijados e abraçados por todos o máximo que é possível quando se está todo vestido para sair, foram acompanhados pelos meninos até o bonde. Quando estes voltaram, todos se entreolharam e disseram:

— Agora!

Eles trancaram a porta da frente e a porta dos fundos, e fecharam todas as janelas. Eles tiraram a mesa e as cadeiras de cima do tapete, e Anthea o varreu.

— Precisamos dar um pouquinho de atenção a ele — ela disse gentilmente. — Vamos dar a ele folhas de chá da próxima vez. Tapetes adoram folhas de chá.

Então todos se vestiram para sair, porque, como Cyril dissera, não sabiam onde poderiam parar, e as pessoas ficam olhando para você se você sai em novembro de avental e sem chapéu.

Em seguida, Robert acordou gentilmente a Fênix, que bocejou e se espreguiçou, e permitiu que Robert a levasse para o meio do tapete, onde no mesmo instante caiu no sono de novo com a cabeça e a crista aninhadas sob a asa dourada, como antes. Então todos se sentaram no tapete.

— Para onde vamos? — foi a pergunta, é claro, e virou uma discussão acalorada. Anthea queria ir para o Japão. Robert e Cyril votaram na América do Norte, e Jane queria ir para algum lugar à beira-mar.

— Porque há burros lá — ela disse.

— Não em novembro, tonta — disse Cyril, e a discussão foi ficando mais e mais acalorada, e nada se decidia.

— Eu voto que a gente deixe a Fênix decidir — Robert disse, por fim. Então eles a acariciaram até ela acordar.

— Queremos ir para algum lugar no exterior... — disseram — e não conseguimos decidir qual.

— Deixem o *próprio tapete* tomar a decisão, se for possível — disse a Fênix. — Só digam que desejam ir para o exterior.

Foi o que eles fizeram; e no instante seguinte o mundo pareceu ficar de cabeça para baixo, e quando estava de volta à posição certa e a tontura deles tinha passado o bastante para olharem em volta, viram que estavam fora de casa.

Fora de casa — é um jeito muito mixuruca de dizer onde estavam. Estavam fora da... terra, ou bem acima dela. De fato, estavam flutuando, firme, segura e esplendidamente, no ar limpo e fresco, com o azul-claro brilhante do céu por cima deles, e muito lá embaixo as ondas do mar cintilando brilhantes ao sol. O tapete de alguma forma se enrijecera, estava reto e firme como uma jangada, e voava de forma tão bela, mantendo-se a caminho tão plano e destemido, que ninguém estava com medo de despencar dali. À frente deles avistava-se a terra.

— A costa da França — disse a Fênix, acordando e apontando com a asa. — Aonde vocês desejam ir? Eu sempre pouparia um desejo, é claro: para emergências. Caso contrário, pode-se acabar numa emergência da qual não se tem como emergir.

Mas as crianças estavam entretidas e interessadas demais para lhe dar ouvidos.

— Já sei o que fazer — disse Cyril. — Vamos deixar a coisa continuar avançando, e quando a gente vir um lugar em que realmente queira parar, a gente simplesmente para. Não é incrível, isso?

— É como um trem — disse Anthea, ao sobrevoarem a baixa linha da costa e seguirem um curso constante sobre campos arrumados e estradas retas ladeadas por álamos. — Como um trem expresso, só que nos trens nunca se pode ver nada por causa dos adultos querendo as janelas fechadas, e daí respiram nelas, e fica feito vidro fosco, e ninguém consegue ver nada, e daí eles dormem.

— É como andar num tobogã — disse Robert —, tão rápido e suave, só que não tem capacho no qual parar... Continua indo e indo.

— Nossa querida Fênix — disse Jane —, é tudo graças a você. Ah, olhem aquela gracinha de igrejinha e as mulheres com uma espécie de capuz com aba na cabeça.

— Não seja por isso — disse a Fênix, com uma polidez sonolenta.

— Oh! — disse Cyril, resumindo o êxtase em cada coração. — Olhem só para tudo isso, olhem só... e pensem na Kentish Town Road!

Todo mundo olhou e todo mundo pensou. E a velocidade gloriosa, deslizante, suave e firme continuou, e eles viram lá embaixo coisas estranhas e bonitas, e prenderam a respiração e a soltaram em suspiros profundos, e disseram "Oh!" e "Ah!" até muito depois da hora do almoço.

Foi Jane que repentinamente disse:

— Gostaria que tivéssemos trazido com a gente aquela torta de geleia e o carneiro frio. Teria sido ótimo fazer um piquenique no ar.

A torta de geleia e o carneiro frio estavam, todavia, muito longe, quietinhos na despensa da casa em Camden Town, da qual se supunha que as crianças estivessem cuidando. Uma ratinha estava naquele momento provando a borda da parte de geleia de framboesa da torta (ela tinha roído uma espécie de golfo, ou baía, na borda de massa) para ver se era o tipo de almoço que podia servir ao seu marido ratinho. Ela mesma já tivera um ótimo almoço. O azar de alguns pode ser a sorte de outros.

— Vamos parar assim que virmos um bom lugar — disse Anthea. — Eu tenho três *pences*, e vocês, meninos, cada um tem os quatro *pences* que o bonde não custou naquele dia, e assim poderemos comprar coisas para comer. Suponho que a Fênix saiba falar francês.

O tapete voava sobre rochedos e rios e árvores e vilas e fazendas e campos. Isso fez todo mundo se lembrar de certa vez em que tiveram asas, e tinham voado para o alto de uma torre de igreja, e fizeram lá um banquete de galinha e bife de língua e pão fresco e água com gás. O que de novo os lembrou do quanto estavam com fome. E bem quando todos estavam lembrando realmente com muita intensidade, viram à frente umas paredes em ruínas numa colina e, firme e forte, e, de fato, parecendo ao olhar tão boa quanto se fosse nova... uma grande torre quadrada.

— O topo dela é quase exatamente do mesmo tamanho

do tapete — disse Jane. — Eu acho que seria bom parar no topo, porque daí nenhum dos habi... habi o que, mesmo? Quero dizer, os nativos, nenhum deles poderia tirar o tapete da gente mesmo se quisesse. E alguns de nós poderíamos descer e conseguir coisas para comer... comprar honestamente, quero dizer, não pegar pela janela de uma despensa.

— Eu acho que seria melhor se a gente fosse... — Anthea estava começando a dizer, mas Jane subitamente cerrou os punhos.

— Não vejo por que nunca posso fazer o que eu quero, só porque sou a mais nova. Eu desejo que o tapete se encaixe no topo daquela torre... e pronto!

O tapete fez uma desconcertante reviravolta, e no momento seguinte estava pairando sobre o topo quadrado da torre. Então lenta e cuidadosamente começou a baixar com eles. Era como um elevador descendo na loja de departamentos Army & Navy.

— Eu acho que não devíamos desejar coisas sem todos terem concordado antes — disse Robert, contrariado. — Ei! Que diabos...?

Porque inesperadamente alguma coisa cinzenta estava subindo em volta dos quatro lados do tapete. Era como se uma parede estivesse sendo construída com fantástica rapidez. Estava com trinta centímetros, e logo sessenta... e noventa, e um metro e vinte, e um metro e meio. Estava encobrindo a luz... cada vez mais.

Anthea olhou para o céu e para as paredes que agora se elevavam dois metros acima deles.

— Estamos afundando na torre — ela gritou. — *A torre não tem teto!* O tapete está indo se encaixar no fundo dela. Robert se pôs de pé num pulo.

— Nós devíamos ter... Ei! Um ninho de coruja. — Ele pôs o joelho numa protuberância de pedra cinza, e estendeu a mão para uma janela funda e larga do lado de dentro da torre, que se estreitava como um funil para o lado de fora.

— Cuidado! — gritaram todos, mas Robert não tomou o menor cuidado. Quando tinha tirado a mão do ninho da coruja (não havia ovo nenhum nele) o tapete descera dois metros e meio de onde estava.

— Pule, seu cuco palerma! — gritou Cyril, com uma ansiedade fraternal.

Mas Robert não podia se virar tão rápido para uma posição da qual conseguisse pular. Ele se contorceu e se entortou e chegou até o parapeito, e, quando estava pronto para saltar, as paredes da torre tinham ficado a nove metros dos outros, que ainda estavam afundando com o tapete, e Robert se descobriu preso no vão da janela; sozinho, porque nem mesmo as corujas estavam em casa naquele dia. A parede era mais para o liso; não havia como subir por ela, e quanto a descer... Robert cobriu o rosto com as mãos, e se arrastou aos poucos para trás do parapeito vertiginoso, até suas costas ficarem bem encaixadas na parte mais estreita da janela.

Estava seguro agora, claro, mas a parte de fora da sua janela ficara igual à moldura de uma pintura de parte da parede do outro lado da torre. Era muito bonito, com musgo crescendo entre as pedras e pequenas pedras preciosas brilhantes; mas entre ele e o outro lado estava a largura da torre, e não havia nada nela a não ser o ar. A situação era terrível. Robert viu num lampejo que era muito provável que o tapete os levasse ao mesmo tipo de situações encrencadas em que sempre iam parar por conta dos desejos que o Psamiende lhes concedia.

E os outros... imagine o que estavam sentindo enquanto o tapete afundava lenta e constantemente até o fundo da torre, deixando Robert pendurado na parede. Robert nem tentou imaginar o que eles sentiam, já tinha muito o que fazer com o que ele mesmo sentia, mas você pode tentar.

Assim que parou no chão no fundo do lado de dentro da torre, o tapete repentinamente perdeu a sua firmeza de jangada que tinha propiciado tamanho conforto durante a viagem de Camden Town até a torre sem teto, e se estendeu molengo sobre as pedras soltas e os pequenos montinhos de terra no fundo da torre, exatamente como qualquer outro tapete comum. Também encolheu de súbito, parecendo escorregar por baixo dos pés deles, de modo que eles pularam rapidamente para fora e pisaram em terra firme, enquanto o tapete se reduzia até ficar do seu tamanho normal, e não mais se encaixar exatamente no quadrado do interior da torre, deixando um grande espaço em toda a sua volta.

Então ao redor do tapete eles se entreolharam, e todos os queixos se inclinaram para cima e todos os olhos procuraram em vão ver onde o coitado do Robert tinha ficado. E claro, não conseguiram vê-lo.

— Gostaria que não tivéssemos vindo — disse Jane.

— Você sempre diz isso — comentou Cyril, brevemente. — Escutem, não podemos deixar o Robert lá em cima. Desejo que o tapete o traga aqui para baixo.

O tapete pareceu acordar de um devaneio e voltar a si. Enrijeceu-se rapidamente e flutuou para cima entre as quatro paredes da torre. As crianças lá embaixo entortaram para trás a cabeça, tanto que quase quebraram o pescoço. O tapete subiu e subiu. Ficou pairando no escuro sobre eles por um momento ou dois de ansiedade; então, desceu de novo, jogou-se no chão irregular da torre, e ao fazer isso cuspiu Robert para fora no chão da torre.

— Ah, maravilha! — disse Robert. — Essa foi por pouco. Vocês nem imaginam como me senti. Eu diria que por ora já tive o bastante. Vamos desejar estar de volta em casa e tratar de comer aquela torta de geleia e o carneiro. Podemos sair de novo depois.

— Aprovado! — disseram eles, pois a aventura tinha dado nos nervos de todos. Então ficaram em cima do tapete de novo, e disseram:

— Desejo estar de volta em casa.

E eis que não estavam em casa nem um pouquinho mais do que antes. O tapete nem se mexera. A Fênix tinha aproveitado para dormir. Anthea a acordou delicadamente.

— Olhe só — ela disse.

— Estou olhando — disse a Fênix.

— Nós desejamos estar de volta em casa, e ainda estamos aqui — Jane se queixou.

— Não — disse a Fênix, olhando em volta as altas paredes escuras da torre. — Não, estou vendo isso muito bem.

— Mas *desejamos* estar em casa — disse Cyril.

— Não duvido — disse a ave, educadamente.

— E o tapete não se mexeu nem um centímetro — disse Robert.

— Não — disse a Fênix. — Vejo que não.

— Mas eu achei que era um tapete mágico que atendia a desejos...

— É o que ele é — disse a Fênix.

— Então por quê...? — perguntaram as crianças, todas juntas.

— Sabe, eu avisei vocês — disse a Fênix. — Só que vocês gostam tanto de ouvir o som de suas próprias vozes. É, de fato, a música mais deliciosa para cada um de nós, e portanto...

— Você nos avisou do *quê*? — foi a exasperada interrupção.

— Ora, que o tapete só concede três desejos por dia, e *vocês já fizeram os três*.

Houve um retumbante silêncio.

— Então como vamos voltar para casa? — disse Cyril, por fim.

— Não faço a menor ideia — respondeu a Fênix, gentilmente. — Posso voar lá para fora e trazer para vocês alguma coisinha?

— Como você vai carregar o dinheiro para pagar?

— Não é necessário. Os pássaros sempre pegam o que querem. Não é considerado roubo, a não ser no caso das gralhas.

As crianças ficaram satisfeitas ao descobrir que tinham estado certas ao supor que esse era o caso, no dia em que tiveram asas, e desfrutaram das ameixas maduras de outra pessoa.

— Sim; que a Fênix vá buscar alguma coisa para comer, de todo modo — Robert disse com urgência.

— "Se ela puder fazer essa gentileza", você quis dizer — corrigiu Anthea, cochichando.

— Se ela puder fazer essa gentileza, a gente pode ficar pensando enquanto ela vai.

Assim, a Fênix voou pelo espaço cinzento da torre e sumiu no topo, e só depois de ter certeza de que ela se fora, Jane disse:

— E se ela nunca mais voltar?

Não era um pensamento agradável, e embora Anthea tenha imediatamente dito: — É claro que ela vai voltar; tenho certeza de que é uma ave de palavra — sentiram um desalento a mais, com a ideia. Pois, curiosamente, a torre não tinha porta, e todas as janelas eram muito, muito altas para serem alcançadas pelo mais aventureiro dos alpinistas. Fazia frio, também, e Anthea se arrepiou.

— É — disse Cyril. — É como estar no fundo de um poço.

As crianças esperaram num silêncio triste e faminto, e ficaram com o pescoço doído de tanto inclinar a cabeça para olhar lá no alto da torre cinza para ver se a Fênix estava voltando.

Por fim ela voltou. Pareceu muito grande ao descer por entre as paredes, e, ao chegar perto delas, as crianças viram que o tamanho era ampliado pela cesta de castanhas cozidas que ela trazia numa das patas. Na outra havia um pedaço de pão. E no bico, uma pera bem grande. A pera

era suculenta, e tão boa quanto um copo de suco. Quando a refeição terminou todo mundo estava se sentindo melhor, e a questão de como voltar para casa foi discutida sem nenhum azedume. Mas ninguém conseguia pensar numa saída para aquela dificuldade, ou mesmo para sair da torre; pois a Fênix, se por sorte tinha bico e garras fortes o bastante para carregar comida para eles, claramente não estava à altura de voar lá para cima com quatro crianças bem alimentadas.

— Teremos de ficar aqui, acho — disse Robert por fim —, e gritar de quando em quando, e alguém irá nos ouvir e trará cordas e escadas, e nos resgatará como se estivéssemos numa mina; e eles então farão uma vaquinha para nos mandar para casa, como se fôssemos náufragos.

— É, mas não chegaremos em casa antes da mãe, e então o pai vai nos tirar o tapete dizendo que é perigoso ou algo assim — disse Cyril.

— Eu realmente preferiria que não tivéssemos vindo — disse Jane.

E todo mundo disse "ah, cale a boca", exceto Anthea, que subitamente acordou a Fênix e disse:

— Escute aqui, eu acredito que *você* pode nos ajudar. Ah, eu queria tanto que nos ajudasse!

— Eu vou ajudá-los se estiver ao meu alcance — disse a Fênix, imediatamente. — O que é que vocês querem agora?

— Ora, queremos ir para casa — disseram todos.

— Ah — disse a Fênix. — Hmmm. Sim. Casa, vocês disseram? E... o que isso quer dizer?

— Onde moramos, onde dormimos na noite passada, onde fica o altar em que o seu ovo se abriu.

— Ah, lá! — disse a Fênix. — Bom, farei o melhor que puder. — Ela voejou para o tapete e andou sobre ele de um lado para outro por alguns minutos, imersa em seus pensamentos. Então se empertigou orgulhosamente.

— Eu posso ajudá-los — disse. — Tenho quase certeza de que posso ajudá-los. A menos que eu esteja muito enganada, posso sim ajudá-los. Vocês não se incomodariam se eu os deixasse por uma ou duas horas? — e sem esperar uma resposta, alçou voo pela escuridão da torre até a claridade lá em cima.

— Agora — disse Cyril, com firmeza —, ela disse uma hora ou duas. Mas eu já li sobre prisioneiros e pessoas trancafiadas em masmorras e catacumbas e coisas assim esperando ser libertadas, e sei que cada momento é uma eternidade. Essas pessoas sempre fazem alguma coisa para passar os momentos de desespero. Não faz sentido a gente tentar domar aranhas, porque não teremos tempo.

— Espero que não — disse Jane, duvidosa.

— Mas devíamos arranhar nossos nomes nas pedras, ou algo assim.

— Aliás, falando em pedras — disse Robert —, estão vendo aquela pilha de pedras contra a parede ali naquele canto? Bom, eu tenho certeza de que há um buraco na parede ali, e acho que é uma porta. Sim, vejam, as pedras fazem algo como um arco na parede; e aqui está o buraco... é bem escuro dentro dele.

Enquanto falava, ele andara até a pilha e subira nela, deslocando a pedra no alto da pilha e abrindo um espaço escuro.

No instante seguinte todos estavam ajudando a desfazer a pilha de pedras, e logo estavam tirando o casaco, pois era um trabalho que esquentava.

— É uma porta — disse Cyril, enxugando o suor no rosto. — E isso não é nem um pouco ruim, se...

Ele ia acrescentar "se alguma coisa acontecer com a Fênix", mas não continuou por receio de amedrontar Jane. Ele não era um menino indelicado quando tinha tempo de pensar em coisas assim.

O buraco em arco na parede foi ficando cada vez maior. Era muito, muito escuro, mesmo quando comparado à espécie de luz de crepúsculo que havia no fundo da torre; foi ficando maior porque as crianças continuaram tirando as pedras e as jogando numa outra pilha. As pedras deviam ter ficado lá por muito tempo, porque estavam cobertas de musgo, e algumas, grudadas por ele. De modo que era um trabalho até que bem pesado, como Robert comentou.

Quando o buraco estava a meio caminho entre o topo do arco e o chão, Robert e Cyril se esgueiraram cautelosamente para dentro dele, e acenderam fósforos. Como ficaram gratos por terem um pai sensato, que não os proibia de carregar fósforos no bolso, como alguns pais de meninos fazem! O pai de Robert e Cyril apenas fazia questão de que os fósforos fossem do tipo que só acendem quando riscados na caixa.

— Não é uma porta, é uma espécie de túnel — Robert gritou para as meninas, depois que o primeiro fósforo se acendera, tremulara e apagara. — Afastem-se; vamos empurrar mais algumas pedras!

Eles empurraram, intensamente entusiasmados. E logo a pilha de pedras tinha quase acabado, e à frente delas as meninas viram o arco escuro levando ao desconhecido.

Todas as dúvidas e medos quanto a voltar para casa foram esquecidas naquele instante de emoção. Era como Monte Cristo...[9] era como...

— Esperem! — exclamou Anthea, de repente. — Saiam daí! Há sempre ar ruim em lugares que ficaram fechados. Faz as tochas apagarem, e então você morre. Chama grisu,[10] algo assim. Saiam daí, estou lhes dizendo.

A urgência no tom dela acabou realmente fazendo os meninos saírem; e então todos pegaram seus casacos e abanaram o arco escuro com ele, para fazer o ar ficar fresco lá dentro. Quando Anthea achou que o ar lá dentro "devia estar fresco a essa altura", Cyril liderou a entrada no arco.

As meninas seguiram, e Robert ficou por último, porque Jane se recusou a ser a última da fila, vai que "algo" viesse atrás dela, e a pegasse por trás. Cyril avançou cautelosamente, acendendo fósforo atrás de fósforo, e espiando o que havia à frente.

— É um teto em abóboda... — ele disse — e é todo de pedra; Anthea, dá para parar de puxar o meu casaco? O ar deve estar bom porque os fósforos funcionam, tonta, e tem... atenção! Tem degraus descendo.

— Ih, é melhor a gente não continuar nem mais um pouco — disse Jane, vendo-se em meio a uma relutante agonia (uma coisa muito dolorosa, aliás, para experimentar). — Tenho certeza de que tem cobras, ou covis de leões, ou algo assim. Vamos voltar, por favor! E alguma outra hora a gente vem aqui, com velas e foles para consertar o ar.

— Deixe eu passar na sua frente, então — disse a voz severa de Robert, atrás dela. — Esse é exatamente o tipo de lugar em que se encontram tesouros enterrados, e eu vou continuar, de qualquer jeito; você pode ficar para trás se quiser.

E então, claro, Jane consentiu em continuar.

Assim, muito devagar e com muito cuidado, as crianças desceram os degraus — eram dezessete no total — e no fim deles havia mais passagens, que seguiam em quatro direções, e uma espécie de arco baixo do lado direito, que fez Cyril se perguntar o que poderia ser, porque era muito baixo para ser o começo de mais um corredor.

Então ele se ajoelhou e acendeu um fósforo, e abaixando-se bem deu uma espiada.

— Tem *alguma coisa* aqui — ele disse, e estendeu a mão. Ela topou com algo que se parecia mais com um saco úmido de bolas de gude do que qualquer outra coisa que Cyril já tocara.

— Acho que é um tesouro enterrado! — ele exclamou.

E era; pois enquanto Anthea exclamava: — Ah, vá logo, Esquilo, puxe-o para fora! —, Cyril extraiu um saco de lona apodrecida, mais ou menos do tamanho que o homem do armazém lhe dá contendo seis *pences* de nozes.

— Tem mais dentro, muito mais — ele disse.

Enquanto ele puxava, o saco podre arrebentou, e várias moedas de ouro caíram e se espalharam e pularam e ricochetearam e tilintaram e retiniram no chão do corredor escuro.

Eu me pergunto o que você diria se subitamente topasse com um tesouro escondido? O que Cyril disse foi:

— Au, que droga... queimei os dedos! — deixando cair o fósforo enquanto falava. — *E era o último!* — acrescentou.

Houve um momento de desesperado silêncio. Então Jane começou a chorar.

— Não chore — disse Anthea. — Não chore, Gatinha, você vai esgotar o ar. Não vai ser difícil sair daqui.

— Sim — disse Jane, em meio aos soluços —, para descobrir que a Fênix voltou e foi embora de novo... porque achou que fomos para casa de algum outro jeito, e... Ah, *queria tanto* que não tivéssemos vindo!

Todo mundo ficou bem quieto; só Anthea abraçou Jane e tentou enxugar seus olhos no escuro.

— *Pa-pare* — disse Jane. — Essa é a minha *orelha*... eu não estou chorando pelas orelhas.

— Vamos, vamos sair daqui — disse Robert; mas isso não era tão fácil, porque ninguém conseguia se lembrar exatamente de onde tinham vindo. É muito difícil se lembrar das coisas no escuro, a menos que você tenha fósforos, e então, é claro, fica tudo diferente, mesmo se você não acender um.

Todo mundo acabara concordando com o desejo constante de Jane — e o desespero estava fazendo a escuridão mais escura do que nunca, quando bem de repente o chão pareceu se inclinar —, e uma forte sensação de estar num elevador rodopiando se apossou de todos. Todos os olhos estavam fechados — os olhos sempre ficam fechados no escuro, não ficam? Quando a sensação de girar parou, Cyril disse: — Terremotos! — e todos abriram os olhos.

Estavam em sua própria salinha em casa e, ah, como parecia claro, luminoso, seguro, agradável e em tudo delicioso depois daquele escuro túnel subterrâneo! O tapete estava estendido no chão, parecendo tão calmo, como se nunca tivesse saído em excursão nenhuma em toda a sua vida. Sobre a lareira estava a Fênix, esperando com um ar de bravura modesto, porém genuíno, pelos agradecimentos das crianças.

— Mas como você *conseguiu*? — eles perguntaram, quando todos tinham agradecido à Fênix várias vezes.

— Ah, eu simplesmente fui pedir um desejo ao velho amigo de vocês, o Psamiende.

— Mas como você *sabia* onde encontrá-lo?

— Fiquei sabendo pelo tapete; essas criaturas que concedem desejos sempre sabem umas das outras; são como um clã; como os escoceses, sabe, todos parentes.

— Mas... o tapete não pode falar, pode?

— Não.

— Então, como...

— ... eu consegui o endereço do Psamiende? Já disse, consegui com o tapete.

— Mas ele *falou* então?

— Não — disse a Fênix, ponderada. — Ele não falou, mas obtive a minha informação pelo jeito dele. Eu sempre fui uma ave singularmente observadora.

Foi só depois do carneiro frio e da torta de geleia, bem como do chá e do pão com manteiga, que alguém achou tempo para lamentar as moedas de ouro que tinham ficado espalhadas no chão do corredor subterrâneo, e nas quais ninguém tinha pensado mais até então, desde o momento em que Cyril queimara os dedos na chama de seu último fósforo.

— Que palermas que fomos! — disse Robert. — Sempre quisemos achar um tesouro, e agora...

— Não se preocupe — disse Anthea, tentando como sempre ver o lado bom. — Voltaremos lá e pegaremos tudo, e então daremos presentes para todo mundo.

Passaram mais de um quarto de hora muito agradável, decidindo quais presentes deveriam ser dados para quem e, quando os clamores da generosidade tinham sido satisfeitos, a conversa prolongou-se por mais cinquenta minutos, agora sobre o que iam comprar para eles mesmos.

Foi Cyril quem interrompeu a descrição de Robert, quase técnica demais, do automóvel em que ele pretendia ir e voltar da escola:

— Espere aí! — ele disse. — Podem esquecer. Não adianta. Nunca poderemos voltar. Não sabemos onde era.

— *Você* não sabe? — Jane perguntou à Fênix, esperançosa.

— Não faço a menor ideia — a Fênix respondeu, num tom de amável consternação.

— Então, perdemos o tesouro — disse Cyril. E tinham perdido mesmo.

— Mas nós ainda temos o tapete e a Fênix — disse Anthea.

— Perdão — disse o pássaro, com um ar de dignidade ofendida. — Eu realmente *detesto* parecer intrometida, mas com certeza você *só pode* ter querido dizer a Fênix e o tapete, certo?

3.
A COZINHEIRA RAINHA

Tinha sido num sábado que as crianças fizeram a sua primeira gloriosa viagem no tapete mágico. A menos que você seja muito novo até para ler, saberá que o dia seguinte só podia ser um domingo.

Os domingos no número 18 do Camden Terrace, em Camden Town, são sempre um dia feliz. O pai sempre trazia flores no sábado, de modo que a mesa do café da manhã ficava ainda mais bela. Em novembro, é claro, as flores eram crisântemos, amarelos e cor de cobre. Então sempre havia linguiças com torrada no café da manhã, e eram um êxtase, depois de seis dias de ovos da Kentish Town Road, catorze por um *shilling*.

Naquele domingo em particular havia aves para o almoço, um tipo de comida em geral reservado para aniversários e grandes ocasiões, e havia *angel pudding*,[11] quando o arroz, o leite, as laranjas e o glacê branco fazem o melhor que podem para deixá-lo feliz.

Depois do almoço o pai estava de fato com muito sono, porque trabalhara duro toda a semana; mas ele não cedeu à voz que lhe dizia "vá tirar uma soneca de uma hora". Ele cuidou do Carneirinho, que estava com uma tosse horrível, que a cozinheira dissera que era tosse comprida tão certo quanto dois e dois são quatro, e ele disse:

— Venha, criançada; eu peguei um livro extraordinário na biblioteca, chamado *A Era de Ouro*, e vou ler para vocês.

A mãe se instalou no sofá da sala de estar, e disse que podia ouvir muito bem com os olhos fechados. O Carneirinho se aninhou no "canto braço de poltrona" do braço do pai, e os outros se juntaram numa pilha feliz no tapete junto à lareira. A princípio, claro, havia pés e joelhos e ombros e cotovelos demais, mas um conforto de verdade estava realmente se instalando ali, e a Fênix e o tapete foram guardados na prateleira de cima de seus pensamentos (coisas belas que se podem pegar para brincar depois), quando uma batida soturna e pesada soou na porta da sala de estar. Ela se abriu uns irritados centímetros, e a voz da cozinheira disse:

— Por favor, madame, posso falar com a senhora um pouco?

A mãe olhou para o pai com uma expressão desesperada. Então ela baixou os vistosos sapatos de domingo do sofá, se pôs de pé neles e suspirou.

— Como um peixe no mar — disse o pai, animador, e foi só muito depois que as crianças entenderam o que ele queria dizer.

A mãe saiu no corredor, que é chamado de "o *hall*", onde ficam os guarda-chuvas e a figura do "Monarca do

Vale"[12] numa brilhante moldura amarela, com manchas de cor marrom no Monarca, causadas pela umidade da casa, e lá estava a cozinheira, muito suada e afogueada, com um avental limpo amarrado e amarfanhado sobre o avental sujo com que tinha preparado aquelas deliciosas galinhas. Ela ficou parada ali, parecendo cada vez mais afogueada e suada, enrolando a ponta do avental com os dedos, até dizer muito breve e resolutamente:

— Com a sua licença, senhora, eu gostaria de pedir as minhas contas quando completar o meu mês. — A mãe se encostou no chapeleiro. As crianças puderam ver que ela ficara passada, porque tinha sido muito gentil com a cozinheira, e tinha lhe dado folga justo no dia anterior, e parecia tão indelicado da parte da cozinheira querer se demitir assim, e ainda por cima no domingo.

— Por que, o que aconteceu? — a mãe disse.

— São as crianças — a cozinheira respondeu, e de algum jeito as crianças sentiram que já o sabiam. Não se lembravam de ter feito nada de especialmente errado, mas era tão terrivelmente fácil desagradar uma cozinheira. — São as crianças: aquele tapete novo na sala delas está todo coberto de lama, dos dois lados, uma lama amarela horrorosa, e vai saber de onde a trouxeram. E toda essa sujeira para limpar num domingo! Não é o meu lugar, e não são as minhas intenções, não quero enganar a senhora, mas não fosse pelos capetas, que se existe algum são eles, não é um lugar ruim, embora seja o que eu digo, e eu não queria pedir as contas, mas...

— Sinto muitíssimo — disse a mãe, gentilmente. — Vou falar com as crianças. E é melhor você pensar bem no caso, e se realmente quiser ir embora, me avise amanhã.

No dia seguinte a mãe teve uma conversa discreta com a cozinheira, e a cozinheira disse que não se incomodava de continuar mais um pouco, só para ver como as coisas ficariam.

Mas a essa altura a questão do tapete enlameado já tinha sido tratada seriamente pelo pai e pela mãe. A explicação sem rodeios de Jane, de que a lama viera do fundo de uma torre estrangeira onde havia um tesouro enterrado, foi recebida com tão gélida incredulidade que os outros limitaram a sua defesa a uma expressão de arrependimento, e à determinação de "não fazer de novo". Mas o pai disse (e a mãe concordou com ele, porque mães têm de concordar com pais, e não porque fosse sua a ideia) que crianças que cobriam um tapete dos dois lados com lama, e só conseguiam falar besteiras sem pé nem cabeça quando a elas se pedia uma explicação — referindo-se à afirmação verdadeira de Jane —, não eram dignas de ter um tapete e, de fato, *não teriam* um tapete por uma semana!

De modo que o tapete foi limpo (usando-se folhas de chá, inclusive), o que foi o único consolo em que Anthea pôde pensar, e dobrado e guardado no armário no alto das escadas, e o pai pôs a chave no bolso.

— Até sábado — disse.

— Não importa — disse Anthea. — Ainda temos a Fênix.

Mas o caso era que não tinham. A Fênix não pôde ser

encontrada em parte alguma, e de repente toda a beleza colorida e intensa de acontecimentos mágicos assentou no úmido cinza comum da vida normal em novembro em Camden Town — e lá estava o chão da salinha todo de tábuas nuas ao centro e linóleo marrom nas bordas, e o vazio e amarelo do meio do chão mostravam os besourinhos com terrível nitidez, quando os pobrezinhos saíam ao anoitecer para, como sempre, tentar fazer amizade com as crianças. Mas elas não queriam nem saber.

O domingo terminou funesto, e nem o manjar branco na travessa azul de Dresden no jantar melhorou os ânimos. No dia seguinte a tosse do Carneirinho estava pior. Certamente parecia bem comprida, e o médico veio em sua carruagem.

Todos tentaram suportar o fardo da tristeza que era saber que o tapete mágico estava trancado e a Fênix sumira. Um bom tempo foi gasto em busca da Fênix.

— É uma ave de palavra — disse Anthea. — Tenho certeza de que não nos abandonou. Mas vocês sabem que foi um voo terrivelmente longo de onde quer que fosse para perto de Rochester e de volta, e eu imagino que a coitada deva estar exausta e precisando descansar. Tenho certeza de que podemos confiar nela.

Os outros também tentaram ter a mesma certeza, mas foi difícil.

Não seria de se esperar que ninguém estivesse sentindo muito boa vontade em relação à cozinheira, já que tinha sido inteiramente por ela ter aprontado aquele drama todo por causa de um pouquinho de lama estrangeira que o tapete tinha sido tomado.

— Ela podia ter dito para a gente — disse Jane —, e a Pantera e eu poderíamos ter limpado com folhas de chá.

— Ela é uma bisca rabugenta — disse Robert.

— Eu não vou dizer o que penso dela — disse Anthea, decorosamente — porque seria falar mal, mentir e caluniar.

— Não é nenhuma mentira dizer que ela é uma porca desagradável, e uma horrível Bozwoz de nariz azul — disse Cyril, que lera *The Eyes of Light* e pretendia falar como Tony assim que ensinasse Robert a falar como Paul.[13]

E todas as crianças, até mesmo Anthea, concordaram que mesmo que a cozinheira não fosse um Bozwoz de nariz azul, gostariam que ela nunca tivesse nascido.

Mas peço a você que acredite que eles não fizeram de propósito todas as coisas que tanto aborreceram a cozinheira na semana seguinte, embora eu ouse dizer que as coisas não teriam acontecido se a cozinheira fosse estimada por eles. É um mistério. Explique se for capaz. As coisas que aconteceram foram as seguintes:

Domingo — Descoberta de lama estrangeira nos dois lados do tapete.

Segunda-feira — Alcaçuz posto para ferver com balas de anis numa leiteira. Anthea fez isso, porque achou que ia ser bom para a tosse do Carneirinho. Esqueceu completamente da coisa, e o fundo da leiteira queimou. Era a leiteira com a borda branca usada para o leite do Carneirinho.

Terça-feira — Um rato morto encontrado na despensa. Faca de servir peixe levada para cavar o túmulo. Por lamentável acidente, faca de servir peixe quebrada. Defesa: "A cozinheira não devia guardar ratos mortos na despensa".

Quarta-feira — Sebo picado deixado na mesa da cozinha. Robert acrescentou sabão picado, mas diz que achou que o sebo era sabão também.

Quinta-feira — Janela da cozinha quebrada por queda, em brincadeira perfeitamente justa de bandido e mocinho no local.

Sexta-feira — Ralo da pia da cozinha tapado com massinha e pia enchida de água para fazer um lago para barquinhos de papel flutuarem. Foram embora deixando a torneira aberta. Tapete da cozinha e sapatos da cozinheira arruinados.

No sábado o tapete foi devolvido. Houve tempo de sobra durante a semana para decidir para onde pedir que ele fosse quando o recebessem de volta.

A mãe tinha ido visitar a avó, e não levara o Carneirinho porque sua tosse estava muito forte, a qual, a cozinheira repetia sempre, era tosse comprida tão certo como dois e dois são quatro.

— Mas nós vamos levá-lo para passear, meu amorzinho querido — disse Anthea. — Vamos levá-lo para algum lugar onde você não possa ter tosse comprida. Não seja tonto, Robert. Se ele *falar* alguma coisa ninguém vai notar. Ele sempre fala de coisas que nunca viu.

De modo que eles se vestiram e vestiram o Carneirinho com roupas de sair, e o Carneirinho riu e tossiu, e riu e tossiu de novo, coitadinho, e todas as cadeiras e mesas foram removidas de cima do tapete pelos meninos, enquanto Jane cuidava do Carneirinho, e Anthea percorria apressada a casa numa última tentativa desesperada de achar a Fênix desaparecida.

— Não adianta ficar esperando — ela disse, reaparecendo sem fôlego na sala do café da manhã. — Mas eu sei que ela não nos abandonou. É uma ave de palavra.

— É mesmo — disse a voz suave da Fênix, debaixo da mesa.

Todo mundo se ajoelhou e olhou, e lá estava a Fênix empoleirada na trave de madeira embaixo da mesa, que outrora sustentava uma gaveta, nos dias felizes antes de a gaveta ter sido usada como barco, e o seu fundo infelizmente ter sido destroçado pelas *Botas Escolares Realmente Resistentes Marca Raggett* nos pés de Robert.

— Eu estava aqui o tempo todo — disse a Fênix, bocejando educadamente por trás das garras. — Se queriam me ver, deviam ter recitado a ode da invocação: tem sete mil versos, e é escrita no mais puro e belo grego.

— Você não poderia nos dizer como ela é em inglês? — perguntou Anthea.

— É um tanto longa, não? — disse Jane, fazendo o Carneirinho pular em seu joelho.

— Você não poderia fazer uma versão abreviada em inglês, como Tate e Brady?[14]

— Ah, venha cá, venha — disse Robert, estendendo a mão. — Venha cá, boa e velha Fênix.

— Boa, velha e *bela* Fênix — ela corrigiu timidamente.

— Boa, velha e *bela* Fênix, então. Venha cá, venha cá — disse Robert, com impaciência, a mão ainda estendida.

A Fênix voejou imediatamente para o punho dele.

— Este amável jovem — ela disse para os outros — conseguiu milagrosamente colocar todo o sentido de sete mil versos de invocação em grego num só verso de sete sílabas, um pouco equivocado em algumas palavras, mas...

— Venha cá, venha cá, boa, velha e bela Fênix!

— Longe de perfeito, admito; mas nada mau para um menino da idade dele.

— Bom, agora então — disse Robert, pisando no tapete com a Fênix dourada no punho.

— Você parece o falcoeiro do rei — disse Jane, sentando-se no tapete com o bebê no colo.

Robert tentou continuar parecendo. Cyril e Anthea ficaram de pé no tapete.

— Temos de estar de volta antes do almoço — disse Cyril — ou a cozinheira vai nos entregar.

— Ela não aprontou desde o domingo — disse Anthea.

— Ela... — Robert estava começando, quando a porta se escancarou e a cozinheira, furiosa e feroz, entrou como um tornado e parou sobre a borda do tapete, com uma bacia quebrada numa das mãos e uma ameaça na outra, que estava cerrada.

— Olhem aqui! — ela gritou. — Minha única bacia; e como vou fazer a torta de carne e miúdos que sua mãe mandou eu fazer para o almoço de vocês? Vocês não merecem almoço nenhum, não merecem mesmo.

— Peço mil desculpas, cozinheira — disse Anthea, gentilmente. — A culpa foi minha, e eu esqueci de lhe contar. Quebrou quando estávamos vendo a nossa sorte com chumbo derretido, sabe, e eu pretendia lhe contar.

— Pretendia me contar... — retrucou a cozinheira; ela estava vermelha de raiva, e eu realmente não me admiro — pretendia me contar! Bom, eu pretendo contar, também. Eu fiquei de bico calado a semana toda, porque a patroa disse para mim algo como "não se deve esperar cabeças adultas em pescoços jovens", mas agora não vou mais ficar calada. Teve o sabão que você pôs em nosso pudim, e eu e a Eliza não dissemos nem uma palavra para a mãe de vocês, embora bem fosse o caso, e a leiteira, e a faca de servir peixe, e... Pelas barbas do bode! Por que vocês puseram roupas de sair nessa bendita criança?

— Não vamos levá-lo para sair — começou Anthea. — Ao menos não... — ela se interrompeu, porque se não iam levá-lo para sair na Kentish Town Road, com certeza pretendiam levá-lo a algum lugar. Mas não se tratava do que a cozinheira quis dizer com "sair". Isso deixou confusa a honesta Anthea.

— Sair! — disse a cozinheira. — Vou me encarregar para que isso não aconteça — e ela tomou o Carneirinho do colo de Jane, enquanto Anthea e Robert a seguravam pelas saias e pelo avental.

— Escute aqui — disse Cyril, com firme desespero —, não dá para você ir embora, e fazer a torta numa forma, ou num vaso, ou numa lata, ou algo assim?

— Eu não — disse a cozinheira, secamente. — Não vou deixar que vocês matem de frio essa criaturinha preciosa.

— Eu estou avisando — disse Cyril, solenemente. — Cuidado, antes que seja tarde demais.

— Tarde demais para você, não para essa gracinha — disse a cozinheira com ternura furiosa. — Eles não vão sair com você, não vão mesmo. E... Onde vocês arranjaram essa galinha amarela? — Ela apontou para a Fênix.

Até Anthea viu que, se a cozinheira não recuasse, quem seria obrigado a recuar eram eles.

— Eu desejo — ela disse de repente — que a gente esteja numa praia ensolarada dos mares do sul,[15] onde não se pode ter tosse comprida.

Ela disse isso por cima dos berros assustados do Carneirinho e da cozinheira ralhando teimosa, e imediatamente a sensação de rodopiar-e-ficar-zonzo-até-cair se apoderou de todo mundo, e a cozinheira caiu sentada no tapete, segurando firme o Carneirinho, que berrava, contra sua estampada corpulência, e invocando Santa Brígida para vir socorrê-la. Ela era irlandesa.

No momento em que a sensação de tontura-de-ponta--cabeça passou, a cozinheira abriu os olhos, deu um berro estridente e os fechou de novo, e Anthea aproveitou a oportunidade para pegar o Carneirinho, que gritava desesperadamente, em seus próprios braços.

— Está tudo bem — ela disse —, a tua Pantera te pegou. Olhe as árvores, e a areia, e as conchas, e as grandes tartarugas. *Minha nossa*, como está quente!

Com certeza estava; pois o diligente tapete tinha pousado numa praia ensolarada dos mares do sul sem a menor dúvida, como Robert observou. Na mais verde das encostas verdes havia uma mata gloriosa onde palmeiras e todas as flores e frutos tropicais sobre os quais você leu em *Westward Ho!* e *Fair Play*[16] cresciam em abundante profusão. Entre a encosta verdinha e o mar bem azul havia uma faixa de areia que parecia um tapete de pano dourado com joias, pois não era cinzenta como a nossa areia do norte, mas amarela e variada — cor de opala como a luz do sol e arco-íris. E no instante exato em que o movimento brusco, rodopiante, ofuscante, ensurdecedor, de virar de ponta-cabeça do tapete parou, as crianças tiveram a felicidade de ver três grandes tartarugas avançando na beira da praia e desaparecendo no mar. E estava mais quente do que você possa imaginar, a menos que pense em fornos em dias de fazer pão. Sem um instante de hesitação, todo mundo tirou as roupas usadas para sair em Londres em novembro, e Anthea tirou o casaco azul de bandoleiro e o chapéu de três bicos do Carneirinho, e então sua camisa de malha, e daí o próprio Carneirinho saiu de seu calção azul e se pôs de pé, feliz e quente em sua camisa branca.

— Tenho certeza de que é muito mais quente do que a costa no verão — Anthea disse. — Mamãe sempre nos deixa ficar descalços lá.

E assim os sapatos e meias do Carneirinho foram tirados, e ele ficou enfiando seus dedinhos rosados na areia dourada e macia.

— Eu sou um patinho branco... — ele disse — um patinho branco que nada — e se deixou cair grasnando na areia.

— Deixem ele — disse Anthea. — Não vai acontecer nada. Ah, como está quente.

A cozinheira subitamente abriu seus olhos e berrou, fechou-os, berrou de novo, abriu os olhos mais uma vez e disse:

— Uai, minha nossa, o que é isso tudo? É um sonho, imagino. Bom, se for, é o melhor que já tive. Vou olhar no livro dos sonhos amanhã. À beira-mar com árvores e um tapete onde sentar. Nunca sonhei com nada igual.

— Escute — disse Cyril —, não é um sonho, é real.

— Ah, sim! — disse a cozinheira. — Sempre dizem isso nos sonhos.

— É *real*, estou lhe dizendo — Robert insistiu, batendo o pé. — Não vou lhe dizer como se faz, porque isso é um segredo nosso. — Ele piscou enfaticamente para cada um dos outros. — Mas você nunca que ia embora fazer o raio daquela torta, de modo que *tivemos* de trazer você, e espero que goste.

— Eu gosto sim, não tenha dúvida — disse a cozinheira inesperadamente. — E sendo um sonho o que eu digo não vai importar, e eu *vou* dizer, nem que seja a última coisa que eu diga, que de todas as pestinhas insuportáveis da...

— Acalme-se, minha boa mulher — disse a Fênix.

— Boa mulher, sei — disse a cozinheira. — Boa mulher é você. — Então ela viu quem tinha falado. — Ora essa, se isso não é coisa de sonho! Galinhas amarelas falando e tudo o mais! Já ouvi falar nessas coisas, mas nunca imaginei que um dia ia ver coisas assim.

— Bom, então... — disse Cyril, impaciente — sente-se

aí que esse dia chegou. E é um dia bem bonito. Aqui, os outros... precisamos fazer um conselho, urgente! — Eles caminharam na praia até estarem fora do alcance dos ouvidos da cozinheira, que ainda olhava em volta dela com um sorriso feliz, sonhador, aéreo.

— Escutem — disse Cyril. — Precisamos enrolar o tapete e escondê-lo, para que possamos pegá-lo a qualquer instante. O Carneirinho pode ficar livre de sua tosse comprida a manhã toda, e podemos olhar por aí; se os selvagens[17] nessa ilha forem canibais, a gente encerra o assunto, e a leva de volta. E se não forem, a gente vai *deixar a cozinheira aqui*.

— Isso é ser bondoso com os criados e os animais, como o reverendo disse? — perguntou Jane.

— E ela lá é bondosa? — retrucou Cyril.

— Bom, em todo caso — disse Anthea —, o mais seguro é deixar o tapete ali com ela sentada em cima. Talvez seja uma lição para ela e, de qualquer forma, se ela pensa que é um sonho não vai importar o que ela disser ao voltar para casa.

Assim, os casacos, chapéus e luvas sobrando foram empilhados no tapete. Cyril pegou no colo o Carneirinho saudável e feliz, a Fênix empoleirou-se no punho de Robert, e "os exploradores se prepararam para adentrar a terra desconhecida".

Onde havia relva, a encosta era fácil, mas debaixo das árvores havia cipós emaranhados com flores de cores brilhantes e formas estranhas, e ali era difícil de andar.

— A gente devia ter um machado de explorador — disse Robert. — Vou pedir para o pai me dar um no Natal.

Havia cortinas de cipós com florações perfumadas dependurando-se das árvores, e pássaros de cores vistosas passavam voando bem perto do rosto deles.

— Agora, digam-me honestamente — disse a Fênix. — Há alguma ave aqui mais bonita do que eu? Não se preocupem em magoar os meus sentimentos, sou uma ave modesta, espero.

— Nenhunzinho deles — disse Robert, com convicção — chega nem mesmo aos seus pés!

— Nunca fui uma ave vaidosa — disse a Fênix —, mas devo admitir que você confirma a impressão que tive. Vou voar um pouco. — Ela fez um círculo no ar por um instante e, voltando ao punho de Robert, anunciou: — Há um caminho à esquerda.

E lá estava ele, de modo que as crianças puderam avançar na mata com mais rapidez e comodidade, as meninas colhendo flores, e o Carneirinho convidando "os patinhos" para ver que ele era um "patinho molhado de água de verdade"!

E durante todo esse tempo ele não tossira, comprido ou não, nem uma vez.

A trilha fazia curvas para lá e para cá e, sempre abrindo caminho entre emaranhados de flores, as crianças subitamente viraram numa curva e se viram numa clareira na mata, onde havia um monte de cabanas pontiagudas — cabanas, eles souberam no mesmo instante, de *selvagens*.

Até o mais corajoso coração bateu mais rápido. E se eles *fossem* canibais? Era um longo caminho de volta até o tapete.

— Não seria melhor a gente voltar? — disse Jane. — Voltar *agora* — ela acrescentou, e sua voz tremeu um pouco. — E se eles nos comerem?

— Bobagem, Gatinha — disse Cyril, firmemente. — Veja, tem uma cabra amarrada ali. Isso mostra que eles não comem *gente*.

— Vamos lá dizendo que somos missionários — Robert sugeriu.

— Eu não aconselharia isso — disse a Fênix, muito decididamente.

— Por que não?

— Bom, para começo de conversa, não é verdade — respondeu a ave dourada.

Foi enquanto eles estavam ali parados hesitando na borda da clareira que um homem alto subitamente saiu de uma das cabanas. Ele estava quase sem roupa, e o seu corpo era todo de uma bela cor escura de cobre — igual aos crisântemos que o pai trouxera para casa no sábado. Em sua mão ele empunhava uma lança. O branco dos olhos e o branco dos dentes eram as únicas coisas claras nele, mas as partes de seu reluzente corpo moreno nas quais o sol brilhava pareciam brancas, também. Se você prestar atenção no próximo selvagem reluzente que encontrar praticamente sem roupa, verá no mesmo instante — se o sol estiver brilhando na hora — que eu tenho razão.

O selvagem olhou para as crianças. Esconder-se era impossível. Ele soltou um grito que era mais parecido com "U gogueri beg-veg" do qualquer outra coisa que as crianças já tinham ouvido, e logo uma gente cor de cobre saiu das cabanas, infestando a clareira como um formigueiro. Não houve tempo para discussão, e ninguém queria discutir nada, em todo caso. Se aquela gente cor de cobre era canibal ou não, isso agora parecia importar muito pouco.

Sem um instante de hesitação, as quatro crianças se viraram e saíram correndo de volta pela trilha na mata; a única pausa foi de Anthea. Ela recuou para deixar Cyril passar, porque ele estava carregando o Carneirinho, que gritava de alegria (ele não tossira comprido nem uma única vez desde que o tapete o trouxera à ilha).

— Corre, Esquilo, corre — ele gritou, e Cyril de fato correu. A trilha era um caminho até a praia mais curto do que aquele cheio de cipós pelo qual tinham chegado ali, e quase que imediatamente viram através das árvores o brilhante azul-dourado-opalescente de areia e mar.

— Direto para lá — gritou Cyril, sem fôlego.

Direto eles foram; correram na areia — podiam ouvir atrás deles o barulho de pés que sabiam, bem demais, que eram cor de cobre.

A areia era dourada e cor de opala — e deserta. Havia guirlandas de algas tropicais, havia belas conchas tropicais do tipo que não se compra na Kentish Town Road por menos de quinze *pences* o par. Havia tartarugas banhando-se na beira da água — mas nada de cozinheira, roupas ou tapete.

— Para o mar, para dentro do mar! — exclamou Cyril.
— Eles devem detestar água. Ouvi... dizer... selvagens... sempre... sujos.

Os pés deles já estavam pisando na água rasa e morna antes que tivessem terminado de dizer suas palavras esbaforidas. As ondas no raso eram fáceis de atravessar. Esquenta um bocado correr para salvar a sua vida nos trópicos, e o frio da água foi delicioso. Agora ela estava na altura do peito deles e do queixo de Jane.

— Olhem! — disse a Fênix. — O que eles estão apontando?

As crianças se viraram; e lá, um pouco a oeste, havia uma cabeça — uma cabeça que conheciam, com um chapéu torto sobre ela. Era a cabeça da cozinheira.

Por alguma razão os selvagens tinham parado na beira da água, e todos falavam em altos brados, apontando dedos cor de cobre, bem esticados por conta do interesse e do entusiasmo, para a cabeça da cozinheira.

As crianças se apressaram na direção dela o mais rápido que a água permitiu.

— O que diabos você está fazendo aqui? — Robert gritou. — E onde foi parar o tapete?

— Não foi parar em lugar nenhum — respondeu a cozinheira, toda feliz. — Está *debaixo* de mim, na água. Eu fiquei com calor sentada lá no sol, e eu só disse "gostaria de estar numa banheira de água fria", só isso, e no instante seguinte eu estava aqui! É tudo parte do sonho.

Todo mundo percebeu no mesmo instante a sorte incrível que fora o tapete ter sido sensato o bastante para levar a cozinheira para a banheira maior e mais perto, o mar; e como teria sido terrível se o tapete tivesse levado a si mesmo e a cozinheira para o banheiro apertado da casa em Camden Town!

— Com licença... — disse a voz suave da Fênix, interrompendo o suspiro de alívio geral — mas eu acho que essa gente marrom quer a sua cozinheira.

— Pa-para... comer? — sussurrou Jane, o melhor que pôde em meio à água que o Carneirinho estava espirrando no rosto dela com mãozinhas e pezinhos felizes.

— Dificilmente — replicou a ave. — Quem quer cozinheiras para *comer*? Cozinheiras servem para *fazer* comida, não para serem comidas. Eles querem contratá-la.

— Como você consegue entender o que eles estão dizendo? — perguntou Cyril, duvidando.

— É tão fácil quanto beijar suas próprias garras — respondeu a ave. — Eu entendo e falo *todas* as línguas, até a da sua cozinheira, que é meio esquisita e desagradável. É bem fácil, quando você sabe como se faz. Vem naturalmente. Eu aconselharia a levar o tapete para a praia e desembarcar a carga... a cozinheira, quer dizer. Dou-lhes a minha palavra: os cor de cobre não vão fazer mal a vocês.

É impossível não aceitar a palavra de uma Fênix quando ela lhe diz para aceitá-la. De modo que as crianças pegaram as pontas do tapete e, puxando-o sob a cozinheira, rebocaram-no lentamente pela água em direção à parte rasa, e por fim o estenderam na areia. A cozinheira, que viera atrás, imediatamente se sentou nele, e no mesmo instante os nativos cor de cobre, agora estranhamente humildes, fizeram uma roda em volta do tapete, e se prostraram com os rostos voltados para a areia dourada e iridescente. O selvagem mais alto falou nessa posição, o que deve ter sido muito desconfortável para ele; e Jane percebeu que depois ele precisou de um bom tempo para tirar a areia da boca.

— Ele diz — observou a Fênix, depois de alguns instantes — que eles querem contratar permanentemente a sua cozinheira.

— Sem referências? — perguntou Anthea, que ouvira a mãe falar dessas coisas.

— Eles não querem contratá-la como cozinheira, mas como rainha; e rainhas não precisam de referências.

Houve uma pausa sem fôlego.

— Ora, ora... — disse Cyril — escolher justo ela! Mas gosto não se discute.

Todo mundo riu dessa ideia de contratar a cozinheira como rainha; não conseguiram evitar.

— Eu não aconselharia risadas — advertiu a Fênix, eriçando suas penas douradas, que estavam completamente molhadas. — E não é por escolha deles. Parece que há uma antiga profecia dessa tribo cor de cobre, segundo a qual uma grande rainha iria algum dia emergir do mar com uma coroa branca na cabeça e... bom, vocês estão vendo! Há uma coroa!

Ela apontou para o chapéu da cozinheira; e ele estava bem sujo, porque já era o fim da semana.

— Essa é a coroa branca — disse. — Ao menos, quase branca... muito branca se comparada à cor que eles são... De qualquer modo, é branca o bastante.

Cyril dirigiu-se à cozinheira. — Escute aqui — disse —, essa gente de pele morena quer que você seja a rainha deles. Eles não passam de selvagens, por isso não sabem muito bem o que estão fazendo. Agora, você gostaria realmente de ficar aqui? Ou, se você prometer não ser tão implicante em casa, e não dizer uma palavra a ninguém sobre o dia de hoje, nós a levaremos de volta a Camden Town.

— Não, vocês não vão me levar — disse a cozinheira, num tom firme e resoluto. — Eu sempre quis ser a Rainha, que Deus a abençoe! E eu sempre achei que eu daria uma boa rainha, e agora serei uma. Se é *só* um sonho, é um que vale muito a pena. E eu não vou voltar para aquela cozinha horrível no porão, e levando a culpa por tudo; isso eu não quero, até o sonho terminar e eu acordar com aquela campainha horrível azucrinando os meus ouvidos, é o que estou lhes dizendo.

— Você *tem certeza...* — Anthea perguntou ansiosa para a Fênix — que ela vai ficar segura aqui?

— Ela vai descobrir que o ninho de uma rainha é uma coisa realmente preciosa e macia — disse a ave, de forma solene.

— Bom... você ouviu — disse Cyril. — Você arranjou uma coisa preciosa e macia, então trate de ser uma boa rainha. É mais do que você teria direito de esperar, mas que seu reinado seja longo.

Alguns dos súditos cor de cobre da cozinheira vieram então da mata com compridas guirlandas de belas flores, brancas e perfumadas, e as penduraram respeitosamente em volta do pescoço de sua nova soberana.

— O quê? Todos esse lindos buquês para mim?! — exclamou a cozinheira em êxtase. — Bem, isso é *realmente* um sonho, tenho de dizer.

Ela sentou-se muito ereta no tapete, e os cor de cobre, também eles enfeitados com guirlandas das flores mais coloridas, ensandecidamente colocaram penas de papagaio no cabelo dela e começaram a dançar. Era uma dança como você nunca viu; fez as crianças terem a sensação de que a cozinheira quase estava certa, e que eles estavam todos num sonho. Tambores pequenos de formatos estranhos foram tocados, canções esquisitas foram cantadas, e a dança foi ficando cada vez mais rápida e mais esquisita, até os dançarinos enfim caírem na areia, exaustos.

A nova rainha, seu chapéu-coroa todo torto para um lado, bateu palmas com entusiasmo.

— Bravo! — ela exclamou. — Bravo! Foi melhor que o Albert Edward Music-Hall[18] na Kentish Town Road. Dancem de novo!

Mas a Fênix não traduziria esse pedido para a língua dos cor de cobre; e quando os selvagens tinham recuperado o fôlego, imploraram à rainha que deixasse a sua escolta branca e fosse com eles para as cabanas.

— A melhor será sua, ó Rainha — eles disseram.

— Bom... até logo! — disse a cozinheira, levantando-se com esforço, quando a Fênix traduziu esse pedido. — Chega de cozinhas e sótãos para mim, muito obrigada. Estou indo para o meu palácio real, estou mesmo; e eu só queria que esse sonho continuasse para sempre.

Ela catou as pontas das guirlandas que se arrastavam atrás de seus pés, e as crianças tiveram um último relance de suas meias listradas e botas gastas antes que ela desaparecesse na sombra da mata, cercada por seus súditos escuros, cantando músicas de celebração.

— Bom... — disse Cyril. — Imagino que ela ficará bem, mas eles não parecem ligar muito para nós, de um jeito ou de outro.

— Oh — disse a Fênix. — Eles acham que vocês não passam de sonhos. De acordo com a profecia, a rainha emergiria das ondas com uma coroa branca e cercada por crianças brancas de sonho. E é isso que eles pensam que vocês são!

— E quanto ao almoço? — disse Robert, de maneira abrupta.

— Não vai haver almoço nenhum, sem cozinheira e sem bacia — Anthea lembrou a ele. — Mas sempre há pão com manteiga.

— Vamos para casa — disse Cyril.

O Carneirinho se opôs furiosamente a ser vestido com suas roupas quentes de novo, mas Anthea e Jane conseguiram, com força disfarçada de persuasão, e ele não tossiu comprido nem uma vez.

Então todos puseram as suas roupas e tomaram seus lugares no tapete.

O som de uma cantoria desvairada ainda vinha por trás das árvores onde os nativos cor de cobre estavam cantando odes de admiração e respeito para a sua rainha de coroa branca. Então Anthea disse "para casa", exatamente como duquesas e pessoas assim dizem para seus cocheiros, e o inteligente tapete num momento de redemoinho pousou em seu lugar no chão da salinha das crianças. E bem naquele momento Eliza abriu a porta e disse:

— A cozinheira foi embora! Não consigo encontrá-la em parte alguma, e não tem almoço feito. Ela não levou a mala nem as suas roupas de sair. Ela deve ter dado uma saída rápida para ver a hora, eu não me admiraria; ela nunca acredita no relógio da cozinha... e ela foi atropelada ou teve um ataque de alguma coisa, muito provavelmente. Vocês vão ter que se virar com bacon frio para o almoço; e por que vocês estão vestidos para sair não faço a menor ideia. E então eu vou dar uma saída e ver se eles sabem alguma coisa sobre ela na polícia.

Mas ninguém jamais soube mais nada sobre a cozinheira, a não ser as crianças e, mais tarde, uma outra pessoa.

A mãe ficou tão chateada de ficar sem a cozinheira, e tão ansiosa quanto ao paradeiro dela, que Anthea se sentiu muito mal, como se ela tivesse feito alguma coisa realmente muito ruim. Ela acordou várias vezes durante a noite, e por fim decidiu que iria pedir à Fênix que lhe deixasse contar tudo para a sua mãe. Mas não houve oportunidade para fazer isso no dia seguinte, porque a Fênix, como de hábito, tinha ido dormir em algum lugar desconhecido, depois de ter pedido, como um favor especial, que não a perturbassem por vinte e quatro horas.

O Carneirinho não tossiu nem uma única vez naquele domingo, e a mãe e o pai comentaram como era bom o remédio que o médico lhe dera. Mas as crianças sabiam que era a praia dos mares do sul onde não se pode ter tosse comprida que o curara. O Carneirinho tagarelou sobre areia e água, mas ninguém deu importância para isso. Ele com frequência falava de coisas que não tinham acontecido.

Foi na manhã de segunda-feira, realmente bem cedo, que Anthea acordou e de repente tomou uma decisão. Ela se esgueirou pela escada ainda de camisola (e estava muito frio), sentou-se no tapete, e com o coração palpitando desejou estar na praia ensolarada onde não se pode ter tosse comprida, e no instante seguinte lá estava ela.

A areia estava esplendidamente quente. Ela logo sentiu isso, mesmo através do tapete. Ela o dobrou e o colocou sobre os ombros como um xale, pois estava determinada a não se afastar dele nem por um instante, não importando o calor que sentia ao usá-lo assim.

Então tremendo um pouco, e tentando manter a coragem repetindo para si mesma "é o meu *dever*, *é* o meu dever", ela seguiu pela trilha na mata.

— Ora, aí está você de novo — disse a cozinheira, assim que viu Anthea. — Esse sonho realmente continua!

A cozinheira vestia uma túnica branca; estava sem sapatos, meias e chapéu, e sentava-se sob um telhado de folhas de palmeira, pois era de tarde na ilha e fazia muito calor. Ela usava uma guirlanda de flores no cabelo, e meninos cor de bronze a estavam abanando com penas de pavão.

— Eles guardaram o chapéu — ela disse. — Eles parecem achar que é muito importante. Nunca viram um antes, imagino.

— Você está feliz? — perguntou Anthea, ofegante; a visão da cozinheira como uma rainha deixou-a sem fôlego.

— Estou sim, minha querida — disse a cozinheira, com convicção. — Não tenho de fazer nada que eu não queira. Mas estou só descansando agora. Amanhã vou começar a limpar a minha cabana, se o sonho continuar, e vou ensiná-los a cozinhar; eles queimam a comida, ou então comem tudo cru.

— Mas você consegue falar com eles?

— Ora, não é que consigo? — respondeu a feliz cozinheira rainha. — É bem fácil de aprender. Eu sempre achei que seria rápida com línguas estrangeiras. Eu já ensinei eles a entender "almoço", "quero algo para beber", e "deixem-me em paz".

— Então você não quer mais nada? — Anthea perguntou, decidida e ansiosa.

— Eu não, senhorita, exceto que você vá embora. Tenho medo de acordar com aquela campainha tocando se você continuar aparecendo para falar comigo. Enquanto esse sonho continuar eu vou ficar feliz como uma rainha.

— Adeus, então — disse Anthea, alegremente, pois estava com a consciência limpa agora.

Ela apressou-se pela mata, jogou-se no chão, disse "para casa"... e lá estava ela, enrolada no tapete, no chão da salinha das crianças.

— Ela está mesmo bem, afinal — disse Anthea, e voltou para a cama. — Fico contente que estejam todos satisfeitos. Mas mamãe jamais acreditará quando eu contar para ela.

A história é de fato um pouco difícil de acreditar. Ainda assim, você pode tentar.

4.
DOIS BAZARES

A mãe era realmente muito querida. Era bonita e era amorosa, incrivelmente boa quando se ficava doente, e sempre gentil, quase sempre justa. Quer dizer, ela era justa quando entendia as coisas. Mas é claro que nem sempre entendia as coisas. Ninguém entende tudo o tempo todo, e mães não são anjos, embora muitas delas cheguem perto. As crianças sabiam que a mãe sempre queria fazer o que era melhor para elas, mesmo se não soubesse exatamente o que era o melhor. Era por isso que todos, mas principalmente Anthea, ficavam um tanto incomodados de esconder dela o grande segredo do tapete mágico e da Fênix. E Anthea, cuja cabeça era feita de um jeito que a tornava capaz de ficar muito mais incomodada do que os outros, decidira que tinha de contar para a sua mãe a verdade, por mais improvável que fosse que a mãe acreditasse.

— Então eu terei feito o que é certo — ela disse para a Fênix —, e se ela não acreditar em mim, não vai ser culpa minha... vai?

— Nem um pouquinho — disse o pássaro dourado. — E ela não vai acreditar, de modo que não há problema.

Anthea escolheu uma hora em que estava fazendo as suas lições de casa — eram álgebra e latim, alemão, inglês e geometria euclidiana — e perguntou à mãe se podia vir fazê-las na sala de estar — "para poder ter tranquilidade", ela dissera para a mãe; e para si mesma dissera "e essa não é a verdadeira razão. Espero que eu não acabe virando uma mentirosa".

A mãe disse:

— Claro, minha querida — e Anthea começou a nadar num mar de x, y e z. A mãe estava sentada na escrivaninha de mogno escrevendo cartas.

— Mamãe querida — disse Anthea.

— Sim, meu amor — disse a mãe.

— A cozinheira — disse Anthea. — Eu sei onde ela está.

— É mesmo, querida? — disse a mãe. — Bom, eu não a aceitaria de volta por causa da maneira como se comportou.

— Não foi culpa dela — disse Anthea. — Posso lhe contar desde o começo?

A mãe depôs a caneta, e o seu rosto bonito assumiu uma expressão resignada. Como você sabe, uma expressão resignada sempre faz você não querer contar nada para ninguém.

— Foi assim — disse Anthea, apressadamente. — Aquele ovo, sabe, que veio no tapete; nós o pusemos no fogo e dele saiu a Fênix, e o tapete é mágico, e...

— Uma brincadeira divertida, querida — disse a mãe, pegando de novo sua caneta. — Agora fique quieta, por favor. Tenho de escrever um monte de cartas. Eu vou para Bournemouth amanhã com o Carneirinho... e tem aquele bazar.

Anthea voltou para os x, y, z, e a caneta da mãe retomou as cartas.

— Mas, mãe — disse Anthea, quando a mãe pôs a caneta na mesa para lamber um envelope —, o tapete nos leva aonde pedimos, e...

— Eu gostaria que os levasse aonde pudessem arranjar algumas coisas orientais boas para o meu bazar — disse a mãe. — Eu prometi a eles, e não tenho tempo de ir à Liberty agora.[19]

— Ele leva — disse Anthea. — Mas, mãe...

— Sim, querida? — disse a mãe, um pouco impaciente, pois tinha pegado a caneta de novo.

— O tapete nos levou a um lugar onde ninguém tem tosse comprida, e o Carneirinho não tossiu mais desde então, e nós levamos a cozinheira porque ela estava sendo tão chata, e então ela acabou ficando lá como rainha dos selvagens. Eles acharam que o chapéu dela era uma coroa, e...

— Querida — disse a mãe —, você sabe que adoro ouvir as coisas que você inventa... mas estou muito ocupada agora.

— Mas é verdade — disse Anthea, desesperadamente.

— Você não devia dizer isso, meu amor — disse a mãe, gentilmente. E então Anthea soube que não tinha jeito.

— Você vai ficar fora muito tempo? — perguntou Anthea.

— Estou gripada — disse a mãe —, e o papai está preocupado com isso, e com a tosse do Carneirinho.

— Ele não tossiu desde sábado — a irmã mais velha do Carneirinho interrompeu.

— Eu gostaria de acreditar nisso — a mãe respondeu. — E o papai tem de ir para a Escócia. Eu espero que vocês se comportem.

— Nós vamos, vamos sim — disse Anthea, fervorosamente. — Quando é o bazar?

— No sábado — disse a mãe —, na escola. Ah, não fale mais nada, por favor. Minha cabeça está girando, e estou confusa se "coqueluche" é com "ch".

A mãe e o Carneirinho foram viajar, o pai foi viajar, e havia uma nova cozinheira que se parecia tanto com um coelhinho assustado que ninguém tinha coragem de fazer nada para assustá-la mais do que já era o natural dela.

A Fênix pediu licença. Disse que queria descansar por uma semana, e pediu para não ser perturbada. E escondeu o seu ser brilhante e dourado, e ninguém sabia onde.

Então, quando a tarde de quarta-feira tornou-se um feriado inesperado, e todos decidiram ir a algum lugar no tapete, a viagem teve que ser feita sem a Fênix. Eles estavam impedidos de fazer qualquer excursão noturna no tapete por uma súbita promessa à mãe, obtida na agitação da partida, de que eles não ficariam fora depois das seis, exceto no sábado, quando iriam ao bazar, e juraram colocar suas melhores roupas, se lavar à perfeição, e limpar as unhas — não com tesouras, que arranham e estragam, mas com as pontas chatas dos fósforos, que não fazem nenhum mal às unhas.

— Vamos ver o Carneirinho — disse Jane.

Mas todo mundo concordou que, se eles aparecessem de repente em Bournemouth, iriam assustar seriamente a mãe, capaz até de ela ter um ataque. De modo que eles se sentaram no tapete, e pensaram e pensaram até quase ficarem vesgos de tanto pensar.

— Escutem — disse Cyril —, já sei. Por favor, tapete, leve-nos a algum lugar em que a gente possa ver o Carneirinho mas nem a mãe nem ninguém mais possa nos ver.

— Exceto o Carneirinho — disse Jane rapidamente.

E no instante seguinte eles estavam se recuperando depois de terem ficado de ponta-cabeça — e lá estavam eles sentados no tapete, e o tapete estendido sobre outro espesso e macio tapete de agulhas de pinheiro amarronzadas. Havia pinheiros por cima deles, e um riachinho agitado e cristalino corria o mais rápido que podia entre margens íngremes — e lá, sentada no tapete de agulhas de pinheiro, estava a mãe, sem o chapéu; e o sol brilhava forte, embora fosse novembro — e lá estava o Carneirinho, feliz da vida e não tossindo nem um pouquinho.

— O tapete nos enganou — disse Robert, aborrecido. — A mãe vai nos ver no momento em que virar a cabeça.

Mas o fiel tapete não os enganara.

A mãe virou sua querida cabeça e olhou direto para eles, e *não os viu*!

— Estamos invisíveis — Cyril sussurrou. — Que coisa mais incrível.

Mas para as meninas nada tinha de incrível. Era horrível que a mãe ficasse olhando direto para elas, com o rosto igualzinho, como se não estivessem ali.

— Não gosto disso — disse Jane. — Mamãe nunca nos olhou assim antes. É quase como se ela não amasse a gente; como se fôssemos filhos de outros, e não lá muito simpáticos ainda por cima; como se ela nem se importasse com estar nos vendo ou não.

— *É* horroroso — disse Anthea, quase chorando.

Mas naquele momento o Carneirinho os viu, e mergulhou em direção ao tapete, gritando: — Pantera, minha pantera... e Gatinha, e Esquilo, e Bobs, oh, oh!

Anthea o pegou e o beijou, e o mesmo fez Jane; não puderam evitar, ele estava tão bonitinho, com o seu chapéu azul de três bicos todo torto, e a sua carinha deliciosa toda suja... bem do jeito de sempre.

— Eu amo você, Pantera, amo... e você, e você, e você — exclamou o Carneirinho.

Foi um momento delicioso. Até mesmo os meninos deram tapinhas calorosos nas costas de seu irmãozinho bebê.

E então Anthea olhou de relance para a mãe... e o rosto da mãe estava de uma cor pálida verde-mar, e ela estava olhando para o Carneirinho como se achasse que ele tinha ficado maluco. E, de fato, foi exatamente isso o que ela pensou.

— Meu Carneirinho, meu tesouro! Venha com a mamãe — ela gritou, e se pôs de pé e correu até o bebê.

Ela veio tão rápido que as crianças invisíveis tiveram de pular para trás, ou ela teria sentido a presença deles; e sentir o que você não pode ver é o pior tipo de assombração. A mãe pegou o Carneirinho e precipitou-se a sair do bosque de pinheiros.

— Vamos para casa — disse Jane, depois de um silêncio desconfortável. — A sensação que dá é exatamente a de que a mamãe não nos ama.

Mas eles não puderam suportar ir para casa até terem visto a mãe se encontrar com outra senhora, e saber que ela estava bem. Você não pode deixar a sua mãe verde de pânico num pinheiral distante, longe de qualquer ajuda humana, e ir para casa em seu tapete mágico como se nada tivesse acontecido.

Quando a mãe pareceu estar bem, as crianças voltaram para o tapete, e disseram "para casa" — e para casa eles foram.

— Não gosto da ideia de ficar invisível — disse Cyril. — Ao menos, não para a minha própria família. Seria diferente se eu fosse um príncipe, ou um bandoleiro, ou um ladrão.

E então os pensamentos dos quatro perderam-se afetuosos no querido rosto esverdeado da mãe deles.

— Eu gostaria que ela não tivesse viajado — disse Jane. — A casa fica simplesmente horrível sem ela.

— Eu acho que a gente devia fazer o que ela disse —

Anthea sugeriu. — Eu vi alguma coisa em um livro outro dia sobre os desejos de quem partiu serem sagrados.

— Isso é quando eles partem para muito longe — disse Cyril. — Para os recifes de coral da Índia ou as geleiras da Groenlândia, sabe, não Bournemouth. Além disso, não sabemos quais são os desejos dela.

— Ela disse... — Anthea estava com muita vontade de chorar — ela disse "consigam coisas indianas para o meu bazar"; mas eu sei que ela achava que a gente não podia, era só faz de conta.

— Vamos ir atrás delas mesmo assim — disse Robert.

— Vamos bem cedo, sábado de manhã.

E na manhã de sábado, bem cedo, eles foram.

Não foi possível encontrar a Fênix, de modo que se sentaram no belo tapete mágico e disseram:

— Queremos coisas indianas para o bazar da mamãe. Você poderia por favor nos levar aonde pessoas nos darão pilhas de coisas indianas?

O dócil carpete embaralhou os sentidos deles, e os restaurou nos arredores de uma cidade indiana reluzentemente branca. Eles souberam que era indiana no mesmo instante, pela forma dos domos e telhados; e além disso, um homem ia num elefante, e dois soldados ingleses seguiam pela estrada, falando do jeito que falam nos livros do sr. Kipling,[20] de modo que depois disso ninguém poderia ter dúvidas quanto ao lugar onde estavam. Eles enrolaram o tapete e Robert o carregou, e foram direto para a cidade.

Estava muito quente, e mais uma vez eles tiveram de tirar seus casacos apropriados para o mês de novembro em Londres, e carregá-los nos braços.

As ruas eram estreitas e estranhas, e as roupas das

pessoas nas ruas eram mais estranhas ainda, e as pessoas falando, o mais estranho de tudo.

— Não entendo uma palavra — disse Cyril. — Como vamos fazer para pedir coisas para o nosso bazar?

— E é gente pobre, também — disse Jane. — Tenho certeza que é. Precisamos é de um rajá ou algo assim.

Robert estava começando a desenrolar o tapete, mas os outros o detiveram, implorando para ele não desperdiçar um desejo.

— Nós pedimos ao tapete para nos levar aonde poderíamos conseguir coisas indianas para bazares — disse Anthea —, e ele vai.

A sua fé foi justificada.

Assim que ela acabou de falar, um cavalheiro muito moreno com um turbante veio até eles e fez uma profunda reverência. Ele falou, e eles ficaram encantados ao ouvir o som de palavras em inglês.

— A minha *rani*,[21] ela achar vocês crianças muito simpáticas. Ela perguntar se vocês serem perdidos, e desejam vender o tapete? Ela viu vocês do palácio dela. Vocês vêm ver ela... sim?

Eles seguiram o desconhecido, que parecia ter bem mais dentes em seu sorriso do que o habitual, e ele os levou por ruas sinuosas até o palácio da *rani*. Não vou descrever o palácio da *rani*; porque eu realmente nunca vi um palácio de uma *rani*, e o sr. Kipling viu. Então você pode ler sobre isso nos livros dele. Mas eu sei exatamente o que aconteceu lá.

A velha *rani* estava sentada num sofá baixo com almofadas, e havia um monte de outras senhoras com ela, todas usando calças e véus, e reluzindo com lantejoulas, ouro e joias. E o cavalheiro moreno de turbante ficou atrás de uma espécie de biombo entalhado, e traduziu o que as crianças disseram e o que a *rani* disse. E quando a *rani* pediu para comprar o tapete, as crianças disseram: — Não.

— Por quê? — perguntou a *rani*.

E Jane explicou brevemente o porquê, e o intérprete interpretou. A *rani* falou, e o intérprete disse:

— A minha senhora diz que é uma boa história, e para vocês a contarem sem se preocupar com o tempo.

E eles tiveram de contar. Acabou sendo uma longa história, especialmente porque tinha de ser contada duas vezes — uma por Cyril e outra pelo intérprete. Cyril gostou muito de contar. Empolgou-se com a sua tarefa, e contou a história da Fênix e o Tapete, e da Torre Solitária, e da Cozinheira Rainha, numa linguagem que involuntariamente foi ficando cada vez mais parecida com a das *Mil e uma noites*, e a *rani* e suas damas ouviram o intérprete, e rolaram em suas grossas almofadas de tanto rir.

Quando a história acabou ela falou, e o intérprete explicou o que ela dissera:

— Meu pequeno, tu és um contador de contos nascido nos céus — e ela jogou para ele um colar de turquesas de seu pescoço.

— Oh, que bonito! — exclamaram Jane e Anthea.

Cyril fez várias reverências, e então pigarreou e disse:

— Agradeça muitíssimo a ela; mas eu preferia que ela me desse coisas baratas do bazar. Diga a ela que eu quero vendê-las de novo, e dar o dinheiro para comprar roupas para os pobres, que não têm nenhuma.

— Diga a ele que ele tem a minha permissão para vender o meu presente e vestir os nus com o preço que conseguir — disse a *rani*, quando a frase foi traduzida.

Mas Cyril disse muito firmemente. — Não, obrigado.

As coisas têm de ser vendidas hoje em nosso bazar, e ninguém vai comprar um colar de turquesas num bazar inglês. Vão achar que é falso, ou então vão querer saber onde o conseguimos.

Então a *rani* mandou vir coisinhas bonitas, e seus criados fizeram uma pilha delas no tapete.

— Eu preciso agora emprestar a você um elefante para levá-las — ela disse, rindo.

Mas Anthea disse:

— Se a *rani* nos emprestar um pente e deixar que lavemos nossas mãos e rostos, ela verá uma coisa mágica. Nós e o tapete e todas essas bandejas e chaleiras de metal e coisas entalhadas e tralhas e trecos vamos simplesmente desaparecer como fumaça.

A *rani* bateu palmas com a ideia, e emprestou para as crianças um pente de sândalo com flores de lótus entalhadas em marfim. E eles lavaram os rostos e mãos em bacias de prata. Então Cyril fez um discurso de despedida muito educado, e bem de repente terminou com as palavras:

— E eu desejo que a gente esteja no bazar em nossa escola.

E claro que lá estavam em seguida. E a *rani* e suas damas ficaram para trás boquiabertas, olhando o espaço vazio no mármore onde o tapete e as crianças tinham estado.

— Isso que é mágica de verdade, se há mágica no mundo! — disse a *rani*, deliciada com o incidente; o qual, de fato, deu às damas daquela corte um assunto para os dias chuvosos desde então.

As histórias de Cyril tinham levado algum tempo, assim como a refeição com comidas estranhas e doces que lhes serviram enquanto as coisinhas bonitas estavam sendo compradas, e a iluminação a gás na escola já estava acesa. Lá fora, o crepúsculo de inverno estava caindo sobre as casas de Camden Town.

— Fico contente de termos nos lavado na Índia — disse Cyril. — Chegaríamos seriamente atrasados se tivéssemos passado em casa.

— Além disso — Robert disse —, é muito melhor se lavar na Índia, onde é quente. Eu não me importaria muito se morássemos lá.

O atencioso tapete depositara as crianças num espaço empoeirado atrás do local onde os cantos de duas bancas se encontravam. O chão estava atulhado de barbante e papel de embrulho, e cestos e caixas estavam empilhados contra a parede.

As crianças se esgueiraram por baixo de uma banca coberta com todos os tipos de toalhas e tapetes e coisas, lindamente bordados por damas desocupadas, que não tinham trabalho de verdade para fazer. Eles saíram por um lado, deslocando uma toalha de aparador adornada com um desenho de gerânios azuis, de muito bom gosto. As meninas saíram sem chamar a atenção, e Cyril também, mas Robert, ao emergir cautelosamente, foi literalmente atropelado pela sra. Biddle, que cuidava da banca. O pé enorme e sólido dela pisou firmemente na mão pequena e sólida de Robert, e quem poderia culpá-lo por ele ter dado um berro?

Uma multidão imediatamente se juntou. Berros são muito incomuns em bazares, e todo mundo estava bastante interessado. Foram necessários vários segundos antes de as três crianças livres conseguirem fazer a sra. Biddle entender que o que ela estava pisando não era o chão da escola, ou mesmo, como ela em seguida supôs, uma almofada de alfinetes que caíra, mas a mão viva de uma criança sofrendo. Quando percebeu que o tinha machucado de verdade, ela ficou mesmo muito brava. Quando as pessoas machucam outras por acidente, a que causa o machucado é sempre a mais brava. Eu me pergunto por quê.

— Sinto muitíssimo, é claro — disse a sra. Biddle, mas ela falou mais com raiva do que com consternação. — Saiam daí! O que vocês pretendiam se enfiando debaixo das bancas, feito bisbilhoteiros?

— Estávamos olhando as coisas ali no canto.

— Tamanha falta de modos; ficar bisbilhotando assim — disse a sra. Biddle — nunca fará com que vocês tenham sucesso na vida. Não há nada lá a não ser embalagens e poeira.

— Ah, é mesmo? — disse Jane. — Isso é o que a senhora pensa.

— Menininha, não seja tão mal-educada — disse a sra. Biddle, ficando roxa.

— Ela não teve intenção de ser, mas há algumas coisas interessantes lá, ainda assim — disse Cyril, que repentinamente compreendeu o quanto seria impossível informar à multidão em volta que todos os tesouros empilhados no tapete eram a contribuição da mãe para o bazar. Ninguém ia acreditar, e, se acreditassem, e escrevessem para agradecer à mãe, ela ia pensar que... bom, vá lá saber o que ela ia pensar. As outras três crianças perceberam a mesma coisa.

— Eu gostaria de vê-las — disse uma senhora muito simpática, cujos amigos a haviam desapontado, e que esperava que aquelas fossem contribuições atrasadas para a sua banca quase sem nada.

Ela olhou com ar interrogador para Robert, que disse:

— Com o maior prazer, não seja por isso — e mergulhou sob a banca da sra. Biddle.

— Muito me admira que a senhorita encoraje tal tipo de comportamento — disse a sra. Biddle. — Eu sempre digo o que penso, como bem sabe, srta. Peasmarsh: e, tenho de dizer que estou surpresa. — Ela se voltou para a multidão. — Não há nada para ver aqui — ela disse severamente. — Um menininho muito sem-vergonha acidentalmente se machucou, mas bem de leve. Poderiam por favor se dispersar? Vocês estarão apenas encorajando a sua falta de modos se ele se descobrir o centro das atenções.

A multidão lentamente se dispersou. Anthea, muda de raiva, ouviu um pároco simpático dizer — Coitado do menininho! — e o amou no mesmo instante para o resto da vida.

Então Robert saiu de debaixo da banca com alguns bronzes de Benares e algumas caixas de sândalo marchetadas.

— Liberty! — exclamou a srta. Peasmarsh. — Então o Charles afinal não se esqueceu.

— Com licença — disse a sra. Biddle, com uma polidez feroz. — Esses objetos foram depositados atrás da *minha* banca. Algum doador desconhecido que faz o bem com discrição, e que iria corar se a ouvisse reivindicando as coisas. É claro que são para mim.

— A minha banca fica ao lado da sua — disse a pobre srta. Peasmarsh, timidamente. — E meu primo realmente prometeu...

As crianças se afastaram da disputa desequilibrada e se juntaram à multidão. O que estavam sentindo era muito profundo para ser traduzido por palavras, até que por fim Robert disse:

— Aquela *porca* engomada!

— E depois de todo o nosso trabalho! Fiquei rouco de tanto tagarelar com aquela senhora de calças na Índia.

— A senhora porca é muito, muito desagradável — disse Jane.

Foi Anthea quem disse, num tom baixo e com pressa:

— Ela não é muito simpática, e a srta. Peasmarsh é bonita e simpática. Quem tem um lápis?

Foi um bom percurso para andar de quatro, sob três bancas, mas Anthea conseguiu. Um pedaço grande de papel azul-claro estava entre as embalagens no canto.

Ela dobrou-o formando um quadrado e escreveu nele, lambendo o lápis a cada palavra para fazer com que ficasse bem escuro: "Todas essas coisas indianas são para a banca da bonita e simpática srta. Peasmarsh". Ela pensou em acrescentar "Não há nada para a sra. Biddle", mas viu que isso poderia despertar suspeitas, de modo que terminou apressadamente: "De um doador anônimo", e se esgueirou de volta entre as tábuas e cavaletes para se juntar aos outros.

Assim, quando a sra. Biddle recorreu à organização do bazar, e o lado da banca foi deslocado para que clérigos corpulentos e senhoras volumosas pudessem chegar até o canto sem ter de passar por baixo de bancas, o papel azul foi descoberto, e todas as esplêndidas e reluzentes coisas indianas foram entregues para a srta. Peasmarsh, e ela as vendeu todas, e conseguiu trinta e cinco libras por elas.

— Não entendi isso do papel azul — disse a sra. Biddle. — Para mim parece obra de um lunático. E dizendo que a senhorita é simpática e bonita! Com certeza não é coisa de uma pessoa normal.

Anthea e Jane imploraram à srta. Peasmarsh para que ela as deixasse ajudar a vender as coisas, já que tinha sido o irmão delas que dera a boa-nova de que as coisas tinham chegado. A srta. Peasmarsh aceitou de bom grado, pois agora a banca dela, que tinha sido tão negligenciada, ficou cercada de gente querendo fazer compras. As crianças perceberam que a sra. Biddle não teve muito mais em matéria de vendas do que ela podia dar conta sozinha. Eu espero que não tenham ficado contentes com isso — pois deve-se perdoar os inimigos, mesmo se eles pisam na sua mão e dizem que a culpa foi sua. Mas receio que não sentiram a pena que deveriam sentir.

Levou algum tempo para arrumar as coisas na banca. O tapete foi estendido sobre ela, e as cores escuras realçavam as coisas de bronze, prata e marfim. Foi uma tarde atarefada e feliz, e quando a srta. Peasmarsh e as meninas tinham vendido cada uma das coisas bonitas do bazar indiano que ficava tão longe, Anthea e Jane foram com os meninos até a pescaria, e foram mergulhar na torta de farelo, e ouvir a banda, e o fonógrafo, e o coro de pássaros canoros, que era produzido atrás de uma tela com tubos de vidro e copos de água.

Eles fizeram um ótimo lanche, que o pároco simpático de repente lhes ofereceu, e a srta. Peasmarsh se juntou a eles antes que cada um comesse mais de três fatias de bolo. Foi um lanche alegre, e o pároco foi extremante agradável com todo mundo, "até com a srta. Peasmarsh", como Jane comentou depois.

— Precisamos voltar à banca — disse Anthea, quando ninguém conseguia comer mais nada, e o pároco estava falando em voz baixa com a srta. Peasmarsh sobre "depois da Páscoa".

— Não há mais nada lá para que a gente precise voltar — disse toda contente a srta. Peasmarsh. — Graças a vocês, crianças, vendemos tudo.

— Tem... tem o tapete — disse Cyril.

— Oh... — disse a srta. Peasmarsh, radiante — não se preocupem com o tapete. Eu vendi até mesmo o tapete. A sra. Biddle me deu dez *shillings* por ele. Ela disse que iria servir para o quarto das criadas.

— Ora — disse Jane —, as criadas dela não têm tapetes. A nossa cozinheira veio de lá, e nos contou isso.

— Não façam escândalos com a rainha Elizabeth I, por favor — disse o pároco, sorridente; e a srta. Peasmarch riu, e olhou para ele como se nunca tivesse sonhado que alguém pudesse ser tão divertido. Mas os outros ficaram mudos. Como eles poderiam dizer "o tapete é nosso"? Quem traz tapetes a bazares?

As crianças estavam inteiramente desconsoladas. Mas fico satisfeita em dizer que o desconsolo delas não fez com que esquecessem a sua boa educação, como às vezes acontece, até mesmo com adultos, que deveriam sempre saber agir melhor.

Elas disseram "obrigadas pelo ótimo chá", e "obrigadas por toda a diversão", e "obrigadas por termos nos divertido tanto", pois o pároco tinha enfrentado pescarias, tortas, banda, fonógrafos e coro de pássaros — e os havia enfrentado como homem. As meninas abraçaram a srta. Peasmarsh, e quando estavam indo embora ouviram o pároco dizer:

— Crianças adoráveis, sim, mas... quanto ao... Você vai concordar que seja logo depois da Páscoa? Ah, diga que vai...

E Jane correu de volta e disse, antes que Anthea conseguisse arrastá-la de volta:

— O que vocês vão fazer depois da Páscoa?

A srta. Peasmarsh sorriu e ficou realmente muito bonita. E o pároco disse:

— Eu espero fazer uma viagem às Ilhas Afortunadas.

— Eu gostaria que a gente pudesse levá-lo no tapete mágico — disse Jane.

— Obrigado — disse o pároco —, mas receio que não poderei esperar que isso aconteça. Preciso ir para as Ilhas Afortunadas antes de me tornar bispo. Não terei tempo depois.

— Eu sempre achei que gostaria de me casar com um bispo — disse Jane. — Os aventais podem ser tão úteis... E a senhorita, não gostaria de casar com um bispo,[22] srta. Peasmarsh?

Foi aí que eles a arrastaram para longe deles.

Como tinha sido na mão de Robert que a sra. Biddle havia pisado, foi decidido que era melhor ele não lembrá-la do incidente, para não deixá-la novamente brava. Anthea e Jane tinham ajudado a vender as coisas na banca rival, de modo que era pouco provável que fossem bem-vindas.

Um frenético conselho de quatro pessoas decidiu que a sra. Biddle odiaria Cyril menos do que os outros, de modo que os outros se misturaram à multidão, e foi ele quem disse:

— Sra. Biddle, nós gostaríamos de ficar com o tapete. A senhora o revenderia para nós? Nós lhe daríamos...

— De jeito nenhum — disse a sra. Biddle. — Suma daqui, menininho.

Havia algo no tom dela que mostrou a Cyril, bem claramente, a inutilidade de tentar convencê-la. Ele encontrou os outros e disse:

— Não adianta; ela é como uma leoa a quem roubaram os filhotes. A gente precisa ver para onde ela vai, e... Anthea, não me importo com o que você vai dizer. O tapete é nosso. Não seria roubo. Seria uma espécie de expedição desesperada de resgate, heroica, ousada e intrépida, sem nada de errado.

As crianças ainda estavam perambulando em meio à multidão animada; mas ali não havia mais nenhum divertimento para elas. O coro de pássaros canoros soava apenas como tubos de vidro sendo soprados na água, e o fonógrafo simplesmente fazia um barulho horroroso, tanto que mal dava para se ouvir o som da própria voz. E as pessoas ficavam comprando coisas que de jeito nenhum elas realmente queriam, e tudo parecia muito idiota. E a sra. Biddle tinha comprado o tapete por dez *shillings*. E a vida como um todo era triste, cinzenta e empoeirada, e cheirava a vazamentos de gás, e gente afogueada, e bolo e migalhas, e todas as crianças estavam realmente muito cansadas.

Elas acharam um canto de onde podiam ver o tapete, e lá ficaram esperando desconsoladas, até ter passado muito da hora certa de irem para a cama. E quando eram dez da noite, as pessoas que tinham comprado coisas já tinham ido embora, mas as pessoas que venderam continuavam lá contando o seu dinheiro.

— E que se dane isso tudo — disse Robert. — Eu nunca irei a nenhum outro bazar em toda a minha vida. A minha mão está tão inchada quanto um pudim. Suponho que os pregos das botas horríveis dela estavam envenenados.

Bem nessa hora, alguém que parecia ter algum direito de se intrometer disse:

— Já acabou tudo agora; melhor vocês irem para casa.

E assim eles saíram de lá. E daí ficaram esperando na calçada sob o lampião de gás, onde crianças pobres tinham ficado a noite toda para ouvir a banda, e os pés deles ficaram chafurdando na lama gosmenta até que a sra. Biddle saiu e foi levada embora por uma carruagem alugada com as muitas coisas que ela não tinha vendido, e as poucas que ela tinha comprado — entre elas, o tapete. Os outros vendedores iam deixar as suas coisas na escola até a segunda-feira pela manhã, mas a sra. Biddle tinha medo que alguém roubasse as dela, de modo que chamara uma carruagem para levá-las.

As crianças, agora desesperadas demais para se importar com lama ou aparências, foram atrás da carruagem até ela chegar à casa da sra. Biddle. Quando ela e o tapete tinham entrado e a porta foi fechada, Anthea disse:

— Não vamos tentar roub... Quer dizer, tentar atos intrépidos e ousados de resgate até... termos dado a ela uma chance. Vamos tocar a campainha e pedir para falar com ela.

Os outros detestaram a ideia de fazer isso, mas enfim concordaram, com a condição de que Anthea não fizesse depois nenhum estardalhaço quanto ao roubo, se essa fosse realmente a única alternativa.

Então eles bateram à porta e tocaram a campainha, e uma criada de ar amedrontado abriu a porta da frente. Enquanto pediam para falar com a sra. Biddle, eles a viram. Ela estava na sala de jantar, e já tinha empurrado a mesa e estendido o tapete para ver como ele ficava no chão.

— Eu sabia que ela não queria o tapete para o quarto das criadas — Jane murmurou.

Anthea passou direto pela criada acanhada, e os outros foram atrás. A sra. Biddle estava de costas para eles, e alisava o tapete com a mesma bota que tinha esmagado a mão de Robert. E assim estavam todos na sala, e Cyril, com grande presença de espírito, tratara de fechar a porta antes que ela os visse.

— Quem é, Jane? — ela perguntou numa voz azeda; e então, repentinamente se virando, viu quem era. Mais uma vez a cara dela ficou violeta; um violeta profundo, sombrio.

— Malditas criaturinhas atrevidas! — ela gritou. — Como ousam vir aqui? E a essa hora da noite, ainda por cima. Caiam fora, ou vou chamar a polícia.

— Não fique brava — disse Anthea, conciliadora. — Só queremos pedir à senhora que nos deixe ficar com o tapete. Nós temos todos juntos uns doze *shillings*, e...

— Como ousam? — berrou a sra. Biddle, e a voz dela tremeu de tanta raiva.

— A senhora é de fato horrorosa — disse Jane, subitamente.

A sra. Biddle de fato bateu com toda a força o pé com aquela bota dela.

— Sua menina mal-educada, sem-vergonha! — ela exclamou.

Anthea quase chacoalhou Jane, mas Jane seguiu adiante apesar dela.

— Esse tapete é realmente da nossa salinha — ela disse. — Pode perguntar para *qualquer um* se não é.

— Vamos desejar estar em casa... — disse Cyril num sussurro.

— Sem chance — Robert sussurrou em resposta. — Ela viria junto, e espumando de raiva, sem a menor dúvida. Megera horrorosa, odeio ela!

— Eu desejo que a sra. Biddle fique num bom humor angelical — gritou Anthea, repentinamente. "Não custa nada tentar", disse a si mesma. O rosto da sra. Biddle foi do púrpura ao violeta, e do violeta ao lilás, e do lilás ao rosa. E então ela abriu um sorriso bem feliz.

— Ora, e de fato estou! — ela disse. — Que ideia mais esquisita! Por que eu não estaria de bom humor, meus queridos?

Mais uma vez o tapete tinha feito o seu serviço, e não só na sra. Biddle. As crianças sentiram-se subitamente boas e felizes.

— A senhora é muito boa gente — disse Cyril. — Agora estou percebendo. Sinto muito termos envergonhado a senhora no bazar hoje.

— Nem fale nisso, imagine! — disse a transformada sra. Biddle. — Claro que vocês podem ficar com o tapete, meus queridos, se gostaram tanto dele assim. Não, não; não vou aceitar mais do que os dez *shillings* que paguei.

— É realmente chato ter de pedir à senhora depois que o comprou no bazar — disse Anthea. — Mas realmente *é* o tapete de nossa salinha. Foi parar no bazar por engano, com algumas outras coisas.

— É mesmo, foi? Que coisa! — disse a sra. Biddle, muito gentil. — Bom, meus queridos, posso muito bem ficar sem esses dez *shillings*; levem o tapete e não se fala mais nisso. Venham se servir de uma fatia de bolo antes de irem! Sinto tanto ter pisado na sua mão, meu menino. Ela já está melhor?

— Sim, obrigado — disse Robert. — Olhe, a senhora *é* boa.

— Imagine — disse a sra. Biddle, de coração. — Fico encantada de poder dar alguma gratificação a vocês, queridas crianças.

E ela os ajudou a enrolar o tapete, e os meninos se encarregaram de levá-lo.

— A senhora é um amor — disse Anthea, e ela e a sra. Biddle trocaram beijos calorosos.

— Ora, ora — disse Cyril, enquanto seguiam pela rua.

— É — disse Robert. — E o engraçado é que pareceu que foi de verdade... Ela sendo tão legal, quero dizer... E não que o tapete a fizesse ficar assim.

— Talvez seja de verdade — disse Anthea. — Só que estava encoberto por mau humor e cansaço e coisas assim, e o tapete as levou embora.

— Eu espero que ele as mantenha longe dela — disse Jane. — Ela não é nem um pouco horrível quando ri.

O tapete tinha feito muitas coisas maravilhosas naquele dia; mas o caso da sra. Biddle foi, eu acho, o mais maravilhoso. Pois daquele dia em diante ela nunca mais foi nem um pouco desagradável quanto antes, e ela mandou um bule de chá de prata e uma carta gentil para a srta. Peasmarsh quando a bonita moça se casou com o simpático pároco; foi logo depois da Páscoa, e eles partiram em lua de mel para a Itália.

5.
O TEMPLO

— Eu gostaria que a gente conseguisse encontrar a Fênix — disse Jane. — Ela é uma companhia muito melhor do que o tapete.

— Tremendamente ingratas são as criancinhas — disse Cyril.

— Não, não sou; é só que o tapete nunca diz nada, e é tão desamparado. Não parece saber cuidar de si mesmo. Ele se deixa vender, ser levado para o meio do mar, e coisas assim. Você jamais veria a Fênix deixando-se vender.

Isso foi dois dias depois do bazar. Todo mundo estava um pouco mal-humorado — alguns dias são assim, em geral as segundas-feiras, aliás. E era uma segunda-feira.

— Eu não me espantaria se a sua preciosa Fênix tivesse ido embora para valer — disse Cyril. — E não sei se posso culpá-la. Olhe só como está o tempo!

— A Fênix não foi embora... tenho certeza de que não — disse Anthea. — Vou procurá-la de novo.

Anthea olhou debaixo de mesas e cadeiras, e em caixas e cestas, na bolsa de trabalho da mãe e na valise do pai, mas ainda assim a Fênix não mostrou nem a pontinha de uma pena brilhante.

Então, de repente, Robert lembrou como toda a invocação grega de sete mil versos tinha sido condensada por ele em duas redondilhas de sete sílabas, e se pôs de pé no tapete e entoou:

Ah, venha cá, venha cá,
boa, velha e bela Fênix!

... e quase no mesmo instante houve um farfalhar de asas descendo a escada da cozinha, e a Fênix entrou planando com suas amplas asas douradas.

— Onde afinal você se meteu? — perguntou Anthea.
— Procurei em tudo quanto é lugar.

— Não em *tudo* quanto é lugar — respondeu a ave —, porque você não procurou no lugar em que eu estava. Admita que esse local abençoado foi ignorado por você.

— Qual local abençoado? — perguntou Cyril, um pouco impaciente, pois o tempo estava passando, e o tapete mágico continuava parado.

— O local — disse a Fênix — o qual abençoei com a minha presença dourada foi a grande bacia termal.

— A... o *quê*?

— A banheira... o lugar onde a gente se lava.

— Tenho certeza de que você não estava lá — disse Jane. — Olhei três vezes e mexi em todas as toalhas.

— Eu estava escondida — disse a Fênix — no topo de uma coluna de metal... Encantada, eu diria, pois estava quente em meus pés dourados, como se o glorioso sol do deserto sempre a banhasse.

— Ah, você quer dizer o aquecedor — disse Cyril. — É mesmo confortável, ainda mais com esse tempo. E agora, para onde vamos?

E então, claro, começou a discussão de sempre quanto ao lugar aonde deviam ir e o que deviam fazer. E naturalmente, cada um deles queria fazer alguma coisa em que os outros não estavam nem um pouco interessados.

— Eu sou o mais velho — Cyril observou. — Vamos para o Polo Norte.

— Com esse tempo! Nem pensar! — Robert retrucou. — Vamos para o Equador.

— Eu acho que as minas de diamante de Golconda seriam ótimas — disse Anthea. — Você não concorda, Jane?

— Não, não concordo com você — replicou Jane. — Não concordo com ninguém.

A Fênix ergueu uma pata em advertência.

— Se vocês não conseguem chegar a um acordo, receio que terei de deixá-los — disse.

— Bom, para onde vamos? Você decide! — disseram todos.

— Se eu fosse vocês... — disse a ave, ponderada — daria um descanso ao tapete. Além disso, vocês vão acabar perdendo o uso das pernas se forem para todos os lugares de tapete. Vocês não poderiam me levar para passear e explicar a sua feia cidade para mim?

— Nós a levaríamos se o tempo abrisse — disse Robert, sem entusiasmo. — Veja só como está a chuva. E por que deveríamos dar um descanso ao tapete?

— Você é ambicioso e mesquinho, egoísta e sem coração? — perguntou a ave, incisivamente.
— Não! — retrucou Robert, com indignação.
— Então! — disse a Fênix. — E quanto à chuva... Bom, eu mesma não morro de amores por ela. Se o sol soubesse que *eu* estou aqui... Ele gosta muito de me banhar porque eu fico muito resplandecente e dourada. Ele sempre diz que eu retribuo mesmo a menor atenção. Vocês não têm algum tipo de palavras adequadas para usar em caso de tempo ruim?
— Tem "Chuva, chuva, vá embora" — disse Anthea. — Mas ela nunca vai.
— Talvez você não diga a invocação direito — disse a ave.

Chuva, chuva, vá embora,
Pare de cair bem agora
Pra gente sair lá fora —

disse Anthea.
— Está bem errado; e se você diz desse jeito desanimado, entendo muito bem por que a chuva não lhe dá a menor atenção. Você deveria abrir a janela e gritar o mais alto que puder:

Chuva, chuva, vá embora;
Bela chuva, pare lá fora;
É o sol que queremos agora;
Seja gentil e vá embora!

— Vocês devem sempre falar com educação com as pessoas quando quiserem que façam coisas para vocês, em especial quando o que se quer é que elas vão embora. E hoje vocês poderiam acrescentar:

Brilhe, ó sol, a bela Fê-
Nix aqui está, e você
Deve nela se mirar!

— Isso é poesia! — disse Cyril, decididamente.
— É, parece que sim — disse Robert, mais cauteloso.
— Eu fui obrigada a pôr o "bela"... — disse a Fênix, modestamente — só para que o verso ficasse comprido o bastante.
— Há um monte de palavras desagradáveis do mesmo tamanho — disse Jane, mas todo mundo disse "fique quieta!".

E então eles abriram a janela e gritaram os sete versos o mais alto que conseguiram, e a Fênix disse todas as palavras junto com eles, exceto "bela"; quando chegou nesta hora, baixou a cabeça e tossiu encabulada.

A chuva hesitou um instante e daí parou.

— Isso é que é educação de verdade — disse a Fênix, e no momento seguinte empoleirou-se no patamar da janela, abrindo e fechando suas asas radiantes e tremulando suas penas douradas em meio a uma gloriosa luminosidade do sol, como às vezes ele irradia no outono, ao se pôr. As pessoas depois disseram que não tinham visto um sol assim em dezembro fazia muitos e muitos anos.

— E agora... — disse a ave — sairemos para passear na cidade, e vocês me levarão para ver um dos meus templos.

— Seus templos?

— Eu obtive do tapete a informação de que tenho muitos templos nesta terra.

— Não entendo como você consegue saber qualquer coisa dele — disse Jane. — Ele nunca fala.

— Mesmo assim, pode-se pegar coisas de um tapete — disse a ave. — Eu já vi *vocês* fazendo isso. E eu peguei muitas informações desse jeito. Aquele papiro no qual vocês me mostraram a minha figura... Eu compreendi que ele traz o nome da rua em sua cidade em que se ergue o melhor de meus templos, com a minha imagem entalhada em pedra e metal sobre o seu portal.

— Você quer dizer a companhia de seguros contra incêndio — disse Robert. — Não é realmente um templo, e eles não...

— Mil perdões — disse a Fênix, secamente. — Você está totalmente desinformado. É *sim* um templo, e eles sim.

— Não vamos desperdiçar o sol — disse Anthea. — Podemos muito bem discutir isso no caminho, para poupar tempo.

Assim, a Fênix consentiu em fazer um ninho para si mesma no peito da jaqueta Norfolk[23] de Robert, e todos saíram sob o esplêndido sol. O melhor jeito para chegar ao templo da Fênix pareceu ser de bonde, e no andar de cima dele as crianças conversavam, enquanto a Fênix de quando em quando punha para fora um bico precavido e inclinava um olho cauteloso e contradizia tudo o que as crianças estavam dizendo.

Foi uma viagem deliciosa, e as crianças pensaram no quanto eram sortudas por terem tido o dinheiro para pagar por ela. Foram de bonde até onde ele ia, e quando ele não avançou mais, pararam também e desceram. O bonde interrompia seu trajeto no fim da Gray's Inn Road, e foi Cyril quem pensou que bem podiam achar um atalho para a Companhia Fênix através das ruazinhas e vielas que se apertam entre Fetter Lane e Ludgate Circus. Claro, ele estava perfeitamente enganado, como Robert lhe informou na hora, e depois Robert não deixou de lembrar ao irmão que bem que ele tinha dito. As ruas ali eram pequenas e atulhadas e feias, e apinhadas de rapazes aprendizes de gráficos e moças aprendizes de encadernadoras saindo do trabalho, que ficaram olhando tanto para os chapéus e casacos vermelhos das irmãs que eles logo quiseram ter escolhido algum outro caminho. E os gráficos e as encadernadoras fizeram comentários muito mal-educados, aconselhando Jane a cortar o cabelo, e perguntando onde Anthea tinha comprado aquele chapéu. Jane e Anthea desdenharam de responder, e Cyril e Robert perceberam que não eram adversários à altura daquela gente grosseira. Não conseguiram pensar em nada ofensivo o bastante para dizer. Eles viraram uma esquina às pressas, e então Anthea puxou Jane para uma entrada, e então por uma porta; Cyril e Robert rapidamente foram atrás, e a multidão insolente passou sem vê-los.

Anthea respirou fundo.

— Que horrível! — ela disse. — Eu não sabia que existia gente assim, a não ser em livros.

— Foi um pouco difícil; mas em parte é culpa de vocês, meninas, por saírem assim com esses casacos vistosos.

— Achamos que não fazíamos mais que a nossa obrigação, se era para sair com a Fênix — disse Jane.

A ave disse:

— Foi a coisa certa, sim — e um tanto temerariamente pôs a cabeça para fora da jaqueta para dar a ela uma piscadela de encorajamento.

E nesse preciso instante uma mão suja passou entre as grades do corrimão da escada atrás deles e agarrou a Fênix, e uma voz grossa disse:

— Ó só, Urb, macacos me mordam se não é o nosso papagaio que a gente perdemos. Muito obrigado, senhorita, por trazer ele pro ninho dele.

Os quatro se viraram instantaneamente. Dois meninos grandes e maltrapilhos estavam agachados na sombra escura da escada. Eram muito maiores do que Robert e Cyril, e um deles tinham agarrado a Fênix e a estava segurando bem alto acima das cabeças deles.

— Devolva essa ave — disse Cyril, firme. — Ela é nossa.

— Boas tarde, e obrigado — o menino continuou, num exasperante tom zombeteiro. — Desculpe eu não poder dar a recompensa de dois *pences*... mas tive de gastar toda a minha fortuna anunciando a perda da minha valiosa ave em todos os jornal. Vocês podem vir buscar a recompensa no ano que vem.

— Cuidado, Ike — disse o amigo dele, com um pouco de ansiedade. — Ele tem um bico.

— São os terceiros que vão levar uma bica no ato... — disse Ike, sinistro — se tentarem vir pra cima de mim dizendo que o meu papagaio é deles. Cala a boca, Urb. E vocês, suas quatro garotinhas, tratem de cair fora.

— Garotinhas! — gritou Robert. — Vou lhe mostrar quem é garotinha!

Ele pulou três degraus e o socou.

Houve um grasnado — o barulho mais de ave que jamais tinham ouvido a Fênix fazer — e um farfalhar, e uma risada no escuro, e Ike disse:

— Veja só, você veio pra cima de mim e acertou o meu papagaio bem na fuça dele... Acertou feio o coitado, se acertou.

Robert bateu os pés de tanto ódio. Cyril sentiu que estava ficando pálido de raiva, e também do esforço de espremer seu cérebro para fazê-lo ficar esperto o bastante para pensar em algum jeito de acertar as contas com aqueles meninos. Anthea e Jane estavam tão bravas quanto os meninos, mas isso só as deixava com vontade de chorar. No entanto foi Anthea quem disse:

— Vocês, *por favor*, deixem a gente ficar com a ave.

— Vocês, *por favor*, caiam fora e deixem a gente e a nossa ave em paz.

— Se vocês não devolverem — disse Anthea —, eu vou chamar a polícia.

— Melhor não! — disse o que se chamava Urb. — Escuta, Ike, torce logo o pescoço desse maldito pombo; ele não vale nem dois *pences*.

— Oh, não! — gritou Jane. — Não faça mal a ela. Não, por favor; ela é tão querida.

— Não vou fazer mal pro bicho — disse Ike. — Você me envergonha, Urb, só de pensar uma coisa assim. Meio barão, senhorita, e a ave é sua pro resto da vida.

— Meio o quê? — perguntou Anthea.

— Meio barão, claro, sua burra... Ou meio soberano, então.

— Eu não tenho isso... E além do que, a ave é *nossa* — disse Anthea.

— Ah, não perca tempo falando com ele — disse Cyril, e então Jane subitamente disse:

— Fênix... querida Fênix, não podemos fazer nada. *Você* tem de resolver isso.

— Com o maior prazer — disse a Fênix... e Ike quase a deixou cair de tão espantado que ficou.

— Ora, não é que fala, mesmo — disse ele.

— Jovens — disse a Fênix —, filhos do infortúnio, ouçam as minhas palavras.

— Minha nossa! — disse Ike.

— Escute aqui, Ike — disse Urb. — Você estrangula o engraçadinho... e eu trato de ver o quanto vale o peso dele em penas.

— Ouça-me, ó Iconoclastes, profanador de imagens sagradas... e tu, Urbanus, habitante da sórdida cidade. Renunciem a esta aventura antes que algo pior ocorra.

— Deus meu! — disse Ike. — Se não lhe ensinaram bem na escola dele!

— Restaurem-me aos meus jovens acólitos e escaparão incólumes. Retenham-me... e...

— Eles devem ter tudo isso aprontado, pro caso de tentarem roubar o louro — disse Ike. — Deus meu, do que são capazes esses moleques!

— Tô lhe falando, joga eles na sarjeta e a gente cai fora com o bicho, é o que acho — insistiu Herbert.

— Falou certo — disse Isaac.

— Renunciem — repetiu a Fênix, severamente. — Quem furtou o relógio do velho em Aldermanbury? — acrescentou, num tom diferente. — Quem surrupiou o lenço da mocinha em Bell's Court? Quem...

— Engula isso — disse Ike. — Você! Ugh! Ui!... me deixe em paz. Dê um jeito nele, Urb; vai arrancar meus olhos da minha cabeça.

Ouviram-se gritos, uma escaramuça, um farfalhar; Ike e Urb subiram correndo as escadas, e a Fênix saiu voando da entrada. As crianças a seguiram e a Fênix pousou em Robert, "como uma borboleta numa rosa", Anthea depois disse, e se aninhou no meio de sua jaqueta Norfolk, "como uma enguia na lama", Cyril disse mais tarde.

— Por que você não o queimou? Você poderia tê-lo queimado, não poderia? — perguntou Robert, quando a apressada fuga pelas vielas estreitas tinha terminado na amplidão segura da Farringdon Street.

— Eu poderia, é claro — disse a ave —, mas não achei que seria digno da minha parte me esquentar por uma coisinha de nada como aquela. As Parcas,[24] afinal, não foram mesquinhas comigo. Tenho muitos bons amigos entre os pardais de Londres, e tenho bico e garras.

Esses eventos tinham abalado um pouco o espírito aventureiro das crianças, e a Fênix teve de exercer a sua influência dourada para encorajá-los.

Logo as crianças chegaram a um grande prédio na Lombard Street, e nele, de cada lado da porta, havia a imagem de uma Fênix entalhada em pedra, e em reluzentes letras de metal estavam escritas as palavras

COMPANHIA DE SEGUROS FÊNIX

— Esperem um pouco — disse a ave. — Seguros? O que é isso? Um tipo de ritual, ou altar?

— Eu não sei — disse Robert; ele estava começando a ficar encabulado, e isso sempre o deixava muito de mau humor.

— Ah, sim, você sabe — Cyril o contradisse. — Quando as casas das pessoas pegam fogo, a Fênix dá a elas casas novas. O pai me contou; eu perguntei a ele.

— A casa, então, como a Fênix, ressurge das cinzas? Meus sacerdotes trataram muito bem os filhos dos homens!

— Os filhos dos homens pagam, sabe? — disse Anthea. — Mas é só um pouco por ano.

— Isso é para manter os meus sacerdotes — disse a ave —, que, na hora da aflição, curam tristezas e reconstroem casas. Vão na frente; perguntem pelo Sumo Sacerdote. Não me apresentarei tão de súbito a eles em toda a minha glória. Nobres e merecedores de honra são aqueles que reduzem a nada os feitos malignos do manco e desagradável Hefesto.[25]

— Eu não sei do que você está falando, e gostaria que não nos confundisse com nomes novos. O fogo simples-

mente acontece. Ninguém o faz, não é como um feito, sabe? — Cyril explicou. — Se alguém fizesse o fogo, a Fênix não os ajudaria, porque é crime botar fogo nas coisas. Incêndio *premalditado*, algo assim, é como chamam, porque é antes dito pelo mal, como envenenar alguém. A Fênix não ajuda nesses casos, meu pai disse que não.

— Meus sacerdotes fazem muito bem — disse a Fênix. — Vocês vão na frente.

— Eu não sei o que falar — disse Cyril; e os outros disseram o mesmo.

— Peçam para ver o Sumo Sacerdote — disse a Fênix. — Digam que vocês têm um segredo a revelar que concerne à minha adoração, e ele os levará para o santuário mais profundo.

Assim, as crianças entraram, as quatro, embora sem gostar nem um pouco daquilo, e se viram num salão grande e bonito decorado com azulejos ornamentados, como uma grande e enorme banheira sem água, e colunas imponentes sustentando o teto. Uma representação desagradável da Fênix em cerâmica marrom enfeiava uma parede. Havia balcões e mesas de mogno e bronze, e funcionários se inclinavam nas mesas e andavam atrás dos balcões. Havia um grande relógio sobre uma porta interna.

— Perguntem sobre o Sumo Sacerdote — sussurrou a Fênix.

Um funcionário atencioso, decente em seu terno preto, que controlava sua boca mas não as sobrancelhas, veio até eles. Ele se inclinou sobre o balcão, e as crianças acharam que ele ia dizer "em que posso servi-los?" como numa loja; em vez disso, o jovem disse:

— E o que *vocês* vieram fazer aqui?

— Queremos ver o Sumo Sacerdote.

— Tratem de cair fora — disse o jovem.

Um homem mais velho, também com um decente paletó preto, aproximou-se.

— Talvez seja o sr. Embranco (por nada deste mundo darei o nome dele). — Ele é um Sumo Sacerdote da Maçonaria, sabe.

Um mensageiro foi enviado para achar o sr. Asterisco (não posso dar o nome dele), e as crianças foram deixadas ali para ficar olhando e sendo olhadas por todos os cavalheiros das mesas de mogno. Anthea e Jane acharam que eles pareciam gentis. Os meninos acharam que estavam sendo encarados, e era muito atrevimento deles.

O mensageiro voltou com a informação que o sr. Ponto Traço Ponto (não ouso revelar o nome dele) não estava, mas que o senhor...

Foi então que um cavalheiro realmente simpático apareceu. Ele tinha uma barba e olhos gentis e alegres, e cada um dos quatro soube no mesmo instante que aquele era um homem que tinha os seus próprios filhos e poderia entender o que eles estavam falando. Ainda assim, era algo difícil de explicar.

— Pois não? — ele disse. — O sr. ... — ele deu o nome que nunca revelarei — saiu. Posso fazer algo por vocês?

— Santuário mais profundo — murmurou a Fênix.

— Perdão? — disse o cavalheiro simpático, pensando que tinha sido Robert quem falara.

— Temos algo a dizer — começou Cyril —, mas... — Ele olhou de relance para o mensageiro, que estava parado mais perto do que devia — este lugar é muito público.

O cavalheiro simpático riu.

— Venham para cima, então — ele disse, e foi na frente por uma bela escadaria. Anthea disse que os degraus eram de mármore branco, mas não tenho certeza. Na curva da escada, no topo, havia uma bela imagem da Fênix em metal escuro, e na parede de cada lado havia uma espécie de imagem plana dela.

O cavalheiro simpático os conduziu a uma sala onde as cadeiras, e mesmo as mesas, eram revestidas de couro avermelhado. Ele olhou interrogativamente para as crianças.

— Não fiquem com medo — disse. — Digam-me exatamente o que querem.

— Posso fechar a porta? — perguntou Cyril.

O cavalheiro ficou surpreso, mas fechou a porta.

— Agora... — disse Cyril, com firmeza — sei que o senhor vai ficar terrivelmente surpreso, e vai achar que não é verdade e que somos lunáticos; mas não somos, e é... Robert tem algo dentro da Norfolk dele... esse é o Robert, ele é o meu irmão mais novo. Agora, não fique bravo nem tenha um ataque ou algo assim. É claro, quando os senhores deram à sua companhia o nome "Fênix" nunca acharam que existia uma mesmo; mas existe... e Robert está com ela abotoada junto ao peito dele!

— Se é alguma curiosidade antiga com a forma de uma Fênix, devo dizer que a diretoria... — disse o cavalheiro simpático, enquanto Robert começava a abrir os seus botões.

— É de fato bem antiga — disse Anthea —, pelo que ela diz, mas...

— Minha nossa! — disse o cavalheiro, quando a Fênix, com um endireitar-se que se tornou um voejar, saiu de seu ninho no peito de Robert e pousou na mesa revestida de couro.

— Que ave extraordinariamente bela! — ele continuou. — Acho que nunca vi nenhuma igual.

— Eu diria que não — replicou a Fênix, com perdoável orgulho. E o cavalheiro deu um pulo.

— Oh, foi ensinada a falar! Alguma espécie de papagaio, talvez?

— Eu sou — disse a ave, simplesmente — a Líder da sua Ordem, e vim ao meu templo para receber as suas homenagens. Não sou nenhum papagaio... — o bico dela curvou-se com desprezo. — Sou a própria e única Fênix, e exijo ser homenageada pelo meu Sumo Sacerdote.

— Na ausência do nosso gerente... — o cavalheiro começou, exatamente como se estivesse se dirigindo a um importante cliente — na ausência de nosso gerente, talvez eu possa... O que estou dizendo? — ele ficou pálido, e passou a mão pela testa. — Meus caros, o tempo está absurdamente quente para essa época do ano, e não estou me sentindo muito bem. Vejam vocês, por um instante eu realmente achei que essa notável ave de vocês tinha falado e dito que era a Fênix e, o que é pior, que eu tinha acreditado nisso.

— Ela falou, sim — disse Cyril. — E o senhor acreditou, sim.

— É realmente... com a sua licença.

Ele tocou uma campainha. O mensageiro apareceu.

— Mackenzie — disse o cavalheiro. — Está vendo esta ave dourada?

— Sim, senhor.

O outro deu um suspiro de alívio.

— Ela *é* real, então?

— Sim, senhor, claro que é. O senhor pode pegá-la em sua mão — disse o mensageiro, solícito, e estendeu a mão na direção da Fênix, que se encolheu com agitada indignação.

— Afaste-se! — exclamou. — Como ousa tentar pôr as mãos em mim?

O mensageiro fez uma reverência.

— Mil perdões, senhora — ele disse. — Achei que a senhora era uma ave.

— Eu *sou* uma ave... Sou *a* ave... A Fênix.

— Claro que o senhora é, claro — disse o mensageiro. — Vi isso no primeiro minuto, assim que recobrei o fôlego, minha senhora.

— É o bastante — disse o cavalheiro. — Peça ao sr. Wilson e ao sr. Sterry para virem aqui, por favor.

O sr. Sterry e o sr. Wilson, por sua vez, tomaram-se de espanto — rapidamente seguido pela convicção. Para a surpresa das crianças, todo mundo na companhia aceitou a palavra da Fênix, e depois do primeiro choque, a todos pareceu perfeitamente natural que a Fênix estivesse viva e que, de passagem por Londres, viera visitar o templo dela.

— Devíamos providenciar alguma espécie de cerimônia — disse o cavalheiro mais simpático, ansiosamente. — Não há tempo para convocar os diretores e os acionistas... talvez possamos fazer isso amanhã. Sim, a diretoria seria o melhor. Eu não gostaria que ela ficasse com a impressão de que não fizemos tudo ao nosso alcance para mostrar nossa gratidão por ela ter condescendido em vir nos visitar de maneira tão simpática.

As crianças mal podiam acreditar no que ouviam, pois nunca tinham achado que alguém mais além deles acreditaria na Fênix. E no entanto todos ali acreditavam; todos os homens no escritório foram trazidos em duplas e trios, e no momento em que Fênix abria o bico ela convencia os mais inteligentes entre eles, bem como os que não eram tão inteligentes assim. Cyril ficou imaginando como a história sairia nos jornais no dia seguinte. Ele pareceu ver as manchetes:

COMPANHIA DE SEGUROS FÊNIX:
A FÊNIX EM SEU TEMPLO
REUNIÃO DE BOAS-VINDAS
DELEITE DO GERENTE
E DE TODOS.

— Perdoem-nos por deixá-los por um instante — disse o cavalheiro simpático, e ele saiu com os outros; e através da porta encostada as crianças puderam ouvir o som de muitos sapatos nas escadas, o rumor de vozes emocionadas explicando, sugerindo, discutindo, e o barulho da mobília pesada sendo arrastada.

A Fênix se pavoneava para lá e para cá na mesa revestida de couro, olhando por cima do ombro o seu belo dorso.

— Vocês viram o quanto eu posso ser convincente — disse com orgulho.

E então um novo cavalheiro entrou e disse, fazendo uma profunda reverência:

— Está tudo preparado. Fizemos o melhor que pudemos com tão pouco tempo; a reunião... a cerimônia ocorrerá na sala da diretoria. A nobre Fênix virá a pé, são só uns poucos passos... ou gostaria que se providenciasse... gostaria de algum meio de transporte?

— O meu Robert irá me levar à sala da diretoria, se é esse o nome sem graça do santuário mais importante de meu templo — respondeu a ave.

Assim, todos seguiram o cavalheiro. Havia uma grande mesa na sala da diretoria, mas fora empurrada para bem embaixo das janelas num dos lados, e as cadeiras tinham sido arrumadas em fileiras na sala, como as que se fazem nas escolas quando há uma projeção sobre "Nosso Império Oriental", ou sobre "Como é Servir na Marinha". As portas eram de madeira entalhada, muito bonitas, com uma Fênix entalhada por cima. Anthea notou que as cadeiras nas fileiras da frente eram do tipo daquelas de que a mãe dela tanto gostava de perguntar o preço em lojas de móveis antigos, e que nunca podia comprar, porque o preço era sempre quase vinte libras cada. Sobre a lareira havia candelabros pesados de bronze e um relógio, e em cima do relógio havia mais uma imagem da Fênix.

— Removam aquela efígie — disse a Fênix para os cavalheiros que estavam ali, e a imagem foi retirada às pressas. A Fênix então voou para onde ela estava e lá ficou, mais dourada do que nunca. Então todo mundo do escritório veio — do caixa às mulheres que preparavam o almoço dos funcionários na bela cozinha no andar de cima do prédio. E todos fizeram uma reverência à Fênix antes de se sentar.

— Cavalheiros — disse o cavalheiro mais simpático —, estamos aqui reunidos hoje...

A Fênix estava virando o seu bico de um lado para o outro.

— Não estou sentindo cheiro de incenso — ela disse, com uma farejada ofendida. Uma troca de ideias frenética resultou em travessas sendo trazidas da cozinha. Açúcar mascavo, cera e tabaco foram colocados nelas, e algo de dentro de um frasco quadrado foi despejado por cima. Usou-se então um fósforo. Era o único incenso que havia à mão no escritório da Companhia Fênix, e com certeza queimou bem rápido e fez um monte de fumaça.

— Estamos aqui reunidos hoje — disse o cavalheiro de novo — em uma ocasião sem paralelos nos anais deste escritório. Nossa respeitada Fênix...

— Líder da Ordem — disse a Fênix, em voz baixa.

— Eu ia chegar lá. Nossa respeitada Fênix, Líder desta antiga Casa, nos concedeu a honra de vir nos visitar. Acho que posso dizer, cavalheiros, que tamanha honra não nos deixa indiferentes, e que sem hesitações na voz damos as boas-vindas àquela que por tanto tempo desejamos ter em nossa presença.

Vários dos funcionários mais jovens pensaram em dizer "Apoiado, apoiado!", mas recearam que pudesse soar desrespeitoso para a ave.

— Não vou desperdiçar o tempo de vocês — o orador continuou — recapitulando as vantagens que derivam de um uso apropriado de nosso sistema de seguros contra incêndio. Eu sei, e os senhores sabem, cavalheiros, que o nosso objetivo sempre foi sermos dignos da ave eminente cujo nome adotamos, e que agora adorna a lareira da sala de nossa diretoria com a sua presença. Três vivas, cavalheiros, para a alada Líder da Casa!

Os vivas vieram, ensurdecedores. Quando cessaram, pediram à Fênix que dissesse algumas palavras.

Ela expressou em frases graciosas o prazer que sentia em se ver afinal em seu próprio templo.

— E — ela prosseguiu — vocês não devem pensar que é por falta de gratidão pela recepção muito calorosa e cordial que perguntarei agora se uma ode poderia ser recitada ou um hino córico cantado. É que sempre estive acostumada a isso.

As quatro crianças, testemunhas perplexas dessa cena maravilhosa, olharam de relance e um pouco nervosas para a espuma de rostos brancos sobre o mar de paletós pretos. Pareceu a elas que a Fênix estava realmente pedindo um pouco demais.

— O tempo urge — disse a Fênix — e a ode de invocação original é longa, além de ser em grego; e, além disso, não há por que me invocar se já estou aqui; mas não há nenhum hino em sua própria língua para um grande dia como este?

Distraidamente, o gerente começou a cantar, e um a um os outros foram se juntando a ele:

A mais absoluta segurança!
A mais total confiabilidade!
Seguro contra incêndio para

Todos os tipos de propriedade.
Os termos mais favoráveis,
Os custos mais razoáveis,
As taxas são baixas para
Um seguro anual...

— Esse aí *não* está entre os meus favoritos — interrompeu a Fênix. — E eu acho que vocês esqueceram alguma parte dele.

O gerente apressou-se a começar outro:

Ó dourada Fênix, para melhor louvá-la,
Ao mundo inteiro sem cessar apregoamos
Os produtos mais esplêndidos que lançamos;
Ó, grande Fênix, tão somente para honrá-la.

— Esse está melhor — disse a ave.
E todo mundo cantou:

Classe um, para residências particulares,
Cobrindo delas todo e qualquer mobiliário;
Desde que bem sólida seja a sua construção,
De pedra ou tijolos e telhas da melhor produção.

— Tentem outra estrofe — disse a Fênix. — Mais para a frente.

E de novo se ergueram as vozes de todos os funcionários, e gerentes e secretárias e cozinheiras:

*Na Escócia também o nosso seguro cobre
O valor dos lares mesmo que nada sobre.*

— Pulem essa estrofe — disse a Fênix.

*Residências até com telhados de sapê
Podem ser com garantia asseguradas,*

Ó mui gloriosa Fênix, conforme se vê,
Pois pela classe três estão contempladas.

A glória do seu templo se eleva tão alta
Que o hino mais exaltado lhe fica em falta;
E esperamos, ó ave bondosa e sapiente,
Que nos augure a cada dia um novo cliente.

Quando algum lar é pelo fogo destruído,
E o dono cumpriu o que lhe foi instruído,
Nem mais um centavo tem de desembolsar,
Se o compromisso com a Fênix soube honrar.

Cantemos pois a plenos pulmões em louvor
De nossa Fênix em todo o seu esplendor!
Nas classes um, dois e três do nosso seguro,
Honrar a Fênix é confiar-lhe o seu futuro!

— Tenham certeza de que *vocês* muito me honram, sem dúvida — disse a Fênix. — E agora precisamos ir. Muito obrigada por uma recepção das mais agradáveis. Que todos vocês prosperem como de fato merecem, pois tenho certeza de que fiéis em meu templo mais simpáticos e lisonjeiros nunca encontrei, e nunca desejarei encontrar. Desejo a todos um bom dia!

Ela voou para o punho de Robert e conduziu as quatro crianças para fora da sala. Todo o pessoal do escritório desceu em seguida a ampla escadaria e retornou aos seus lugares costumeiros, e os dois cavalheiros mais importantes ficaram nos degraus da porta fazendo reverências até Robert ter abotoado a jaqueta Norfolk com a ave dourada em seu peito, e ela, ele e as três outras crianças se perderem na multidão.

Os dois cavalheiros mais importantes se entreolharam franca e estranhamente por um momento, e então retornaram para aqueles aposentos sagrados, onde laboram sem cessar pelo bem da Casa.

E no momento em que estavam todos em seus lugares — gerentes, secretárias, funcionários e mensageiros —, todos tiveram um sobressalto, e cada um olhou cautelosamente em volta para ver se havia alguém olhando para ele. Pois cada um deles pensou que tinha pegado no sono por alguns minutos, e tivera um sonho muito esquisito sobre a Fênix e a sala da diretoria. E, é claro, ninguém mencionou nada disso para os outros, porque dormir no trabalho é simplesmente uma coisa que *não* se deve fazer.

A extraordinária confusão na sala da diretoria, com os restos do incenso nas travessas, teria mostrado imediatamente que a visita da Fênix não tinha sido um sonho, mas uma radiante realidade; só que ninguém voltou à sala da diretoria naquele dia; e no dia seguinte, antes de o escritório abrir, tudo foi limpo e arrumado direitinho por uma senhora de cujo serviço fazer perguntas não fazia parte. Foi por isso que Cyril leu em vão os jornais no dia seguinte e no outro; porque nenhuma pessoa sensata acha que seus sonhos merecem sair no jornal, e ninguém jamais admite que andou dormindo de dia.

A Fênix tinha ficado muito satisfeita, mas decidiu escrever uma ode para si mesma. Ela achou que as que ouvira no templo tinham sido compostas muito apressadamente. A ode dela começava assim:

> *Em beleza e modesto valor*
> *Nada na terra à Fênix é superior.*

E quando as crianças foram dormir naquela noite ela ainda estava tentando cortar o último verso para ficar do tamanho certo sem tirar nada do que ela queria dizer.

É isso o que faz com que a poesia seja tão difícil.

6.
FAZENDO O BEM

— É, só que não poderemos ir a nenhum lugar no tapete por uma semana inteira — disse Robert.

— E eu acho isso bom — disse Jane, inesperadamente.

— Bom?... — disse Cyril. — *Bom?*

Era a hora do café da manhã, e a carta da mãe, dizendo que eles passariam o Natal na casa da tia em Lyndhurst, e que o pai e a mãe iriam encontrá-los lá, tinha sido lida por cada um deles, e estava sobre a mesa, bebendo gordura quente de bacon numa ponta e comendo geleia na outra.

— É, bom — disse Jane. — Eu não quero mais nada acontecendo agora mesmo. A sensação que eu tenho é como a de quando você vai a três festas numa semana só, como aconteceu uma vez na casa da vovó, e com complementos entre elas, brinquedos e chocolates e coisas assim. Eu quero que tudo fique sendo só real, sem nenhuma coisa fora do normal acontecendo.

— Eu não gosto de ser obrigada a esconder coisas da mamãe — disse Anthea. — Não sei por que, mas me faz sentir egoísta e mesquinha.

— Se ao menos conseguíssemos fazer nossa mãe acreditar no tapete... poderíamos levá-la aos lugares mais incríveis — disse Cyril, ponderado. — Do jeito que as coisas estão, só nos sobra sermos egoístas e mesquinhos, se é que é isso mesmo... Mas eu não acho que seja.

— Eu *sei* que não é, mas eu *sinto* que é... — disse Anthea. — E é tão ruim quanto.

— É pior — disse Robert. — Se você soubesse e não sentisse, não iria importar muito.

— Isso que é ser um criminoso contumaz, o pai diz — opinou Cyril, e pegou a carta da mãe e limpou as pontas com o seu lenço, no qual um pouquinho de gordura de bacon e geleia não fez muita diferença.

— Estamos indo só amanhã, em todo caso — disse Robert. E acrescentou, com uma expressão de bom menino no rosto: — Não vamos ficar sendo ingratos por nossas bênçãos; não vamos desperdiçar um dia dizendo o quanto é horrível manter segredos da mamãe, quando todos sabemos que Anthea tentou contar a ela o segredo, e ela nem quis saber. Vamos sentar no tapete e desejar algo bem interessante. Teremos tempo de sobra para nos arrependermos das coisas na semana que vem.

— É — disse Cyril —, vamos. Não é errado, realmente.

— Bom, escutem só — disse Anthea. — Vocês sabem que tem qualquer coisa no Natal que faz você querer ser bom, por menos que você deseje isso em outras épocas. Não poderíamos desejar que o tapete nos levasse a algum lugar onde teríamos a oportunidade de fazer alguma boa ação? Seria uma aventura do mesmo jeito — ela alegou.

— Eu não me importo — disse Cyril. — Não saberemos para onde estamos indo, e isso vai ser emocionante. Ninguém sabe o que vai acontecer. É melhor pormos as nossas melhores roupas de sair para o caso de...

— Poderíamos salvar um viajante enterrado na neve, como cães São Bernardo, com barris em volta do pescoço — disse Jane, começando a ficar interessada.

— Ou chegaremos bem na hora de testemunhar a assinatura de um testamento... mais chá, por favor — disse Robert — e veremos onde o velho o esconde num armário secreto; e então, após muitos anos, quando o herdeiro legítimo estiver desesperado, nós o levaremos até o compartimento oculto e...

— É... — interrompeu Anthea — ou poderíamos ser levados a alguma água-furtada gélida numa cidade alemã, onde uma pobre criancinha pálida e doente...

— Não temos nenhum dinheiro alemão — interrompeu Cyril —, de modo que *isso* não daria certo. O que eu gostaria era de ir parar no meio de uma guerra e obter informações secretas e levá-las para o general, e ele me faria tenente ou um batedor ou um hussardo.

Quando a mesa do café da manhã foi tirada, Anthea varreu o tapete, e as crianças se sentaram nele, junto com a Fênix, que tinha sido especialmente convidada, como um presente de Natal, para vir com eles para testemunhar a boa ação que iam fazer.

Quatro crianças e uma ave estavam prontas, e o desejo foi desejado.

Todo mundo fechou os olhos, de modo a sentir o menos possível o rodopiar de ponta-cabeça do movimento do tapete.

Quando os olhos se abriram novamente, as crianças se descobriram no tapete, e o tapete estava no seu devido lugar no chão da salinha deles em Camden Town.

— Ora... — disse Cyril — essa foi boa!

— Você acha que ele ficou gasto? A parte de conceder desejos, quer dizer? — Robert perguntou ansioso para a Fênix.

— Não é isso — disse a Fênix. — Mas... bem... O que vocês desejaram?

— Ah! Já entendi o que ele quer dizer — disse Robert, com profundo desgosto. — É como o fim de um conto de fadas num suplemento de domingo. Que coisa mais idiota!

— Você quer dizer que o tapete quer dizer que podemos muito bem fazer boas ações onde estamos? Já entendi. Imagino que ele queira que a gente carregue carvão para a cozinheira ou costure para os pobres coitados que não têm roupa. Bom, eu simplesmente não vou fazer nada disso. Ainda mais sendo o último dia e tudo o mais. Escute aqui! — Cyril falou firme e forte. — Nós queremos ir para algum lugar realmente interessante, onde teremos a oportunidade de fazer uma boa ação; não queremos fazê-la aqui, mas em algum outro lugar. Entendeu? Agora, então.

O obediente tapete partiu instantaneamente, e as quatro crianças e uma ave caíram todos juntos numa pilha, e ao cair mergulharam numa escuridão perfeita.

— Está todo mundo aqui? — disse Anthea, sem fôlego, no negro escuro.

Todo mundo informou que estava ali.

— Onde estamos? Ah! Como é gelado e úmido! Ugh! Oh! Meti a mão numa poça.

— Alguém tem um fósforo? — disse Anthea, sem esperança. Ela tinha certeza de que ninguém teria.

Foi então que Robert, com um radiante sorriso de triunfo que foi completamente desperdiçado na escuridão onde ninguém, evidentemente, conseguia ver nada, tirou do bolso uma caixa de fósforos, riscou um e acendeu uma vela... duas velas. E todo mundo, boquiaberto, piscou com a luz súbita.

— Boa, Bobs! — disseram suas irmãs, e mesmo os sentimentos fraternos naturais de Cyril não puderam evitar sua admiração pela presciência de Robert.

— Eu venho andando com elas desde o dia da torre — disse Robert, com modesto orgulho. — Sabia que precisaríamos delas algum dia. Eu guardei bem o segredo, não guardei?

— Ah, sim — disse Cyril, com perfeito desdém. — Eu as vi no domingo depois de tudo, quando estava procurando na sua jaqueta Norfolk o canivete que eu tinha lhe emprestado. Mas eu achei que você só as surrupiara para as lanternas chinesas, ou para ler na cama.

— Bobs... — disse Anthea, repentinamente — sabe onde estamos? Essa é a passagem subterrânea, e veja ali... lá está o dinheiro e os sacos de dinheiro e tudo o mais.

A essa altura dez olhos tinham se acostumado à luz das velas, e ninguém podia deixar de ver que Anthea falara a verdade.

— É um lugar esquisito para fazer boas ações, todavia — disse Jane. — Não há ninguém a quem fazer o bem.

— Não tenha tanta certeza disso — disse Cyril. — É bem capaz que encontremos logo depois da próxima esquina um prisioneiro que padeceu aqui por anos a fio, e o levaremos embora em nosso tapete e o restituiremos a seus amigos desconsolados.

— Claro que poderíamos — disse Robert, se levantando e segurando a vela por cima da cabeça para ver mais longe. — Ou a gente poderá encontrar os ossos de um pobre prisioneiro e levá-los para seus amigos para um enterro apropriado... Essa é sempre uma boa ação nos livros, embora eu nunca tenha entendido o que tanto importam os ossos.

— Preferia que você não falasse nisso — disse Jane.

— E sei exatamente onde vamos encontrar os ossos, também — Robert continuou. — Estão vendo o arco escuro ao longo do corredor? Bom, bem dentro dele...

— Se você não parar com isso — disse Jane, firmemente — eu vou berrar, e daí desmaiar... e aí eu quero ver!

— E *eu* também — acrescentou Anthea.

Robert não ficou nada satisfeito de ter o seu voo de fantasia contido assim.

— Vocês meninas nunca serão como os grandes escritores — ele disse, amargo. — Eles simplesmente adoram pensar em coisas como masmorras, e grilhões, e ossos humanos descarnados e...

Jane tinha aberto a boca para berrar, mas antes de decidir como a gente deve começar quando tem a intenção de desmaiar, a voz dourada da Fênix ouviu-se em meio à penumbra.

— Paz! — disse. — Não há nenhum osso aqui a não ser os conjuntos pequenos mas muito úteis que vocês têm por dentro. E vocês não me convidaram para vir ouvi-los falar de ossos, mas para ver vocês fazendo alguma boa ação.

— Não podemos fazer nenhuma aqui — disse Robert, emburrado.

— Não — retrucou a ave. — A única coisa que podemos fazer aqui, parece, é tentar assustar nossas irmãs menores.

— Ele não me assustou, na verdade, e eu não sou tão menor assim — disse Jane, um tanto mal-agradecida.

Robert ficou quieto. Foi Cyril quem sugeriu que talvez eles devessem pegar o dinheiro e ir embora.

— Isso não vai ser uma boa ação, a não ser para nós mesmos; e pegar dinheiro que não é nosso, não importa de que lado você olhe — disse Anthea —, não é fazer o bem.

— Poderíamos levar e tentar gastar o dinheiro todo em benfeitorias para os pobres e os idosos — disse Cyril.

— Isso não tornaria certo roubar — disse Anthea, resoluta.

— Eu não sei — disse Cyril. Estavam todos de pé agora. — Roubar é pegar coisas que pertencem a outras pessoas, e não há nenhuma pessoa aqui.

— Não pode ser roubar se...

— Muito bem — aprovou Robert, com ironia. — Fiquem parados aqui o dia todo discutindo até as velas acabarem. Vocês vão adorar quando ficar escuro de novo... com ossos.

— Vamos sair daqui, então — disse Anthea. — Podemos discutir no caminho.

Então eles enrolaram o tapete e seguiram adiante. Mas quando se esgueiraram pelo lugar onde a passagem levava à torre sem teto, encontraram o caminho impedido por uma pedra enorme, que eles não conseguiram mover.

— Pronto! — disse Robert. — Espero que estejam satisfeitos!

— Tudo tem duas saídas — disse a Fênix, baixinho. — Até uma discussão ou uma passagem secreta.

De modo que eles se viraram e voltaram para trás, e fizeram Robert ir na frente com uma das velas, porque foi ele quem começara a falar sobre ossos. E Cyril carregou o tapete.

— Gostaria que você não tivesse enfiado ossos nas nossas cabeças — disse Jane, enquanto seguiam pela passagem.

— Eu não enfiei; você sempre os teve. Mais ossos do que cérebro, aliás — disse Robert.

A passagem era comprida, e havia arcos e degraus e curvas e alcovas escuras em frente às quais as meninas não gostavam muito de passar. A passagem terminava num lance de degraus. Robert subiu por eles.

De repente, ele cambaleou pisando nos pés de Jane, que vinha atrás, e todo mundo gritou. — Oh! O que foi?

— Foi só que eu bati a cabeça — disse Robert, depois de gemer por algum tempo. — Só isso. Não foi nada; eu gosto disso. Os degraus simplesmente vão direto para o teto, e é um teto de pedra. Você não pode fazer boas ações debaixo de um piso de pedra.

— Escadas não são feitas apenas para terminar em pisos de pedras, como regra geral — disse a Fênix. — Ponha o ombro para trabalhar.

— Não há trabalho nenhum para fazer — disse o machucado Robert, ainda esfregando a cabeça.

Mas Cyril tinha passado na frente dele no último degrau, e já estava empurrando a pedra em cima com o máximo de força. É claro, ela não se mexeu nem um pouquinho.

— Se é um alçapão... — disse Cyril. E parou de empurrar e começou a tatear. — Sim, tem um trinco. Eu não consigo movê-lo.

Por um feliz acaso, Cyril tinha no bolso a lata de óleo da bicicleta de seu pai; ele pôs o tapete na base dos degraus e deitou-se com a cabeça no último degrau e os pés em meio a seus jovens parentes, e lubrificou o trinco até gotas de ferrugem e óleo pingarem em seu rosto. Uma até foi bem na boca dele — aberta, porque ele estava ofegando naquela posição desconfortável. Então ele tentou de novo, mas ainda o cadeado não se moveu. Então ele amarrou seu lenço — aquele com a gordura de bacon e geleia — ao trinco, e o lenço de Robert no dele, com um nó direito, que não se desfaz por mais que você puxe; de fato, fica cada vez mais apertado quanto mais você puxa. Não deve ser confundido com um nó de avó, que se desfaz só de olhar para ele. E então ele e Robert puxaram, e as meninas puseram os braços em volta dos irmãos e puxaram também, e subitamente o trinco cedeu com um rangido enferrujado, e todos rolaram juntos para a base da escada — todos menos a Fênix, que se valera de suas asas quando eles começaram a puxar.

Ninguém se machucou muito, porque o tapete enrolado amorteceu a queda; e agora, realmente, os ombros dos meninos foram usados com algum propósito, pois a pedra permitiu que eles a empurrassem. Eles sentiram ela se mover; pó caiu à vontade neles.

— Agora, então — gritou Robert, esquecendo sua cabeça e seu mau humor —, empurrem todos juntos. Um, dois, três!

A pedra foi empurrada para cima. Girou numa dobradiça que rangia a contragosto, e revelou uma forma oblonga cada vez maior de ofuscante luz do dia; e caiu para trás com um barulhão contra algo que a deixou na vertical. Todo mundo saiu para fora, mas não havia espaço para todos ficarem confortáveis no pequeno aposento pavimentado em que se viram, de modo que quando a Fênix veio voejando da escuridão eles deixaram a pedra cair, e ela se fechou como um alçapão, que de fato era.

Você não faz ideia do quanto as crianças estavam sujas e empoeiradas. Por sorte, não havia ninguém para vê-las a não ser elas mesmas. O lugar em que estavam era um pequeno santuário, construído na beira de uma estrada que seguia sinuosa através de campos amarelos e verdes até a torre sem teto. Atrás deles havia campos e pomares, todos com galhos marrons e sem folhas, e pequenas casas e hortas. O santuário era uma espécie de capelinha sem a parede da frente — só um lugar para as pessoas pararem e descansarem e desejarem ser boas. Foi o que a Fênix lhes disse. Havia uma imagem que em outros tempos tinha sido muito colorida, mas a chuva e a neve haviam entrado pela frente aberta do santuário, e a pobre imagem estava fosca e manchada pelo clima. Sob ela estava escrito: "*St. Jean de Luz. Priez pour nous*".[26] Era um lugarzinho triste, muito abandonado e solitário, e no entanto, Anthea refletiu, era simpático que viajantes pobres pudessem chegar a esse pequeno lugar de descanso na pressa e preocupação de suas viagens e ficarem tranquilos por alguns minutos, e pensarem em ser bons. Pensar em São João da Luz — que tinha sido, sem dúvida, em sua época, muito bom e gentil — fez Anthea querer, mais do que nunca, fazer uma boa e gentil ação.

— Conte para nós — ela disse para a Fênix. — Qual é a boa ação que o tapete nos trouxe aqui para fazer?

— Imagino que seria uma boa ação encontrar os proprietários do tesouro e contar para eles onde está — disse Cyril.

— E dar o tesouro *todo* para eles? — disse Jane.

— Sim. Mas de quem ele será?

— Eu iria até a primeira casa e perguntaria o nome do proprietário do castelo — disse a ave dourada, e realmente a ideia pareceu boa.

Eles tiraram o pó um do outro o melhor que puderam e seguiram pela estrada. Um pouco adiante encontraram uma pequena nascente borbulhando de uma encosta e caindo numa bacia de pedra tosca cercada por enlameadas samambaias, que agora estavam bem pouco verdes. Ali as crianças lavaram suas mãos e rostos e os enxugaram com os seus lenços, que sempre, nessas ocasiões, parecem absurdamente pequenos. Os lenços de Cyril e Robert, na verdade, mais desfizeram os efeitos da lavagem. Mas apesar disso o grupo certamente ficou parecendo mais limpo do que antes.

A primeira casa que encontraram era uma casinha branca com janelas verdes e um telhado de ardósia. Erguia-se em meio a um jardinzinho caprichado, e de cada lado do

caminho bem cuidado havia grandes vasos de pedras para flores; mas todas as flores estavam mortas agora.

De um dos lados da casinha havia uma espécie de varanda, construída com vigas e treliças, com uma videira crescendo por cima. Era mais larga que as varandas inglesas, e Anthea achou que deveria ficar bonita quando as folhas verdes e as uvas estivessem lá; mas agora só havia galhos secos, castanho-avermelhados, e ramos com umas poucas folhas secas sobrando neles.

As crianças foram até a porta da frente. Era verde e estreita. Uma corrente com um cabo estava pendurada ao lado dela, e se juntava bem à vista a um sino enferrujado pendurado sob a entrada. Cyril puxara o sino e o seu tom barulhento estava se esvaindo antes de um pensamento terrível ocorrer a todos. Cyril o enunciou.

— Essa não! — ele exclamou. — Não sabemos nada de francês!

Nesse momento a porta se abriu. Uma mulher muito alta e esguia, com cachos pálidos como papel pardo ou lascas de carvalho, apareceu na frente deles. Usava um feio vestido cinza e um avental de seda preto. Os olhos dela eram pequenos e cinzentos e nada bonitos, e estavam vermelhos, como se ela tivesse chorado.

Ela se dirigiu a eles em algo que soou como uma língua estrangeira, e terminou com algo que eles tiveram certeza de que era uma pergunta. Claro, ninguém podia respondê-la.

— O que ela disse? — Robert perguntou, olhando para dentro de sua jaqueta, onde a Fênix estava aninhada. Mas antes que a Fênix pudesse responder, o rosto pálido da mulher se iluminou com um sorriso dos mais simpáticos.

— Vocês... vocês são da Inglaterra! — ela exclamou. — Gosto tanto da Inglaterra. Mais *entrez... entrez donc tous*!

Entrem então, entrem todos. Convém *essuiar* os pés no tapete — ela apontou para o capacho.

— Só queríamos perguntar...

— Vou responder tudo o que desejarem — disse a dama. — Entrem só!

E assim, todos entraram, limpando os pés no capacho muito limpo, e pondo o tapete num canto seguro da varanda.

— Os dias mais bonitos da minha vida — disse a dama, ao fechar a porta — se passaram na Inglaterra. E faz longo tempo que não ouço uma voz inglesa para me *reapelar* o passado.

A recepção calorosa embaraçou todo mundo, mas mais os meninos, pois o piso do *hall* de entrada era de uma cerâmica vermelha e branca tão limpa, e o piso da sala de estar era tão brilhante — como um espelho preto — que cada um deles sentiu como se tivesse bem mais botas do que o habitual, e bem mais ruidosas.

Havia um fogo de lenha, bem pequeno e bem crepitante, na lareira — pequenas achas empilhadas numa grelha de metal. Alguns retratos de damas e cavalheiros empoados estavam pendurados em molduras ovais nas paredes claras. Havia castiçais de prata sobre a lareira, e havia cadeiras e uma mesa, muito estreita e polida, com pernas finas. A sala era extremamente despojada, mas com um despojamento estrangeiro elegante que era muito acolhedor, de um jeito esquisito todo seu. No fim da mesa polida um menininho nem um pouco inglês estava sentado numa cadeira de encosto alto e aparência desconfortável. Ele usava veludo preto, e o tipo de colarinho — todo rendado e com laços — que Robert teria preferido morrer a usar; só que o menininho francês era muito mais novo do que Robert.

— Ah, que bonito! — disseram todos. Mas ninguém quis dizer com isso o menininho francês, com as suas calças curtas aveludadas e os seus cabelos curtos aveludados.

O que todos admiraram foi uma árvore de Natal bem pequena, muito verde, e plantada num vasinho muito vermelho, e enfeitada com coisinhas muito cintilantes feitas de lantejoulas e papel colorido. Havia velinhas minúsculas na árvore, mas ainda não tinham sido acesas.

— Mas sim... não é gentil? — disse a dama. — Sentem-se então, e vamos ver.

As crianças se sentaram numa fileira de cadeiras duras junto à parede, e a dama acendeu uma comprida e fina vela vermelha no fogo da lareira, e então fechou as cortinas e acendeu as velinhas, e quando todas estavam acesas, o menininho francês subitamente gritou: — *Bravo, ma tante! Oh, que c'est gentil* —, e as crianças inglesas gritaram: — Viva!

Então houve uma escaramuça no peito de Robert, e dele saiu voando a Fênix, abrindo suas asas douradas, indo até o topo da árvore de Natal e se empoleirando ali.

— Ah! Peguem-no — disse a dama. — Ele vai se queimar, o seu gentil periquito!

— Não vai — disse Robert —, obrigado.

E o menininho francês bateu palmas com as suas mãozinhas bem limpas; mas a dama ficou tão ansiosa que a Fê-

nix desceu da árvore e pousou na mesa de nogueira onde ficou indo para lá e para cá.

— É que ele fala? — perguntou a dama.

E a Fênix respondeu em excelente francês. Disse:

— *Parfaitement, madame!*

— Oh, o belo periquito — disse a dama. — É que ele pode dizer ainda outras coisas?

E a Fênix respondeu, desta vez em inglês:

— Por que vocês estão tristes tão perto do Natal?

As crianças olharam para ela com um só ar de horror e surpresa, porque até a mais nova delas sabia que é muita falta de educação desconhecidos notarem que alguém esteve chorando, e, pior ainda, perguntar a razão de suas lágrimas. E, claro, a dama começou a chorar de novo, muito mesmo, depois de chamar a Fênix de ave sem coração; e ela não conseguia achar seu lenço, de modo que Anthea ofereceu o dela, que ainda estava muito molhado e de nada adiantou. Ela também abraçou a dama, e isso pareceu adiantar mais do que o lenço, tanto que logo a dama parou de chorar, encontrou o seu próprio lenço e enxugou as lágrimas, e disse que Anthea era um anjo querido.

— Sinto muito termos vindo quando a senhora está tão triste... — disse Anthea — mas nós realmente só queríamos perguntar de quem é o castelo na colina.

— Ah, meu anjinho — disse a pobre dama, fungando —; hoje por centenas de anos o castelo é para nós, para nossa família. Amanhã é preciso que o venda para uns desconhecidos... e o meu pequeno Henri, que ignora tudo, ele não vai jamais ter as terras paternas. Mas o que fazer? O pai dele, meu irmão, o senhor Marquês, gastou muito de dinheiro, e é preciso, apesar do respeito familiar, que eu admita que o meu santo pai ele também...

— O que a senhora acharia de encontrar um monte de dinheiro... centenas e milhares de moedas de ouro? — perguntou Cyril.

A dama sorriu tristemente.

— Ah, alguém já lhes contou a lenda? — ela disse. — Isso é verdade que se diz que há um longo tempo... ah, muito longo tempo, um de nossos ancestrais escondeu um tesouro... de ouro, e de ouro, e de ouro... o bastante para enriquecer o meu pequeno Henri por toda a vida. Mas tudo isso, minhas crianças, não é que de contos de fé...

— Ela quer dizer contos de fadas — sussurrou a Fênix para Robert. — Conte a ela o que vocês encontraram.

De modo que Robert contou. Enquanto isso, Anthea e Jane abraçavam a dama por medo que ela desmaiasse de alegria, como as pessoas nos livros, e elas a abraçaram com os abraços francos e felizes de um deleite generoso.

— Não adianta tentarmos explicar como entramos — disse Robert, depois de contar sobre a descoberta do tesouro — porque a senhora vai achar um pouco difícil de entender, e ainda mais difícil de acreditar. Mas podemos mostrar para a senhora onde o ouro está e ajudá-la a tirar de lá.

A dama olhou em dúvida para Robert enquanto distraidamente acolhia os abraços das meninas.

— Não, ele não está inventando — disse Anthea. — É verdade, *é verdade, é verdade*... e ficamos tão contentes.

— Vocês seriam capazes de atormentar uma velha? — disse ela. — E não é possível que isso seja um sonho?

— É *realmente* a verdade — disse Cyril. — E eu a congratulo sinceramente.

O seu tom de polidez estudada pareceu convencer mais do que os arroubos dos outros.

— Se não estou sonhando... — ela disse. — Henri vem para Manon... e vocês... e vocês virão com eu para ver o senhor o Padre. Não é isso?

Manon era uma velha enrugada que usava um lenço

vermelho e amarelo amarrado em volta da cabeça. Ela ficou com Henri, que já estava sonolento depois de toda a excitação com sua árvore de Natal e com as visitas, e quando a dama pôs uma manta preta e um maravilhoso chapéu de seda preta e um par de tamancos pretos de madeira sobre as suas meias de *cashmere* preto, o grupo todo seguiu pela estrada até uma casinha branca — muito parecida com a de que tinham saído — onde um velho padre, com um rosto simpático, os acolheu com uma polidez tão grande que até escondeu o seu espanto.

A dama, com suas mãos agitadas francesas e um dar de ombros francês e com sua trêmula fala francesa, contou a história. E então o padre, que não sabia inglês, deu com os *seus* ombros e agitou as *suas* mãos e falou também em francês.

— Ele acha — sussurrou a Fênix — que os problemas dela a deixaram meio doida. Que pena que vocês não sabem francês!

— Eu sei um monte de francês — sussurrou Robert, indignado. — Mas é tudo sobre o lápis do filho do jardineiro e o canivete da sobrinha do padeiro... Nada que alguém alguma vez vá querer realmente falar.

— Se *eu* falar — a ave sussurrou —, o padre vai achar que ele também está doido.

— Diga-me o que devo falar.

— Fale: "*C'est vrai, Monsieur. Venez donc voir*"[27] — disse a Fênix, e então Robert ganhou o respeito eterno de todo mundo ao dizer subitamente, muito alto e claro:

— Cé vré, messiê; venê donqui voá.

O padre ficou desapontado ao descobrir que o francês de Robert começava e terminava com essas úteis palavras; mas, de todo modo, ele viu que se a dama estava louca, ela não era a única, e pôs um enorme chapéu de pele de castor, e pegou velas e fósforos e uma pá, e todos subiram a colina até o santuário de São João da Luz.

— Agora — disse Robert —, eu irei primeiro e mostrarei onde está.

Assim, eles abriram o alçapão de pedra com a ponta da pá, e Robert de fato foi na frente, e todos o seguiram e encontraram o tesouro de ouro exatamente como o tinham deixado. E todo mundo ficou afogueado com a alegria de fazer uma ação assim tão maravilhosamente boa.

Então a dama e o padre se deram as mãos e choraram de alegria, como os franceses fazem, e se ajoelharam e tocaram o dinheiro e falaram muito rápido e os dois ao mesmo tempo, e a dama abraçou cada criança três vezes, e as chamou de "pequenos anjos guardiões", e então ela e o padre juntaram as duas mãos de novo, e falaram, e falaram, e falaram, mais rápido e mais em francês do que você acreditaria ser possível. E as crianças estavam mudas de alegria e prazer.

— Vão embora *agora* — disse a Fênix baixinho, interrompendo o devaneio radiante.

As crianças então se esgueiraram para fora, e saíram do pequeno santuário, e a dama e o padre estavam tão lacrimosos e tagarelamente felizes que nem notaram que os anjos da guarda tinham ido embora.

Os "anjos guardiões" correram colina abaixo até a casinha da dama, onde tinham deixado o tapete na varanda, e eles o abriram e disseram "para casa", e ninguém os viu desaparecer, exceto o pequeno Henri, que achatara o seu nariz num botão no vidro da janela, e quando ele tentou contar isso para a sua tia ela achou que ele tinha sonhado. De modo que ficou tudo bem.

— É de longe a melhor coisa que já fizemos — disse

Anthea, quando conversavam sobre a aventura no jantar.

— No futuro só faremos boas ações com o tapete.

— Â-rrã! — disse a Fênix.

— Perdão? — disse Anthea.

— Ah, nada — disse a ave. — Eu só estava pensando!

7.
MIADOS DA PÉRSIA

Quando você souber que as quatro crianças se viram na grande estação Waterloo, no centro de Londres, inteiramente abandonadas à própria sorte, sem ninguém ter ido buscá-las, talvez você venha a achar que os pais delas não eram nem bons nem cuidadosos. Mas se você pensar assim, estará errado. O fato é que a mãe combinara com a tia Emma que ela fosse buscar as crianças na Waterloo, quando eles voltassem do Natal em Lyndhurst. O trem ficara confirmado, mas não o dia. A mãe escrevera para a tia Emma, dando a ela instruções meticulosas sobre o dia e a hora, e sobre a bagagem e o táxi e coisas assim, e deu a carta para Robert pôr no correio. Mas aconteceu que os cães perdigueiros tinham marcado um encontro perto da Rufus Stone naquela manhã, e além disso, a caminho do encontro eles encontraram Robert, e Robert os encontrou, e no mesmo instante esqueceu tudo que estivesse relacionado a pôr no correio a carta para a tia Emma, e nunca mais pensou nisso até ele e os outros terem ido e voltado três vezes na plataforma da estação — o que dá seis vezes no total — e terem esbarrado em velhos senhores, e olhado bem para as damas, e sido empurrados por pessoas com pressa, e ouvido "olha a frente" dito por carregadores com carrinhos, e ficado com muita, mas muita mesmo, certeza de que a tia Emma não estava lá. Então de repente a verdade verdadeira do que ele tinha esquecido de fazer atingiu Robert em cheio, e ele disse "Ih, droga!" e ficou parado com a boca aberta, e deixou um carregador com uma mala Gladstone[28] em cada mão e um monte de guarda-chuvas sob o braço colidir pesadamente com ele, sem nem mesmo dizer "daria para não me empurrar?" ou "não dá para olhar por onde anda, não?". A mala mais pesada atingiu-o no joelho, e ele cambaleou, mas nada disse.

Quando os outros entenderam qual era o problema, eu acho que eles disseram a Robert o que pensavam dele.

— Precisamos pegar o trem para Croydon — disse Anthea — e encontrar a tia Emma.

— É — disse Cyril —, e aqueles Jevonses vão realmente adorar nos ver com toda a nossa tralha.

A tia Emma, de fato, estava hospedada com uns tais de Jevonses, pessoas muito chatas. Eram de meia-idade e usavam roupas muito chiques, e adoravam matinês e fazer compras, e não gostavam de crianças.

— Eu sei que a mamãe ficaria contente de nos ver se voltássemos — disse Jane.

— É, ela até ficaria, mas acharia que não era certo demonstrar, porque foi por culpa do Bob que ninguém veio nos buscar. Conheço bem esse tipo de coisa — disse Cyril.

— Além disso, não temos grana. Não; juntando tudo, nós temos o bastante para um táxi, mas não o suficiente para passagens para a New Forest. Devíamos simplesmente ir para casa. Eles não vão ficar tão bravos quando descobrirem que chegamos direitinho em casa. Vocês bem sabem que a tia Emma só nos levaria para casa de táxi.

— Eu acho que devíamos ir para Croydon — Anthea insistiu.

— A tia Emma não vai estar em casa, tenho absoluta certeza — disse Robert. — Aqueles Jevonses vão ao teatro todas as tardes, acho. Além disso, têm a Fênix em casa, e o tapete. Eu voto para que a gente chame uma carruagem de quatro rodas.

Uma carruagem foi chamada — era uma das antiquadas, com palha no chão — e Anthea pediu ao cocheiro que os levasse guiando com muito cuidado até o endereço deles. Foi o que ele fez, e o preço que pediu foi exatamente o valor da moeda de ouro que vovô dera de Natal para Cyril. Deu certo desgosto; mas Cyril jamais se curvaria a discutir o preço do táxi, por receio de que o cocheiro fosse pensar que ele não estava acostumado a pegar táxis sempre que queria. Foi por uma razão que era mais ou menos como essa que ele disse ao cocheiro para pôr a bagagem nos degraus, e esperou que as rodas da carruagem tivessem ruidosamente se retirado, antes de tocar a campainha.

— Vejam — ele disse, com a mão na campainha. — Não queremos a cozinheira e Eliza perguntando para nós na frente *dele*, como se fôssemos bebês, como aconteceu de virmos para casa sozinhos.

E aí ele tocou a campainha; e no instante em que se ouviu o som dela, todo mundo teve a sensação de que ia demorar muito antes de alguém atender. O som de uma campainha é bem diferente, de algum modo, quando tem alguém dentro da casa para ouvi-lo. Não sei explicar por que é assim — mas é assim.

— Acho que estão mudando de roupa — disse Jane.

— Muito tarde — disse Anthea. — Já deve passar das cinco. Imagino que Eliza foi ao correio postar uma carta, e a cozinheira foi ver a hora.

Cyril tocou de novo. E a campainha fez o melhor que pôde para informar às crianças, que escutavam o som, que realmente não havia nenhum ser humano na casa. Eles tocaram de novo e escutaram com muita atenção. O ânimo de todos afundou. É uma coisa terrível ficar trancado do lado de fora da sua própria casa num fim de tarde escuro e úmido de janeiro.

— Não há luz acesa em lugar nenhum — disse Jane, com desespero na voz.

— Eu acho que elas deixaram o gás aceso tempo demais, e uma corrente de ar o apagou, e elas sufocaram em suas camas. O pai sempre diz que algum dia elas acabariam fazendo isso — disse Robert, agitado.

— Vamos chamar um guarda — disse Anthea, tremendo.

— E ser preso por tentar ser ladrão? Não, muito obrigado — disse Cyril. — Ouvi o pai ler em voz alta no jornal sobre um jovem que entrou na casa de sua própria mãe, e eles o pegaram como ladrão no dia seguinte.

— Só espero que o gás não tenha feito mal à Fênix —

disse Anthea. — Ela disse que queria ficar no armário do banheiro, e eu achei que não havia problema, porque as criadas nunca limpam aquele armário. Mas se ela saiu e foi sufocada pelo gás... E além disso, assim que abrirmos a porta vamos sufocar, também. Eu *sabia* que devíamos ter ido para Croydon encontrar com a tia Emma. Ah, Esquilo, queria que tivéssemos ido. Vamos *agora*.

— Cale a boca — disse o irmão dela, secamente. — Há alguém mexendo no trinco lá dentro.

Todo mundo ouviu com todas as orelhas, e todo mundo recuou para o mais longe possível da porta, conforme os degraus permitiam.

O trinco fez uns barulhos. Então a aba da caixa do correio se abriu — todo mundo viu graças à luz trêmula do lampião de gás que brilhava através da limeira sem folhas do portão — e um olho dourado pareceu piscar para eles através da abertura da caixa do correio, e um bico cauteloso sussurrou.

— Estão sozinhos?

— É a Fênix! — disseram todos, numa voz tão feliz, e tão cheia de alívio, que foi uma espécie de grito sussurrado.

— Ssh! — disse a voz vindo da abertura da caixa do correio. — As suas servas saíram para folguedos. O trinco desse portal é muito duro para o meu bico. Mas ao lado, a janelinha sobre a prateleira onde o pão de vocês fica não está trancada.

— Ótimo! — disse Cyril.

E Anthea acrescentou:

— Gostaria que você nos encontrasse lá, cara Fênix.

As crianças se esgueiraram até a janela da despensa. Ficava do lado da casa, e havia um portão verde com a placa "Entrada de Serviço", que sempre ficava trancado. Mas se você puser um pé na grade entre uma casa e outra, e um pé no trinco do portão, você pula sem nem perceber o que fez. Essa, pelo menos, era a experiência de Cyril e Robert, e mesmo, se for para dizer a verdade, de Anthea e Jane. Assim, em pouquíssimo tempo todos os quatro estavam no corredor estreito que se estendia entre a casa deles e a vizinha.

Então Robert ofereceu suas costas, e Cyril se apoiou nela e logo estava com o joelho no patamar de concreto da janela. Ele mergulhou na despensa de cabeça, como quando se mergulha na água, e suas pernas ficaram no ar, como acontece com suas pernas quando você está aprendendo a mergulhar. As solas de suas botas — manchas enlameadas — desapareceram.

— Deem-me um apoio — disse Robert às irmãs.

— Não, nada disso — disse Jane firmemente. — Eu não vou ser deixada aqui fora só com a Anthea, esperando alguma coisa nos atacar pelas costas no escuro. O Esquilo pode muito bem ir abrir a porta dos fundos.

Uma luz se acendera na despensa. Cyril sempre disse que a Fênix abriu o gás com o bico, e o acendeu com uma batida de suas asas, mas ele estava entusiasmado na hora, e talvez tenha sido ele mesmo quem acendeu com fósforos e esqueceu depois. Ele abriu a porta dos fundos para

os outros entrarem, e quando estava trancada de novo as crianças saíram pela casa toda e acenderam cada bico de gás que encontraram. Pois eles não conseguiam deixar de ter a sensação que era bem o tipo de noite de inverno escura e lúgubre em que era de se esperar que um ladrão armado aparecesse a qualquer momento. Não há nada como luzes acesas quando você está com medo de ladrões; ou de qualquer outra coisa, aliás.

E quando todos os bicos de gás estavam acesos, ficou bem claro que a Fênix não se enganara, e Eliza e a cozinheira tinham realmente saído, e não havia ninguém na casa a não ser as quatro crianças, e a Fênix, e o tapete, e os besourinhos pretos que moravam nos armários dos dois lados da lareira da salinha das crianças. Estes últimos ficaram muito contentes que as crianças estavam em casa de novo, especialmente quando Anthea acendeu o fogo na salinha. Mas, como sempre, as crianças trataram os besourinhos simpáticos com frieza e desdém.

Eu me pergunto se você sabe acender um fogo. Eu não quero saber se você sabe como acender um fósforo e pôr fogo nas pontas de um papel para um fogo que já está armado, mas como armar e acender um fogo por sua própria conta. Eu vou lhe contar como Anthea fez, e se você alguma vez tiver de acender um fogo sozinho talvez lembre como se faz. Primeiro, ela limpou as cinzas do fogo que queimara ali uma semana antes — porque Eliza na realidade não tinha feito isso, mesmo tendo tempo de sobra. Ao fazer isso, Anthea bateu um nó do dedo e o esfolou. Então ela colocou os carvões maiores e mais bonitos no fundo da grelha. Aí ela pegou uma folha de jornal velho (você nunca deve acender o fogo com o jornal de hoje — não queima bem, e há outras razões para não usá-lo), e a rasgou em quatro partes, e fez com cada uma delas uma bola de papel, e as colocou em meio aos carvões; então ela pegou um feixe de lenha e arrebentou o barbante, e colocou as achas de modo que as pontas da frente ficassem apoiadas nas barras, e as pontas de trás sobre as bolas de papel. Ao fazer isso ela cortou levemente o dedo com o barbante, e quando ela o arrebentou, duas das madeiras pularam e a acertaram na bochecha. Então ela colocou mais carvões, mas sem poeira. Essa ela pôs sobretudo em suas mãos, mas parecia haver o bastante para sobrar também para o seu rosto. E daí ela acendeu as pontas das bolas de papel, e esperou até ouvir o crepitar da lenha começando a queimar. Foi então lavar as mãos e o rosto na torneira da cozinha.

É claro que você não precisa esfolar os nós dos dedos, ou cortar os dedos, ou deixar a lenha acertar em sua bochecha, ou ficar todo preto; mas fora isso, essa é uma maneira muito boa de acender um fogo em Londres. Ao ar livre, no campo, o fogo é aceso de uma maneira diferente e mais atraente.

Mas é sempre bom lavar as mãos e o rosto depois, onde quer que você esteja.

Quando Anthea estava deliciando os pobres dos besourinhos pretos com alentadoras labaredas, Jane pôs a mesa para quatro para o... Eu ia dizer chá, mas a refeição de que estou falando não foi exatamente um chá. Digamos que foi algo parecido com um chá. Havia chá, com certeza, pois o fogo de Anthea crepitava e fulgurava tão gentil que parecia realmente estar convidando afetuosamente a chaleira para ir sentar-se em seu colo. Assim, trouxeram a chaleira e fizeram chá. Mas ninguém conseguiu encontrar leite — e assim todos puseram seis pedrinhas de açúcar no lugar dele. As coisas para comer, por outro lado, foram melhores do que o normal. Os meninos procuraram muito cuidadosamente, e encontraram na despensa bifes de língua, pão, manteiga, queijo, e parte de uma torta fria muito melhor do que a que a cozinheira fazia quando eles estavam em casa. E no armário da cozinha havia a metade de um bolo meio natalino, um pote de geleia de morango, e uns trezentos gramas de frutas cristalizadas, com macias camadas crocantes de delicioso açúcar em cada casca de limão, laranja e lima.

Foi, de fato, como Jane disse, "um banquete digno de um cavaleiro árabe".

A Fênix empoleirou-se na cadeira de Robert, e ouviu gentil e polidamente tudo o que eles tinham para contar sobre sua estada em Lindhurst, e debaixo da mesa, só esticando a ponta de um dedo do pé um pouquinho, o fiel tapete podia ser sentido por todos — até por Jane, cujas pernas são muito curtas.

— As suas servas não vão voltar esta noite — disse a Fênix. — Vão dormir sob o teto da tia da madrasta da cozinheira, que está, pelo que entendi, dando uma grande festa esta noite em homenagem ao aniversário de noventa anos da mãe da cunhada do primo do marido dela.

— Eu acho que elas não deveriam ter ido sem pedir permissão — disse Anthea —, por mais parentes que tenham, ou por mais velhos que eles sejam; mas suponho que temos de lavar a louça.

— Não é da nossa conta a permissão delas — disse Cyril, com firmeza. — Mas eu simplesmente não vou lavar a louça para elas. Nós nos servimos e vamos tirar a mesa; e então iremos a algum lugar no tapete. Não é sempre que a gente tem a oportunidade de ficar fora toda a noite. Podemos ir direto para o outro lado do equador, para os climas tropicais, e ver o sol nascer no vasto Oceano Pacífico.

— Boa ideia — disse Robert. — Eu sempre quis ver o Cruzeiro do Sul e as estrelas tão grandes quanto lampiões de gás.

— Melhor vocês não irem — disse Anthea, muito decidida —, porque eu não vou conseguir ir junto. Tenho certeza de que mamãe não iria querer que a gente saísse, e eu vou detestar ficar sozinha.

— Eu ficarei com você — disse Jane, lealmente.

— Eu sei que você ficaria — disse Anthea, grata. — Mas mesmo com você eu preferia não ficar.

— Bom... — disse Cyril, tentando ser gentil e afável. — Eu não quero que você faça nada que ache que esteja errado, *mas*...

Ele ficou em silêncio; esse silêncio disse muitas coisas.

— Eu não vejo... — Robert estava começando quando Anthea o interrompeu:

— Tenho bastante certeza disso. Às vezes você apenas acha que uma coisa é errada, e às vezes você *sabe*. E essa é uma vez de *sabe*.

A Fênix voltou seus dourados olhos gentis e abriu um bico amigável para dizer:

— Quando é, como você diz, uma "vez de sabe", não há mais nada para dizer. E os seus nobres irmãos jamais iriam deixá-las sozinhas.

— Claro que não — disse Cyril, um tanto apressadamente. E Robert também.

— Eu, de minha parte — a Fênix continuou —, estou disposta a ajudar de qualquer forma que for possível. Irei pessoalmente, seja via tapete ou via asas, buscar qualquer coisa em que vocês pensarem para se divertir durante a noite. Para não perdermos tempo, posso ir enquanto vocês lavam a louça. Vamos, decidam o que eu devo buscar para vocês. Posso trazer qualquer coisa que quiserem.

Mas, claro, eles não conseguiam se decidir. Muitas coisas foram sugeridas: um cavalinho de balanço, um jogo de xadrez, um elefante, uma bicicleta, um automóvel, livros com figuras, instrumentos musicais, e muitas outras coisas. Mas um instrumento musical só é agradável para quem o toca, a menos que tenha aprendido a tocar realmente bem; livros não são muito sociáveis; não se pode andar de bicicleta sem sair lá fora, e o mesmo se aplica a elefantes e automóveis. Só duas pessoas podem jogar xadrez por vez com um tabuleiro (e de qualquer forma, para um jogo, é muito parecido com lições), e só um pode se balançar num cavalinho de balanço. De repente, no meio da discussão, a Fênix abriu as asas e voou até o chão, e dali anunciou.

— Eu fiquei sabendo... — disse — do tapete, que ele

quer que vocês o deixem ir para a antiga casa dele, onde nasceu e foi criado, e ele voltará em menos de uma hora cheio de uma boa quantidade dos mais belos e deliciosos produtos de sua terra natal.

— Qual é a terra natal dele?

— Não fiquei sabendo. Mas como vocês não chegam a nenhuma conclusão, e o tempo está passando, e a louça do chá ainda não foi lavada...

— Eu voto para que a gente concorde — disse Robert. — Vai encerrar essa discussão, de qualquer forma. E não é ruim uma surpresa. Talvez seja um tapete turco, e ele nos traga *Turkish delight*.[29]

— Ou uma patrulha turca — disse Robert.

— Ou um banho turco — disse Anthea.

— Ou uma toalha turca — disse Jane.

— Bobagem — Robert desdenhou. — Ela disse belos e deliciosos, e toalhas e banhos não são nada disso, por mais que possam lhe fazer bem. Deixem-no ir. Eu acho que ele não vai fugir de nós — acrescentou, empurrando a cadeira para trás e se pondo de pé.

— Quieto! — disse a Fênix. — Como pode dizer isso? Não magoe os sentimentos dele só porque é um tapete.

— Mas como ele vai fazer isso... sem que um de nós esteja nele para fazer o desejo? — perguntou Robert, com a esperança nascente de que *talvez* fosse necessário um deles ir, e por que não o Robert?

Mas a Fênix rapidamente jogou um balde de água fria em seu sonho recém-nascido.

— Ora, basta escrever o desejo num papel, e prendê-lo com um alfinete no tapete.

Assim, uma folha foi arrancada do caderno de aritmética de Anthea, e nela Cyril escreveu em letras grandes o seguinte:

Nós desejamos que você vá para a sua querida terra natal, e traga as mais belas e deliciosas produções dela que conseguir — e não demore muito, por favor.

(assinado) CYRIL
ROBERT
ANTHEA
JANE

E o papel foi posto no tapete.

— Com o texto para baixo, por favor — disse a Fênix. — O tapete não pode ler um papel que está de costas para ele, como vocês também não.

Foi bem preso com o alfinete, e a mesa e as cadeiras tendo sido movidas, o tapete simples e subitamente desapareceu, como uma lâmina de água numa lareira com fogo alto. As bordas foram ficando cada vez menores, até ele sumir de vista.

— Pode levar algum tempo para ele reunir as belas e deliciosas coisas — disse a Fênix — Eu lavaria a louça.

Foi o que eles fizeram. Havia bastante água quente sobrando na chaleira, e todo mundo ajudou — até a Fênix,

que com suas garras pegava as xícaras pelas asas e as mergulhava na água quente, e então as colocava na mesa para Anthea secar. Mas a ave era um tanto lenta porque, como disse, embora ela não estivesse acima de qualquer tipo de trabalho honesto, mexer com água de lavar louça não era exatamente o que ela fora criada para fazer. Tudo foi devidamente lavado, enxugado e guardado, e o pano de prato lavado e pendurado para secar, e o pano de chá foi pendurado no varal da copa. (Se você for filho de uma duquesa, ou de um rei, ou de uma pessoa de alta posição social, talvez não saiba a diferença entre um pano de prato e um pano de chá; mas nesse caso a sua babá foi mais bem instruída do que você, e pode lhe explicar direitinho.) E bem quando oito mãos e um par de garras estavam sendo secados na toalha atrás da porta da despensa, um som estranho veio do outro lado da parede da cozinha — o lado onde ficava a salinha das crianças. Era um som muito estranho, de fato — muito esquisito, e diferente de qualquer outro som que as crianças já tinham ouvido. Ao menos, já tinham ouvido sons muito parecidos com aquele, pois o apito de uma locomotiva a vapor de brinquedo se parece com o de uma locomotiva de verdade.

— O tapete voltou — disse Robert; e os outros acharam que ele tinha razão.

— Mas o que ele trouxe? — perguntou Jane. — Soa como o Leviatã, aquele grande monstro.

— Será que ele foi feito na Índia, e trouxe elefantes? Mesmo se forem bebês vai ser um horror naquela salinha — disse Cyril. — Eu voto em que cada um olhe um pouco pelo buraco da fechadura.

Foi o que fizeram; por ordem de idade. A Fênix, sendo a mais velha por alguns milhares de anos, teria direito à primeira olhadela. Mas...

— Desculpem-me — ela disse, eriçando suas penas douradas e espirrando baixinho. — Olhar por buracos de fechadura sempre resfriam meus olhos dourados.

Assim, Cyril olhou.

— Estou vendo algo cinza se mexendo — disse ele.

— É um jardim zoológico de algum tipo — disse Robert, quando foi a sua vez. E o som baixinho de farfalhar, alvoroçar, eriçar, arrastar, esgueirar e afofar continuou vindo lá de dentro.

— Eu não consigo ver nada — disse Anthea. — Faz cócega nos meus olhos.

Então veio a vez de Jane, e ela pôs o olho no buraco da fechadura.

— É um gatinho gigante — ela disse — e está dormindo ocupando todo o chão.

— Gatos gigantes são tigres, o pai disse.

— Não, ele não disse. Ele disse que tigres são gatos gigantes. Não é a mesma coisa.

— Não adianta nada enviar o tapete para trazer coisas preciosas se vocês ficam com medo de vê-las quando elas chegam — disse a Fênix, sensatamente. E Cyril, sendo o mais velho, disse:

— Vamos lá — e virou a maçaneta.

Depois do chá, tinham deixado o gás aceso no máximo, e tudo na sala podia ser visto claramente pelos dez olhos na porta. Bom, não tudo, pois embora o tapete estivesse lá, ficara invisível, porque estava completamente encoberto pelos cento e noventa e nove belos objetos que ele trouxera de sua terra natal.

— Minha nossa! — Cyril comentou. — Nunca tinha pensado que ele fosse um tapete *persa*.

No entanto era evidente que era, pois os belos objetos que ele trouxera eram gatos: gatos persas, gatos persas cinza, e havia, como eu disse, cento e noventa e nove deles, e todos estavam sentados no tapete o mais perto que podiam uns dos outros. Mas no momento em que as crianças entraram na sala, os gatos se levantaram e se espreguiçaram, e num instante o chão era um mar de gatidade se mexendo e miando, e as crianças de comum acordo subiram na mesa, e recolheram as pernas, e o pessoal da vizinhança bateu na parede — e, de fato, não era de admirar, pois os miados eram persas e penetrantes.

— Isso não tem lá muita graça — disse Cyril. — Qual é o problema com os bichanos?

— Suponho que estejam com fome — disse a Fênix. — Se vocês os alimentassem...

— Não temos nada com que alimentá-los — disse Anthea em desespero, e ela acariciou as costas do persa mais próximo. — Ah, gatinhos, fiquem quietos, por favor... não conseguimos nem ouvir nós mesmos pensando...

Ela teve que gritar a continuação, porque os miados estavam ficando ensurdecedores:

— ... e seriam precisos quilos e mais quilos de comida de gato.

— Vamos pedir ao tapete para levá-los embora — disse Robert.

Mas a meninas disseram:

— Não!

— Eles são tão fofinhos e gatinhos — disse Jane.

— E valiosos — disse Anthea, apressadamente. — Podemos vendê-los por montes e montes de dinheiro.

— Por que não mandar o tapete buscar comida para eles? — sugeriu a Fênix, e a voz dourada soou áspera e rachada com o esforço que teve de fazer para ser ouvida em meio à ferocidade cada vez maior dos miados persas.

Assim, foi escrito que o tapete devia trazer comida para cento e noventa e nove gatos persas, e o papel foi alfinetado no tapete, como antes.

O tapete pareceu se aprumar, e os gatos respingaram dele, como gotas de chuva de sua capa quando você a sacode. E o tapete desapareceu.

A menos que você já tenha estado com cento e noventa e nove gatos persas numa salinha, todos famintos, e afirmando isso com miados resolutos, você só poderá fazer uma ideia muito aproximada do barulho que agora ensurdecia as crianças e a Fênix. Os gatos não pareciam ser bem-educados. Pareciam não ter noção de que era uma falta de educação pedir comida numa casa desconhecida — sem nem falar em uivar por ela — e eles miavam, e miavam, e miavam, e miavam, até as crianças taparem os ouvidos com os dedos numa agonia silenciosa, perguntando-se por que toda a Camden Town não vinha bater na porta para perguntar qual era o problema, e só esperando que a comida para os gatos chegasse antes que os vizinhos fizessem isso — e antes que o segredo do tapete e da Fênix tivesse de ser irremediavelmente revelado para uma vizinhança indignada.

Os gatos miavam e miavam, arqueavam seus torsos persas e ondulavam seus rabos persas, e as crianças e a Fênix se apertavam sobre a mesa.

A Fênix, Robert percebeu de repente, estava tremendo.

— Tantos gatos — ela disse — e eles podem não saber que eu sou a Fênix. Acidentes assim acontecem tão rápido... Deixa-me bem intimidada.

Esse era um perigo em que as crianças não tinham pensado.

— Entre aqui — disse Robert, abrindo a jaqueta.

E a Fênix entrou... bem a tempo, pois olhos verdes haviam encarado, focinhos rosas tinham farejado, bigodes brancos haviam se mexido, e enquanto Robert abotoava a

jaqueta ela desapareceu até a cintura numa onda de ávidos pelos persas cinza. E naquele instante o bom tapete aterrissou no chão. E estava coberto de ratos — trezentos e noventa e oito deles, creio, dois para cada gato.

— Que horror! — gritou Anthea. — Ah, levem-nos daqui.

— Leve você daqui — disse a Fênix — e eu.

— Queria que nunca tivéssemos tido um tapete — disse Anthea, às lágrimas.

Eles se precipitaram e se atabalhoaram porta afora, e a fecharam, e a trancaram. Cyril, com grande presença de espírito, acendeu uma vela e desligou o gás no registro principal.

— Os ratos terão um pouco mais de chance no escuro — disse.

Os miados tinham cessado. Todo mundo ficou escutando em silêncio, prendendo a respiração. Todos nós sabemos que gatos comem ratos — é uma das primeiras coisas que lemos em nossas cartilhas; mas todos aqueles gatos comendo todos aqueles ratos — era algo que não dava para pensar.

De repente Robert sentiu um cheiro, no silêncio da cozinha escura, onde a única vela estava com a chama toda inclinada, por causa da corrente de ar.

— Que cheiro engraçado! — ele disse.

E enquanto falava, o facho de uma lanterna veio pela janela da cozinha, um rosto espiou para dentro, e uma voz disse:

— O que é essa confusão toda? Deixem-me entrar.
Era a voz da polícia!

Robert foi na ponta dos pés até a janela, e falou através da vidraça que estava um pouco rachada desde que Cyril acidentalmente a acertara com uma bengala, quando estava brincando de equilibrar esta no nariz. (Foi depois de uma ida ao circo.)

— O que o senhor quer dizer? — ele disse. — Não há confusão nenhuma. Ouça bem; tudo está bem quieto. — E de fato estava.

O cheiro estranho ficou mais forte, e a Fênix pôs para fora o seu bico.

O policial hesitou.

— São ratos-*almiscarados* — disse a Fênix. — Imagino que alguns gatos os comem, mas os persas jamais... Que erro para um tapete bem informado cometer! Oh, que noite estamos tendo!

— Por favor, vá embora — disse Robert, nervoso. — Estamos indo para a cama; essa é a nossa vela para o quarto de dormir; não há nenhuma confusão. Tudo está quieto.

Um coro desvairado de miados encobriu as palavras dele, e com os miados vinham junto os guinchos dos ratos-almiscarados. O que tinha acontecido? Os gatos teriam provado os ratos antes de decidir que não gostavam do sabor?

— Vou entrar — disse o policial. — Vocês estão com um gato preso aí.

— Um gato — disse Cyril. — Ah, antes fosse!... um gato!

— Entre, então — disse Robert. — É por sua conta e risco. Eu o aconselhei a não entrar. Espere um instante, vou abrir o portão lateral.

Ele abriu, e o policial, muito cautelosamente, entrou. E ali na cozinha, com a luz de uma vela, com os miados e os guinchos soando como uma dúzia de sirenes, vinte buzinas de carros, e meia centena de bombas guinchando, quatro vozes agitadas gritaram para o policial quatro explicações confusas e inteiramente diferentes dos eventos muito confusos daquela noite.

Você já tentou explicar a um policial até a coisa mais simples?

8.
OS GATOS, A VACA E O LADRÃO

A salinha das crianças estava cheia de gatos persas e ratos-almiscarados que tinham sido trazidos pelo tapete mágico. Os gatos estavam miando e os ratos estavam guinchando, e assim mal se conseguia ouvir o som da própria voz. Na cozinha estavam as quatro crianças, uma vela, uma Fênix escondida, e um policial muito visível.

— Agora escutem aqui — disse o policial, muito alto, e apontou a lanterna para cada criança. — O que significam esses miados todos? Eu digo que vocês estão com um gato aqui, e alguém está maltratando o bicho. O que vocês têm a dizer?

Eram cinco contra um, contando a Fênix; mas o policial, que era um só, era de um tamanho excepcionalmente grande, e os cinco, incluindo a Fênix, eram pequenos. Os miados e os guinchos ficaram mais baixos, e no relativo silêncio Cyril disse:

— É verdade. Há alguns gatos aqui. Mas nós não os maltratamos. Muito pelo contrário. Acabamos de dar comida a eles.

— Não é o que parece — disse severamente o policial.

— Eu diria que não são gatos *reais* — disse Jane insensatamente. — Talvez sejam só gatos de sonho.

— Gatos de sonho, sei, minha senhora — foi a breve resposta da força policial.

— Se o senhor entendesse de alguma coisa além de gente que faz assassinatos e furtos e coisas feias como essas, eu lhe contaria tudo sobre os gatos — disse Robert. — Mas tenho certeza de que não é o caso. O senhor não tem nada que meter a sua colher torta nas vidas dos gatos particulares das pessoas. O senhor só tem de interferir quando as pessoas gritam "assassino!" e "pega ladrão!" na rua. É isso!

O policial assegurou a eles que isso era o que iriam logo ver; e nesse momento a Fênix, que estava bem encolhida na prateleira de panelas sob o balcão, entre as tampas de caçarolas e uma frigideira, saiu andando nas pontas das garras de um jeito modesto e silencioso, e deixou a cozinha sem ninguém perceber.

— Ah, não seja tão horrível — Anthea estava dizendo, gentil e firmemente. — Nós *adoramos* gatos, coisinhas fofas das mais queridas. Não iríamos maltratar gatos por nada nesse mundo. Não é, Jane?

E Jane respondeu que era claro que não. E ainda assim o policial não pareceu se comover com a eloquência delas.

— Agora, escutem aqui — ele disse. — Eu vou ver o que tem nessa outra sala, e...

A voz dele submergiu sob um irromper descontrolado de miados e guinchos. E assim que o som amainou, as quatro crianças começaram a explicar imediatamente; e embora os miados e os guinchos não estivessem mais tão altos, ainda havia o bastante de ambos para tornar muito difícil o policial entender uma única palavra das quatro explicações inteiramente diferentes que despejaram nele.

— Poupem-me — ele disse por fim. — Eu vou entrar na sala ao lado no cumprimento do meu dever. Eu vou usar os meus olhos... que os meus ouvidos já estão entupidos, entre os gatos todos e vocês.

E ele empurrou Robert de lado, e foi até a porta.

— Não diga que eu não o avisei — disse Robert.

— Na verdade são tigres — disse Jane. — O papai disse que eram. Eu não entraria, se fosse o senhor.

Mas o policial mostrou-se inabalável; nada que lhe diziam parecia fazer a menor diferença. Alguns policiais são assim, creio eu. Ele seguiu pelo corredor, e no momento seguinte estaria na sala com todos os gatos e todos os ratos (almiscarados), mas bem naquele instante uma vozinha fina e estridente gritou lá fora na rua:

— Assassino... assassino! Pega ladrão!

O policial se deteve, com uma bota oficial parada no ar.

— ... hmmm? — ele disse.

E de novo os gritos vieram aflitos e estridentes da rua escura lá fora.

— Isso mesmo — disse Robert. — Fique procurando gatos enquanto alguém está sendo assassinado lá fora.

Pois Robert tivera uma intuição lhe dizendo claramente *quem* era que estava gritando.

— Seu moleque insolente! — disse o policial. — Depois eu cuido de você.

E ele se precipitou para fora, e as crianças ouviram suas botas pisando pesado na calçada, e os gritos também se afastando, bem adiante do policial; e tanto os gritos de assassino quanto as botas do policial sumiram na longínqua distância.

Então Robert deu um tapa na coxa e disse:

— A boa e velha Fênix! Eu teria reconhecido a sua voz dourada em qualquer lugar.

E então todos entenderam como a Fênix tinha espertamente compreendido o que Robert dissera sobre o verdadeiro trabalho de um policial, que consistia em ir atrás de assassinos e ladrões, e não atrás de gatos, e todos os corações se encheram de uma afetuosa admiração.

— Mas ele vai voltar — disse Anthea, pesarosa. — Assim que descobrir que o assassino é só a visão brilhante de um sonho, e na realidade não existe.

— Não, não vai — disse a voz suave da esperta Fênix, ao chegar voando. — *Ele não sabe onde fica a casa de vocês.* Eu o ouvi admitindo isso para um mercenário seu colega. Ah! Que noite estamos tendo! Tranquem a porta, e vamos nos livrar desse cheiro intolerável do perfume peculiar ao rato-almiscarado e às casas dos cortadores de barbas. Se vocês me dão licença, vou para a cama. Estou exausta.

Foi Cyril que escreveu o papel que dizia ao tapete para levar embora os ratos e trazer leite, porque parecia não haver nenhuma dúvida de que, fosse como fosse, os gatos persas deviam gostar de leite.

— Espero que não seja leite-almiscarado — disse Anthea, desalentada, ao alfinetar o papel com o desejo virado para baixo no tapete. — Existem vacas-almiscaradas? — ela acrescentou ansiosamente, enquanto o tapete encolhia e desaparecia. — Espero que não. Talvez tivesse sido mesmo mais sensato deixar o tapete levar os gatos embora. Está ficando bem tarde, e não podemos ficar com eles a noite toda.

— Ah, não podemos? — foi a amarga réplica de Robert, que tinha ido fechar o portão lateral. — Vocês talvez devessem ter me consultado — continuou. — Não sou tão burro quanto certas pessoas.

— Por que, o que...

— Vocês não perceberam? Nós simplesmente vamos *ter* de ficar com os gatos a noite toda... Ah, desçam daí, suas bestas peludas!... porque já pedimos três desejos ao tapete agora, e não podemos fazer mais nenhum até amanhã.

Só a barulheira dos miados persas evitou a ocorrência de um silêncio funesto.

Anthea falou primeiro.

— Não faz mal — ela disse. — Sabe de uma coisa, eu realmente acho que eles estão se aquietando um pouco. Talvez tenham ouvido a gente falando em leite.

— Eles não entendem a nossa língua — disse Jane. — Esqueceu? São gatos persas, Pantera.

— Bom — disse Anthea, um tanto ríspida, porque ela

estava cansada e ansiosa —, quem disse que "leite" não é leite em persa? Montes de palavras são iguais ou parecidas em outras línguas, como... Ah, gatinhos, fiquem quietos, por favor. Vamos acariciá-los o mais que pudermos com as duas mãos, e quem sabe eles parem.

Então todos acariciaram o pelo cinza até ficar com as mãos cansadas, e assim que um gato tinha sido acariciado o bastante para parar de miar, ele era empurrado ligeiramente, e outro bichano miador era abordado pelas mãos dos acariciadores. E o ruído de fato estava mais alto do que um meio ronronar quando o tapete subitamente reapareceu no seu devido lugar, e nele, em vez de fileiras de latões de leite, ou mesmo garrafas, estava uma *vaca*. Não uma vaca persa, nem tampouco, por sorte, uma vaca almiscarada, se é que isso existe, mas uma vaca lisa, lustrosa, de cor ruça, da raça Jersey, que piscou seus enormes olhos com a luz do gás e mugiu de um jeito amável, ainda que interrogativo.

Anthea sempre tivera medo de vacas, mas agora ela tentou ser corajosa.

— Em todo caso, ela não pode correr atrás de mim — disse a si mesma. — Não há espaço nem para ela começar a correr.

A vaca estava perfeitamente plácida. Ela se comportou como uma duquesa perdida até que alguém trouxe um pires para o leite, e alguém mais tentou ordenhar a vaca. Ordenhar é muito difícil. Você pode achar que é fácil, mas não é. Todas as crianças estavam agora tomadas por um grau de heroísmo que teria sido impossível para elas em condi-

ções normais. Robert e Cyril seguraram a vaca pelos chifres; e Jane, quando teve bastante certeza de que a outra ponta da vaca estava segura, consentiu em ficar de prontidão para segurar a vaca pelo rabo se fosse necessário. Anthea, segurando o pires, avançou então em direção à vaca.

Ela se lembrou de ter ouvido dizer que vacas, quando ordenhadas por desconhecidos, são suscetíveis à influência reconfortante da voz humana. Assim, segurando muito firme o seu pires, ela procurou palavras que pudessem ser suscetíveis de ter uma influência reconfortante sobre a vaca. E a sua memória, abalada pelos eventos da noite, que pareciam nunca mais ter fim, recusou-se a ajudá-la com qualquer tipo de palavras adequadas para dizer a uma vaca Jersey.

— Pobre gatinho, aqui. Deite, isso, cachorrinho, deite! — foi tudo o que ela conseguiu pensar em dizer, e foi o que disse.

E ninguém riu. A situação, repleta de gatos cinza miando, era muito séria para tanto. Então Anthea, com o coração disparado, tentou ordenhar a vaca. No instante seguinte a vaca tinha derrubado o pires da mão dela e pisado nele com uma das patas, enquanto com cada uma das outras três pisara nos pés de Robert, Cyril e Jane.

Jane prorrompeu em lágrimas.

— Ah, como está tudo tão horrível demais! — ela gritou. — Vamos embora daqui. Vamos para a cama e largar os horrorosos dos gatos com a detestável da vaca. Quem sabe algum deles coma algum outro. E vai ser muito bem feito.

Eles não foram para a cama, mas realizaram um tiritante conselho de guerra na sala de estar, que cheirava a cinza; e, de fato, elas se empilhavam na lareira. O fogo não tinha sido aceso na sala desde que a mãe partira, e todas as cadeiras e mesas estavam nos lugares errados, e os crisântemos estavam murchos, e a água no pote tinha quase secado. Anthea embrulhou-se junto com Jane no cobertor de lã bordado do sofá, enquanto Robert e Cyril disputavam uma luta, silenciosa e breve, mas feroz, pela porção maior do tapete de pele em frente à lareira.

— É verdadeiramente terrível demais — disse Anthea — e eu estou tão cansada. Vamos soltar os gatos.

— E a vaca também, talvez? — disse Cyril. — A polícia irá nos descobrir no mesmo instante. Aquela vaca vai ficar no portão miando... quer dizer, mugindo, para entrar. E a mesma coisa os gatos. Não: já sei o que temos de fazer. Vamos colocar os gatos em cestas e deixá-los nas portas das pessoas, como órfãos abandonados.

— Temos três cestas, contando a de costura da mamãe — disse Jane, animando-se.

— E temos quase duzentos gatos — disse Anthea. — Sem contar a vaca... seria necessária uma cesta de tamanho diferente para ela; e aí eu não sei como iria carregá-la, e vocês nunca encontrariam uma soleira de porta grande o bastante para deixá-la. Exceto a da igreja, e...

— Ah, tá bom... — disse Cyril. — Se você vai ficar só criando dificuldades...

— Estou de acordo com você — disse Robert. — Não se incomode com a vaca, Pantera. Ela simplesmente vai ter de passar a noite aqui, e tenho certeza de ter lido que a vaca é um animal ruminante, e isso quer dizer que ela vai ficar parada refletindo profundamente por horas. O tapete pode levá-la embora de manhã. Quanto às cestas, vamos usar fronhas, ou aventais, ou toalhas de banho. Vamos, Esquilo. Vocês meninas podem ficar fora disso se quiserem.

O seu tom foi cheio de desprezo, mas Jane e Anthea estavam muito desesperadas para se importar; mesmo ficar "fora disso", que em outros momentos elas não iriam tolerar, agora parecia um grande conforto. Elas se aninharam no cobertor do sofá, e Cyril estendeu o tapete da lareira sobre elas.

— Ah... — ele disse — é só para isso que as mulheres servem mesmo; ficarem seguras e quentinhas enquanto os homens fazem o trabalho e correm os riscos e perigos e coisas assim.

— Eu não sou assim — disse Anthea —, você sabe que não. — Mas Cyril já tinha saído.

Estava quentinho debaixo do cobertor e do tapete, e Jane se aninhou mais perto de sua irmã, e Anthea abraçou Jane gentilmente, e numa espécie de sonho elas ouviram uma onda de miados quando Robert abriu a porta da salinha das crianças. Ouviram botas buscando cestas na cozinha. Ouviram o portão lateral abrir e fechar, e sabiam que cada irmão tinha saído com pelo menos um gato. A última coisa que Anthea pensou foi que ia levar no mínimo a noite toda para se livrar daqueles cento e noventa e nove gatos em pares. Seriam noventa e nove viagens com dois gatos cada, e um gato de resto.

— Eu quase acho que devíamos ficar com o gato de resto — disse Anthea. — Não estou gostando muito de gatos bem agora, mas imagino que algum dia gostarei de novo. — E ela pegou no sono. Jane também estava dormindo.

Foi Jane quem acordou com um sobressalto, dando com Anthea ainda dormindo. Como, ao despertar, ela chutara a irmã, ela se perguntou vagamente por que tinham ido para a cama de sapato; mas no instante seguinte ela lembrou onde estavam.

Houve um som de passos arrastados e abafados na escada. Como a heroína do poema clássico,[30] Jane "pensou que eram os meninos", e como estava bem desperta, e não mais tão cansada como antes, ela saiu com cuidado do lado de Anthea e seguiu os passos. Eles desciam para o porão; os gatos, que pareciam ter caído no sono por exaustão, acordaram com o som dos passos se aproximando e miaram pungentemente. Jane já estava no fim da escada quando viu que não eram seus irmãos que tinham acordado os gatos e ela, mas um ladrão. Ela soube que era um ladrão no ato, porque ele usava um boina de couro e um cachecol vermelho e preto desses que instituições de caridade doam, e não tinha a menor razão para estar ali.

Se você estivesse no lugar de Jane, sem dúvida teria saído correndo, chamando a polícia e os vizinhos com berros terríveis. Mas Jane pensou melhor. Ela tinha lido um monte de boas histórias sobre ladrões, bem como algumas poesias comoventes, e ela sabia que nenhum ladrão jamais faria mal a uma menininha se a encontrasse enquanto ladroava. De fato, em todos os casos que Jane lera, a ladroagem era quase imediatamente esquecida por ele ficar tão interessado na tagarelice ingênua da menininha. Então, se Jane hesitou um momento antes de se dirigir ao ladrão foi só porque ela não conseguiu pensar de imediato em nada suficientemente tagarela e ingênuo para começar. Nas histórias e nas poesias comoventes, a criança nunca conseguia falar direito, embora nas figuras sempre parecesse grande o suficiente para tanto. E Jane não conseguia se convencer a balbuciar e falar feito nenê, mesmo que fosse só com um ladrão. E enquanto ela hesitava, ele abriu silenciosamente a porta da salinha e entrou.

Jane o seguiu, bem a tempo de ver o ladrão se sentando no chão, espalhando gatos, como uma pedra que, jogada num lago, espirra água.

Ela fechou a porta silenciosamente e ficou parada ali, ainda se perguntando se seria *capaz* de se pôr a dizer "puquê táqui, sinhô ladão?", ou se algum outro jeito de falar não poderia servir.

Então ela ouviu o ladrão suspirar fundo, e dizer:

— É um castigo divino. Valei-me se não é. Ah, cada coisa que acontece com o pobre do sujeito! Faz ele cair em si, não faz? Gatos e mais gatos e mais gatos. Não pode haver tantos gatos assim. Sem nem falar na vaca. Se ela não for a alma da Daisy do meu velho. Ela é um sonho de quando eu era menino... ela até não me incomoda muito. Aqui, Daisy, Daisy?

A vaca se virou e olhou para ele.

— *Ela* está ótima — ele continuou. — Uma espécie de companhia, também. Embora só os céus sabem como ela

veio parar nessa sala no porão. Mas os gatos... ah, tire-os daqui, tire-os daqui! Eu encerro a carreira agora mesmo... Ah, tire-os daqui.

— Ladrão — disse Jane, bem perto atrás dele, e ele teve um sobressalto convulsivo, e virou para ela um rosto pálido, com os lábios pálidos tremendo. — Eu não posso tirar esses gatos daqui.

— Cruz-credo! — exclamou o homem. — Se você não é mais uma delas. Você é real, senhorita, ou alguma coisa de que logo vou acordar?

— Sou bem real — disse Jane, aliviada ao descobrir que não era necessário balbuciar para fazer o ladrão entendê-la. — E também... — acrescentou — os gatos.

— Então chame a polícia, chame a polícia, e eu vou com eles sem protestar. Se você não é mais real que os gatos, estou acabado, fora do jogo. Chame a polícia. Eu me entrego sem reclamar. Uma coisa é certa, não vai ter lugar para metade desses gatos em nenhuma cela que eu já vi.

Ele passou os dedos pelos cabelos, que eram curtos, e seus olhos percorreram aflitos a sala cheia de gatos.

— Ladrão — disse Jane, gentilmente e baixinho —, se você não gosta de gatos, por que veio aqui?

— Chame a polícia — foi a única resposta do desafortunado criminoso. — Eu prefiro que você chame; juro, prefiro mesmo.

— Não me atreveria — disse Jane. — E além disso, não tenho como chamá-la. Eu detesto policiais. Gostaria que eles nunca tivessem nascido.

— Você tem um bom coração, mocinha — disse o ladrão. — Mas esses gatos... é um pouco demais.

— Escute aqui — disse Jane —, eu não vou chamar a polícia. E sou uma menininha de verdade mesmo, ainda que eu fale de um jeito mais velho do que as outras que você encontrou antes quando estava fazendo suas ladroagens. E os gatos são de verdade, e eles querem leite de verdade, e... Você não disse que a vaca era como a Daisy de alguém que você conhecia?

— Que eu caia morto se ela não é a figura escarrada dela — respondeu o homem.

— Bom, então... — disse Jane, e se viu tomada por uma sensação de alegre orgulho — talvez você saiba como se ordenham vacas?

— Talvez eu saiba — foi a resposta cautelosa do ladrão.

— Então... — disse Jane. — Se *ao menos* você ordenhasse a nossa... você nem imagina como o amaríamos pelo resto da vida.

O ladrão respondeu que amar pelo resto da vida estava ótimo.

— Se esses gatos ao menos pudessem se satisfazer com uma boa e generosa quantidade de leite... — Jane prosseguiu, ansiosa por convencê-lo — é bem provável que deitem e durmam, e assim a polícia não vai voltar. Mas se eles continuarem a miar desse jeito a polícia vai voltar, e daí não sei o que vai ser de nós, ou de você também.

Esse argumento pareceu convencer o criminoso. Jane trouxe a bacia da pia, e ele cuspiu nas mãos e se preparou para ordenhar a vaca. Nesse instante, ouviram-se botas na escada.

— Está tudo acabado — disse o homem, desesperado. — Não passou de uma armação. A polícia *já está* aí. — Ele ficou como quem estava pronto para abrir a janela e pular por ela.

— Está tudo bem, estou lhe dizendo — sussurrou Jane,

aflita. — Eu vou dizer que você é um amigo meu, ou o bom pároco a quem se recorre, ou meu tio, ou *qualquer coisa*! Só por favor, por favor, ordenhe a vaca. Ah, não vá embora, ah... Graças a Deus, são só os meninos!

Eram eles; e a entrada deles tinha acordado Anthea que, junto com os irmãos, agora se apertava na porta. O homem olhou em volta como um rato olha a ratoeira em que caiu.

— Esse é um amigo meu — disse Jane. — Ele acabou de chegar, e ele vai ordenhar a vaca para a gente. Não é muito gentil e tão bom da parte dele?

Ela piscou para os outros, e embora eles não tenham entendido nada, lealmente entraram no jogo.

— Como vai? — disse Cyril. — É um prazer conhecê-lo. Não deixe que a gente interrompa o seu serviço com a vaca.

— Eu vou ter uma ressaca e tanto amanhã de manhã, sem a menor dúvida — observou o ladrão; mas começou a ordenhar a vaca.

Piscando para Robert ficar e cuidar para que o ladrão não parasse de ordenhar ou tentasse escapar, os outros foram pegar coisas onde pôr o leite, pois agora ele estava jorrando e fazendo espuma na bacia, e os gatos tinham parado de miar e estavam se juntando em volta da vaca, com expressões de esperança e antecipação em suas carinhas bigodudas.

— Não vamos poder nos livrar de mais nenhum gato — disse Cyril, enquanto ele e suas irmãs faziam numa bandeja uma grande pilha de pires, pratos, pratos de sopa e for-

mas de torta. — A polícia quase nos pegou. Não o mesmo policial, um muito mais forte. Ele achou que era realmente um órfão abandonado que estávamos levando. Se não fosse por eu ter jogado os dois sacos de gatos direto em seus olhos e ajudado o Robert a pular uma grade, e por nós termos ficado feito ratos escondidos debaixo de um arbusto... Bom, é uma sorte que eu arremesse bem, só isso. Ele veio atrás de nós quando se livrou dos sacos de gatos, mas nós corremos o mais que pudemos. E aqui estamos.

A suave monotonia do leite espirrando na tigela parecia ter reconfortado muito o ladrão. Ele continuou ordenhando numa espécie de devaneio feliz, enquanto as crianças pegaram uma concha para com ela despejar o leite morno em formas e pratos, e pires e pratos de sopa, e os serviam ao som da música do ronronar e lamber persa.

— Me faz pensar nos velhos tempos... — disse o ladrão, passando a manga puída de seu casaco pelos olhos — nas maçãs no pomar em casa, e os ratos na época da colheita, e os coelhos e os furões, e como era bom ver os porcos sendo abatidos.

Ao vê-lo nesse ânimo mais apaziguado, Jane disse:

— Gostaria que você nos dissesse como foi que escolheu a nossa casa para a sua ladroagem dessa noite. Fico muito contente que tenha escolhido. Você está sendo tão gentil. Não sei o que teríamos feito sem você — ela acrescentou apressadamente. — Gostamos tanto de você. Conte para nós.

Os outros contribuíram com encorajamentos simpáticos, e por fim o ladrão disse:

— Bom, é o meu primeiro serviço, e eu não esperava ser tão bem recebido, e essa é a verdade, jovens cavalheiros e damas. E eu não duvido se não vai acabar sendo também o último. Pois essa vaca aqui, ela me lembra o meu pai, e eu sei que ele teria me dado uma surra se eu pusesse a mão num *penny* que não era meu.

— Com certeza teria dado, sim — Jane concordou gentilmente. — Mas o que o fez vir aqui?

— Bom, senhorita... — disse o ladrão. — Vocês devem saber melhor do que eu como arranjaram esses gatos todos e, ora, vocês não gostam da polícia, então vou me abrir de verdade com vocês, e confiar em seus nobres corações. (É melhor vocês tirarem um pouco, a tigela está ficando cheia.) Eu estava vendendo laranjas com o meu carrinho... pois eu não sou ladrão de profissão, embora vocês tenham usado o nome tão à vontade comigo; e teve essa dama que comprou três dúzias. E enquanto ela estava escolhendo, de fato com muito cuidado, e eu fico sempre contente quando uma dessas damas pega algumas das maduras demais, havia duas outras damas falando por cima da cerca. E uma delas disse para a outra o seguinte:

"Eu escrevi para as duas garotas virem, e elas podem ficar com a Maria e a Jane, porque o patrão e a patroa delas estão a quilômetros de distância e as crianças também. Então elas podem muito bem trancar a casa e deixar o gás aceso, e voltar cedo no dia seguinte às onze. E vamos ter uma noite e tanto, sra. Prosser, vamos mesmo. Estou indo agora mesmo botar a carta no correio."

— E então a dama que tinha escolhido as laranjas com tanto cuidado, ela disse: "Ora, sra. Wigson, fico pensando, tão ocupada que está com a mão toda cheia de sabão. Este bom cavalheiro vai botar a carta no correio, tenho certeza, já que sou tão boa freguesa dele". Então elas me deram a carta, e claro que eu li o endereço que estava escrito nela antes de botar na caixa do correio. E quando eu tinha vendido todo o meu carrinho, estava indo para casa com a grana no bolso, e não é que um maldito mendigo ladrão roubou tudo bem quando eu estava molhando o meu apito, que apregoar laranjas seca a boca. Furtou tudo, furtou mesmo... e eu fiquei sem um tostão para levar para meu irmão e a patroa dele.

— Que horror! — disse Anthea, com muita compaixão.

— Horror mesmo, senhorita, pode crer — o ladrão retrucou, comovido. — A senhorita não faz ideia de como ela fica quando é contrariada. E com certeza espero que nunca faça. Então lembrei do que estava escrito no envelope, e eu disse para mim mesmo "por que não? Levando em conta o que me aconteceu, e se eles têm duas criadas, deve haver o que levar". E aqui estou. Mas os tais gatos, eles me puseram de novo no caminho da honestidade. Nunca mais.

— Escute aqui — disse Cyril —, esses gatos são muito valiosos, muito mesmo. E nós vamos lhe dar todos eles, desde que você os leve embora.

— Estou vendo que dão cria fácil — replicou o ladrão. — Mas não quero encrenca com os tiras. Vocês conseguiram esses gatos honestamente? Direitinho?

— Eles são todos nossos de verdade — disse Anthea. — Nós os queríamos, mas a remessa veio maior do que queríamos, e eles são um incômodo e tanto. Se buscar o seu carrinho, e alguns sacos ou cestos, a patroa do seu irmão vai ficar terrivelmente satisfeita. O meu pai diz que gatos persas valem montes de libras cada um.

— Bom... — disse o ladrão, e ele com certeza ficou interessado nas observações dela — estou vendo que estão com um problema; e não me incomodo de dar uma mão e ajudar. Não vou perguntar como vocês os conseguiram. Mas tenho um amigo, ele entende mesmo de gatos. Vou trazer o sujeito aqui, e se ele achar que eles vão render mais do que as peles, eu não vou me incomodar de fazer essa gentileza para vocês.

— Você não vai ir embora e nunca mais voltar... — disse Jane — porque eu não iria *suportar* isso.

O ladrão, muito comovido com a emoção dela, jurou sentimentalmente que, vivo ou morto, ele ia voltar.

Então ele se foi, e Cyril e Robert acompanharam as meninas indo para cama e se prepararam para esperar o retorno dele. Logo pareceu absurdo ficar esperando despertos, mas as batidas dissimuladas do ladrão na janela logo os acordaram. Pois ele de fato voltou, com o amigo, o carrinho e os sacos. O amigo aprovou os gatos, agora dormindo com persa satisfação, e eles foram postos nos sacos, e levados embora no carrinho — miando, de fato, mas os miados eram muito sonolentos para atrair a atenção pública.

— Sou um receptador, é o que sou — disse o ladrão melancolicamente. — Nunca imaginei que chegaria a esse ponto, e tudo por causa do meu coração mole.

Cyril sabia que receptador é quem recebe mercadorias roubadas, e ele replicou incisivamente:

— Dou a minha palavra de honra que os gatos não foram roubados. Que horas serão agora?

— Não tenho relógio — disse o amigo. — Mas já era hora de fechar quando eu passei pelo Bull and Gate.[31] Não me admiraria se já fosse mais de uma da manhã.

Quando os gatos foram removidos, e os meninos e o ladrão se despediram com calorosas expressões de eterna amizade, ficou sobrando só a vaca.

— Ela tem de ficar a noite toda — disse Robert. — A cozinheira vai ter um ataque quando a vir.

— Toda a noite? — disse Cyril. — Ora, já é a manhã de amanhã se é uma hora. Podemos fazer outro desejo!

Assim, o tapete foi convocado, numa nota escrita às pressas, para levar a vaca de volta para de onde ela tinha vindo, e o tapete voltar ao seu devido lugar na salinha das crianças. Mas a vaca não se deixava convencer a ficar em cima do tapete. De modo que Robert pegou a linha do varal na cozinha, e amarrou muito firme uma ponta nos chifres da vaca, e a outra ponta numa ponta engruvinhada do tapete, e disse:

— Manda ver.

E o tapete e a vaca sumiram juntos, e os meninos foram para a cama, exaustos e extremamente gratos de que a noite enfim tinha terminado.

Na manhã seguinte o tapete estava tranquilamente em seu devido lugar, mas um canto estava bem rasgado. Era a ponta em que a vaca tinha sido amarrada.

9.
A NOIVA DO LADRÃO

Na manhã depois da aventura dos gatos persas, dos ratos-almiscarados, da vaca comum e do ladrão incomum, todas as crianças dormiram até as dez horas; e então foi apenas Cyril que acordou; mas ele esperou os outros, e por volta das dez e meia todo mundo estava pronto para ajudar a conseguir o café da manhã. Estava um frio de arrepiar, e havia bem pouco na casa que valesse a pena comer.

Robert tinha providenciado uma pequena e atenciosa surpresa para as criadas ausentes. Ele tinha feito uma caprichada e deliciosa armadilha sobre a porta da cozinha, e assim que ouviram a porta da frente sendo aberta, todas as quatro crianças se esconderam no armário debaixo da escada e ouviram deliciados a entrada, o tropeção, o barulho de água, o tumulto e os comentários das criadas. Eles ouviram a cozinheira dizer que era um castigo divino por terem deixado a casa sozinha; ela pareceu achar que uma armadilha era o tipo de planta que era bem capaz de crescer, por conta própria, numa casa que tivesse sido deixada fechada. Mas a criada, mais perspicaz, achou que alguém devia ter estado na casa; esta opinião foi confirmada pelas coisas do café da manhã na mesa da salinha das crianças.

O armário debaixo da escada era muito apertado e cheio de parafina, todavia, e uma silenciosa disputa por um lugar mais confortável acabou com a porta se escancarando e despejando Jane, que rolou como uma bola de futebol direto para os pés das criadas.

— Agora — disse Cyril, firmemente, quando a histeria da cozinheira tinha passado, e a criada tivera tempo de dizer o que pensava deles —, nem pensem em nos dar bronca. Não iremos tolerar. Sabemos demais. Por favor, tratem de fazer um rocambole de melado especial para o almoço, e vamos querer bifes de língua enlatados.

— Essa é boa — disse a criada, indignada, ainda em suas roupas de sair e com o chapéu bem torto de um lado. — Não me venha com ameaças, sr. Cyril, porque não vou tolerar, estou lhe dizendo. Você vai contar para a sua mãe que nós saímos? Não estou nem aí! Ela vai ficar com pena de mim quando ouvir sobre a minha querida tia-avó por casamento que me criou desde criança e foi como uma mãe para mim. Ela mandou me chamar, mandou sim, acharam que ela não ia passar dessa noite, pelos espasmos em suas pernas... E a cozinheira foi tão gentil e atenciosa que não quis deixar eu ir sozinha, e assim...

— Não faça isso — disse Anthea, aflita. — Você sabe onde os mentirosos vão parar, Eliza, ao menos se não...

— Mentirosa, eu?! — disse Eliza. — Nem vou me rebaixar a falar com vocês.

— Como vai a sra. Wigson? — disse Robert. — E foi boa a farra na noite passada?

O queixo da criada caiu.

— Você se hospedou com a Maria ou com a Emily? — perguntou Cyril.

— A sra. Prosser se divertiu? — perguntou Jane.

— Já chega — disse Cyril. — Elas já tiveram o bastante. Se vamos contar ou não vai depender do comportamento de vocês de agora em diante — ele continuou, dirigindo-se às criadas. — Se vocês forem decentes com a gente, a gente será decente com vocês. Melhor fazer aquele rocambole de melado; e se eu fosse você, Eliza, eu faria um pouco de faxina e arrumação, só para variar.

As criadas se deram por vencidas, e de uma vez por todas.

— Não há nada como a firmeza — Cyril prosseguiu, quando as coisas do café da manhã tinham sido retiradas e as crianças ficaram sozinhas na salinha. — As pessoas sempre falam de problemas com as criadas. É bem simples, quando você sabe o que fazer. Podemos fazer o que bem entendermos agora e elas não vão nos denunciar. Eu acho que dobrei o espírito orgulhoso delas. Vamos a algum lugar, no tapete.

— Eu não faria isso, se fosse vocês — disse a Fênix, bocejando, ao descer de seu poleiro na cortina. — Eu dei uma ou duas pistas a vocês, mas agora a ocultação não mais é possível, e vejo que preciso falar.

Ela se empoleirou no encosto de uma cadeira e ficou indo para a frente e para trás, como se fosse um papagaio num balanço.

— Qual é o problema agora? — disse Anthea. Ela não estava tão amável como sempre, porque acordara ainda exausta da comoção com os gatos da noite passada. — Estou cansada de coisas acontecendo. Eu não vou a lugar nenhum no tapete. Vou cerzir as minhas meias.

— Cerzir! — disse a Fênix. — Cerzir! Desses lábios jovens essas expressões estranhas...

— Remendar, então — disse Anthea. — Com agulha e lã.

A Fênix abriu as asas, ponderando.

— As suas meias... — ela disse — são muito menos importantes do que podem parecer para você agora. Mas o tapete... vejam os pedaços gastos, vejam o grande rasgo naquele canto lá. O tapete tem sido o amigo fiel de vocês, o seu criado solícito. E como vocês o recompensaram por seu devotado serviço?

— Cara Fênix — Anthea pediu —, não fale nesse horrível tom de sermão. Você me faz sentir que fiz algo de errado. E realmente é um tapete mágico, e nós não fizemos nada a ele, a não ser desejos.

— A não ser desejos... — repetiu a Fênix, eriçando as penas do pescoço com exasperação. — E que espécie de desejos? Desejar que pessoas ficassem de bom humor, por exemplo. De que tapete vocês já ouviram falar de alguma vez ter de conceder um desejo assim? Mas este nobre tecido, no qual vocês pisam tão descuidadamente... — (todo mundo removeu suas botas do tapete e ficou de pé no linóleo) — este tapete nunca falhou. Fez o que vocês pediram, mas para gastar e desgastar deve ter sido terrível. E então na noite passada... Não os culpo pelos gatos e ratos, porque esses foram escolha dele, mas que tapete pode aguentar uma pesada vaca pendurada numa ponta dele?

— Eu acharia que os gatos e ratos foram piores — disse Robert. — Pense só em todas as garras deles.

— Sim — disse a ave. — Onze mil, novecentos e quarenta delas... e por acaso vocês prestaram atenção? Ficaria surpreso se elas não tivessem deixado marca nenhuma.

— Minha nossa... — disse Jane, sentando-se repentinamente no chão, e batendo de leve na borda do tapete — você quer dizer que ele está *ficando gasto*?

— A vida dele com vocês não foi uma de luxos — disse a Fênix. — Lama francesa duas vezes. Areia de praia ensolarada duas vezes. Encharcando-se em mares do sul uma vez. Índia uma vez. Deus sabe onde na Pérsia uma vez. Terra dos ratos-almiscarados uma vez. E uma vez, de onde quer que a vaca tenha vindo. Segurem o tapete contra a luz, e com cautelosa ternura, por favor.

Com ternura cautelosa os meninos seguraram o tapete contra a luz; as meninas olharam, e foram tomadas por um arrepio de arrependimento quando viram o que aquelas onze mil, novecentas e quarenta garras tinham feito com o tapete. Estava cheio de furinhos; havia alguns maiores, e mais de um pedaço muito ralo. Num canto uma tira estava rasgada e melancolicamente dependurada.

— Precisamos consertá-lo — disse Anthea. — Pouco importam as minhas meias. Eu posso costurá-las com algodão em partes se não tiver tempo de fazê-las direito. Eu

sei que é horrível e que não é para nenhuma menina que se respeite e tudo isso; mas o coitado do tapete querido é mais importante do que as minhas meias tontas. Vamos sair agora mesmo.

Então saíram todos, e compraram lã para remendar o tapete; mas não há nenhuma loja em Camden Town onde se possa comprar lã desejante, não, tampouco em Kentish Town. Todavia, uma lã mesclada escocesa pareceu boa o bastante, e foi o que compraram, e durante todo aquele dia Jane e Anthea cerziram e cerziram e cerziram. Os meninos saíram para dar uma volta à tarde, e a gentil Fênix ficou andando de um lado para o outro na mesa — pelo exercício, ela disse —, falando sobre o tapete para as industriosas meninas.

— Não é um tapete comum, ignorante, um inocente fabricado em série — ela disse. — É um tapete com um passado, um passado persa. Vocês sabiam que em épocas mais felizes, quando esse tapete era propriedade de califas, vizires, reis e sultões, ele nunca ficou no chão?

— Eu achei que o chão fosse o lugar apropriado para um tapete — Jane interrompeu.

— Não para um tapete *mágico* — disse a Fênix. — Ora, se tivessem permitido que ficasse no chão não teria sobrado muito dele. Não, de fato! Ele ficava em baús de cedro, incrustados de pérolas e marfim, embrulhado em tecidos inestimáveis de fios de ouro, bordados com gemas de valor fabuloso. Repousou nos estojos de sândalo de princesas, e nas salas de tesouro perfumadas dos reis. Nunca, nunca, alguém o degradou andando sobre ele... a não ser quando a serviço, quando desejos eram requisitados, e então sempre se tiravam os sapatos. *Já vocês*...

— Oh, pare! — disse Jane, quase em lágrimas. — Você sabe que nunca teria saído de seu ovo se a mamãe não tivesse ido atrás de um tapete para andarmos nele.

— Vocês não precisavam ter andado tanto e com tanta força! — disse a ave. — Mas vamos, enxugue esta lágrima de cristal, e eu relatarei a história da Princesa Zuleika, do Príncipe da Ásia, e do tapete mágico.

— Pode ir relatando — disse Anthea — Quero dizer, por favor.

— A Princesa Zuleika, a mais bela das damas da realeza — começou a ave —, tinha sido em seu berço submetida a muitos encantamentos. A avó dela, em sua época...

Mas o que a avó de Zuleika em sua época tinha sido estava destinado a jamais ser revelado, porque Cyril e Robert subitamente irromperam na sala, e em cada rosto havia traços de uma emoção profunda. Na testa pálida de Cyril havia gotas de agitação e transpiração, e na testa vermelha de Robert, uma grande mancha preta.

— O que abala ambos? — perguntou a Fênix, e acrescentou um tanto ranzinza que contar histórias era impossível quando as pessoas vinham interromper desse jeito.

— Ah, cale a boca, pelo amor de... sei lá o quê! — disse Cyril, afundando numa poltrona.

Robert alisou as penas douradas eriçadas, acrescentando gentilmente:

— O Esquilo não foi uma besta de propósito. É só que a coisa *mais horrível de todas* aconteceu, e perto dela histórias não parecem importar muito. Não fique brava. Você não vai ficar quando souber o que aconteceu.

— Bom, o *que* aconteceu? — disse a ave, ainda um tanto irritada, e Anthea e Jane pararam com suas agulhas compridas no ar, e compridos fios de lã mesclada escocesa pendurados nelas.

— A coisa mais terrível que poderia passar pela cabeça de vocês — disse Cyril. — Aquele sujeito legal, o nosso ladrão... a polícia o pegou, suspeito de ter roubado os gatos. Foi isso que a patroa do irmão dele me contou.

— Ah, comece pelo começo! — exclamou Anthea com impaciência.

— Bom, então, nós saímos para dar uma volta, e lá onde fica a agência funerária, com flores de porcelana na vitrine, vocês sabem onde. Havia uma multidão, e claro que fomos espiar. E eram dois policiais com o nosso ladrão entre eles, e ele estava sendo levado preso; e ele disse: "Estou falando que os gatos foram *dados* para mim. Eu ganhei eles em troca de ordenhar uma vaca numa salinha no porão lá em Camden Town".

— E as pessoas riram dele. Imbecis!... E então um dos policiais perguntou se por acaso ele podia dar o nome e o endereço da vaca, e ele disse que não, não podia; mas podia levá-los até lá se ao menos soltassem o colarinho dele, e lhe dessem uma chance de recobrar o fôlego. E os policiais disseram que ele podia contar tudo isso para o magistrado amanhã de manhã. Ele não nos viu, de modo que fomos embora.

— Oh, Cyril, como vocês puderam fazer isso? — disse Anthea.

— Não seja cabeça-oca — Cyril sentenciou. — Não iria servir de grande coisa se ele tivesse visto a gente. Ninguém acreditaria numa só palavra do que disséssemos. Teriam pensado que a gente estava brincando. Fizemos melhor do que deixar que ele nos visse. Perguntamos a um menino onde ele morava e ele nos disse, e nós fomos até lá, e era um pequeno armazém, e nós compramos algumas castanhas-do-Brasil. Aqui estão. — As meninas desdenharam as castanhas com desgosto e desprezo.

— Bom, a gente tinha de comprar *alguma coisa*, e enquanto estávamos resolvendo o que comprar ouvimos a patroa do irmão dele falando. Ela disse que quando ele chegou em casa com todos aqueles miadores ela logo achou que alguma coisa não cheirava bem naquela história. Mas ele tinha de sair essa manhã com os dois mais prováveis de vender, um em cada braço. Ela disse que ele a mandou comprar fita azul para colocar em volta dos pescoços dos bichos, e ela disse que se ele pegasse três meses de cadeia seria a palavra dela que ele teria a fita azul para agradecer; isso, e o seu próprio jeito burro de ser ladrão, pegando gatos que todo mundo ia saber que ele não teria como ter conseguido através de comércio honesto, em vez de coisas pelas quais as pessoas não iam dar falta, que Deus sabe que há quantidades delas, e...

— Ih, pare! — exclamou Jane. E foi bem a tempo, porque Cyril parecia um relógio em que se dera corda, e não teria mais como parar. — Onde ele está agora?

— Na delegacia de polícia — disse Robert, porque Cyril estava sem fôlego. — O menino nos disse que vai ficar preso na cela, e vão levá-lo ao juiz na manhã seguinte. Eu achei que tinha sido uma boa travessura ontem à noite, fazer com que ele levasse os gatos, mas agora...

— Atravessados... — disse a Fênix — podem ser, não raro, os resultados das travessuras.

— Vamos até lá — exclamaram as duas meninas levantando-se num pulo. — Vamos até lá contar a verdade. Eles têm que acreditar na gente.

— Eles não têm como — disse Cyril. — Pense bem! Se alguém viesse até você com uma história assim, você não conseguiria acreditar nela, por mais que tentasse. Só acabaríamos piorando as coisas para ele.

— Tem de haver alguma coisa que a gente possa fazer... — disse Jane, soluçando muito. — O meu querido ladrão predileto! Não consigo suportar a ideia. E ele foi tão legal, do jeito que contou sobre o pai, e como ele seria agora super-honesto. Cara Fênix, você *tem* de saber um jeito de nos ajudar. Você é tão boa e gentil e bonita e inteligente. Diga, diga-nos o que fazer.

A Fênix esfregou o bico com a pata.

— Vocês podem resgatá-lo — disse — e escondê-lo aqui, até os defensores da lei terem se esquecido dele.

— Isso demoraria um tempão — disse Cyril. — E nós não podemos escondê-lo aqui. O pai pode vir para casa a qualquer momento, e se ele encontrar o ladrão ele não vai acreditar na verdade verdadeira nem um pouquinho mais do que a polícia. Isso é o pior da verdade. Ninguém nunca acredita nela. Não poderíamos levá-lo para algum outro lugar?

Jane bateu palmas.

— A praia ensolarada dos mares do sul! — ela exclamou. — Onde a cozinheira está sendo rainha. Ele e ela fariam companhia um para o outro!

E realmente a ideia não parecia má, se ele consentisse em ir.

Assim, todos falando ao mesmo tempo, as crianças resolveram esperar até a noite, e então ir atrás do querido ladrão em sua solitária cela.

Enquanto isso Jane e Anthea cerziram o mais que podiam, para deixar o tapete o mais forte possível. Porque todos pensaram o quanto seria terrível se o precioso ladrão, quando estivesse sendo levado para a praia ensolarada nos mares do sul, caísse por um buraco no tapete, e se perdesse para sempre nos ensolarados mares do sul.

As criadas estavam cansadas depois da festa da sra. Wigson, de modo que todo mundo foi cedo para a cama, e quando a Fênix informou que as duas estavam roncando de uma maneira cândida e profunda, as crianças saíram da cama; eles não tinham nem trocado de roupa, só pôr os pijamas sobre as roupas tinha sido o suficiente para enganar Eliza quando ela veio desligar o gás. Assim, estavam prontos para tudo, e eles foram para o tapete e disseram:

— Desejamos estar na solitária cela do nosso ladrão — e imediatamente estavam.

Eu acho que todos esperavam que a cela fosse a "masmorra mais profunda sob o fosso do castelo". Tenho certeza de que ninguém duvidava que o ladrão, acorrentado por grilhões pesados a uma argola na úmida parede de pedra, estaria se virando desconfortavelmente sobre um amontoado de palha, com um jarro de água e um pão bolorento, intocados, ao lado dele. Robert, lembrando-se da passagem subterrânea e do tesouro, trouxera uma vela e fósforos, mas não foram necessários.

A cela era uma salinha caiada de uns três metros de comprimento por uns dois de largura. De um lado havia uma espécie de prateleira um pouco inclinada em direção à parede. Nela havia dois cobertores, listrados de azul e amarelo, e um travesseiro à prova d'água. Enrodilhado nos cobertores, com a cabeça no travesseiro, estava o ladrão, dormindo profundamente. (Ele tivera o seu jantar, embora as crianças não soubessem disso; veio do café da esquina, em porcelana bem grosseira.) A cena se mostrava claramente com a luz do gás no corredor do lado de fora, que entrava na cela através de uma janela de vidro grosso por cima da porta.

— Eu vou amordaçá-lo — disse Cyril — e Robert vai segurá-lo. Anthea e Jane e a Fênix podem sussurrar bobagens reconfortantes no ouvido dele enquanto ele gradualmente acorda.

Esse plano não teve o sucesso que prometia, porque o ladrão, muito curiosamente, era muito mais forte, mesmo dormindo, do que Robert e Cyril, e ao primeiro toque de suas mãos ele se levantou de um pulo e berrou algo decididamente muito alto.

No mesmo instante ouviram-se passos lá fora. Anthea pôs os braços em volta do ladrão e sussurrou:

— Somos nós... os que demos os gatos para você. Viemos salvá-lo, mas não deixe saberem que estamos aqui. Tem algum lugar em que podemos nos esconder?

Botas pesadas ressoaram no corredor, e uma voz firme gritou:

— Ei, você, pare com o barulho, sim?

— Certo, guarda — respondeu o ladrão, ainda com os braços de Anthea em volta dele. — Eu só estava falando dormindo. Não quis incomodar.

Foi um momento terrível. As botas e a voz entrariam ali? Sim! Não! A voz disse:

— Bom, pare com isso, sim?

E as botas foram pesadamente embora, pelo corredor e ecoando ao subir uma escada de pedra.

— Tudo bem, agora — sussurrou Anthea.

— Como diabos vocês entraram aqui? — perguntou o ladrão, num sussurro rouco de espanto.

— Com o tapete — disse Jane, com sinceridade.

— Não me venha com essa — disse o ladrão. — Um de vocês eu teria engolido, mas quatro... E uma ave amarela.

— Escute aqui — disse Cyril, severamente. — Você não teria acreditado em ninguém que lhe tivesse contado antes que você encontraria uma vaca e todos aqueles gatos numa salinha de crianças.

— Isso eu não ia — disse o ladrão, sussurrando com fervor. — Valha-me, Bobs, não ia mesmo.

— Bom, então — Cyril prosseguiu, ignorando o apelo a seu irmão. — Apenas tente acreditar no que dissermos e aja de acordo. Não vai lhe fazer mal algum, sabe? — continuou, sussurrando com rouca franqueza. — Você não vai ficar pior do que está agora, sabe? Mas se confiar em nós, vamos tirá-lo dessa com certeza. Ninguém viu a gente entrando. A pergunta é, para onde você gostaria de ir?

— Eu gostaria de ir para Boolong — foi a resposta imediata do ladrão. — Sempre quis fazer essa viagem, mas nunca estava pronto na época certa do ano.

— Boolong é uma cidade como Londres — disse Cyril, bem-intencionado, mas equivocado. — Do que você viveria lá?

O ladrão coçou a cabeça em profunda dúvida.

— É duro ganhar a vida honestamente hoje em dia — ele disse, e a sua voz estava triste.

— É mesmo, não é? — disse Jane, com simpatia. — Mas e que tal uma praia ensolarada nos mares do sul, onde não se tem de fazer nada a não ser que se queira?

— Esse é o meu sonho, senhorita — respondeu o ladrão. — Eu nunca gostei de trabalhar, mas não como certas pessoas, que ficam sempre reclamando.

— Você nunca gostou de nenhum tipo de trabalho? — perguntou Anthea, com severidade.

— Por Deus, sim — ele respondeu. — Jardinagem era o meu *hobby*, era sim. Mas o pai morreu antes de me colocar como aprendiz de um jardineiro, e....

— Nós vamos levá-lo para uma praia ensolarada nos mares do sul — disse Jane. — Você não faz ideia de como as flores são lá.

— A nossa antiga cozinheira está lá — disse Anthea. — É agora a rainha de lá...

— Ah, poupe-me — o ladrão sussurrou, segurando a

cabeça com as duas mãos. — Eu soube no instante em que vi aqueles gatos e aquela vaca que era um castigo divino. Eu não sei mais se estou de cabeça para cima ou para baixo, não sei mesmo. Se vocês podem mesmo me tirar daqui, tirem, e se não podem, sumam daqui pelo amor de Deus, e me deem uma chance de pensar como é que será amanhã com o juiz.

— Venha para o tapete, então — disse Anthea, empurrando-o suavemente. Os outros o puxaram tranquilamente, e no momento em que os pés do ladrão estavam plantados no tapete, Anthea desejou:

— Desejo estarmos todos na costa ensolarada do sul onde a cozinheira está.

E no mesmo instante estavam ali. E lá estavam as areias de arco-íris, a glória tropical de folhas e flores, e lá, é claro, estava a cozinheira, coroada com flores brancas, e com todas as rugas do mau humor, do cansaço e do trabalho duro apagadas de seu rosto.

— Ora, cozinheira, você está bem bonita! — disse Anthea, assim que recobrou o fôlego depois do despencar-precipitar-girar do tapete. O ladrão ficou esfregando os olhos na ofuscante luz do sol tropical, e olhando aturdido em volta os tons vívidos da praia tropical.

— Preto e branco por um *penny* e colorido por dois *pences*! — ele exclamou, num devaneio. — Um cartão-postal desses vale mesmo os dois *pences*, por duros de ganhar que tenham sido.

A cozinheira estava sentada num pequeno monte co-

berto de relva com a sua corte de selvagens cor de cobre em volta. O ladrão apontou um dedo encardido para eles.

— São mansos? — ele perguntou ansioso. — Eles mordem ou arranham, ou fazem alguma coisa para você com flechas envenenadas ou conchas de ostras ou algo assim?

— Não seja tão tímido — disse a cozinheira. — Veja você, isso é só um sonho em que você veio parar, e como é só um sonho não tem nada dessas bobagens do que uma jovem dama pode ou não dizer, de modo que vou dizer que você é o sujeito mais bem-apanhado que já vi até hoje. E o sonho continua, aparentemente, desde que você se comporte direito. As coisas que se tem para comer e beber são tão boas quanto as de verdade, e...

— Escute bem... — disse o ladrão — eu vim para cá direto da delegacia de polícia. Esses garotos aqui podem lhe dizer que eu não tive culpa nenhuma.

— Bom, você *era* um ladrão, sabe? — disse a honesta Anthea, gentilmente.

— Só porque fui levado a isso por causa de fulanos desonestos, como a senhorita bem sabe — retrucou o criminoso. — Macacos me mordam se esse não é o janeiro mais quente que já vi em anos.

— Você não gostaria de um banho? — perguntou a rainha. — E de umas roupas brancas como as minhas?

— Eu só ia ficar parecendo um simplório nelas, senhorita, mas obrigado mesmo assim — foi a resposta. — Mas a um banho eu não vou resistir, e não faz nem duas semanas que a minha camisa foi lavada.

Cyril e Robert o levaram a uma piscina nas pedras, onde ele tomou um banho luxuoso. Então, de camisa e calça ele se sentou na areia e disse:

— Aquela cozinheira, ou rainha, ou o que quer que ela chame, aquela com o buquê branco na cabeça... Ela é o meu tipo. Me pergunto se ela gostaria da minha companhia.

— Eu perguntaria a ela.

— Sempre fui rápido no gatilho — o homem continuou.

— É uma palavra e pronto comigo. Vou perguntar, sim.

De calça e camisa, e coroado com uma guirlanda de flores perfumadas que Cyril apressou-se a trançar enquanto eles voltavam à corte da rainha, o ladrão se apresentou perante a cozinheira e disse:

— Escute aqui, moça. Você e eu estando ambos meio que perdidos, nós dois, nesse sonho aqui, ou do que quer que você chame, eu gostaria de dizer sem rodeios que gosto da sua figura.

A cozinheira sorriu e baixou os olhos encabulada.

— Sou um solteiro, o que às vezes se chama "celibotário". Sou temperado em meus hábitos, o que esses garotos podem afiançar, e eu gostaria de ter o prazer de levar a senhorita ao altar domingo que vem.

— Nossa! — disse a cozinheira rainha. — O senhor não perde tempo.

— Levar ao altar quer dizer se casar — disse Anthea. — Por que não se casam logo de uma vez e encerram o assunto? Eu faria isso.

— Eu não me importaria — disse o ladrão.

Mas a cozinheira disse:

— Não, senhora. Eu não, nem mesmo num sonho. Eu não tenho nada contra a aparência do jovem, mas eu sempre jurei que me casaria na igreja, se casasse... Em todo caso não sei se os selvagens aqui saberiam como manter um cartório de registro civil, mesmo se eu mostrasse para eles. Não, senhor, fico muito agradecida, mas se não conseguir trazer um vigário para o sonho eu vou continuar vivendo como estou até bater as botas.

— Você se casaria com ela se arranjássemos um vigário? — perguntou a casamenteira Anthea.

— Eu estaria inclinado, senhorita, tenho certeza — disse ele, arrancando a sua guirlanda. — Como esse buquê faz cócegas nas orelhas!

Então, com muita pressa, o tapete foi estendido, e instruído para trazer um vigário. As instruções foram escritas dentro do boné de Cyril com um pedaço de giz de bilhar que Robert tinha pegado no hotel em Lyndhurst. O tapete desapareceu, e mais rápido do que você teria imaginado possível voltou, trazendo o reverendo Septimus Blenkinsop.

O reverendo Septimus era um jovem muito simpático, mas estava muito perplexo e confuso, porque quando viu um tapete desconhecido aparecendo a seus pés, em seu próprio escritório, ele naturalmente foi até o objeto para examiná-lo mais de perto. E acontece que ele ficou parado bem num dos lugares esgarçados que Jane e Anthea tinham cerzido, de modo que ele estava metade no tapete mágico e metade na lã mesclada escocesa, a qual não possui nenhuma propriedade mágica.

O efeito disso foi que ele só estava ali pela metade — de modo que as crianças podiam ver através dele, como se ele fosse um fantasma. Por sua vez, ele viu a praia ensolarada dos mares do sul, a cozinheira, o ladrão e as crianças bem claramente, mas através disso tudo ele via, também muito claramente, o seu escritório em casa, com os livros e os quadros e o relógio de mármore que recebera de presente ao partir de sua última paróquia.

Ele achou que estava tendo alguma espécie de ataque de insanidade, de modo que não importaria muito o que fizesse ou deixasse de fazer — e ele casou o ladrão com a cozinheira. A cozinheira disse que preferia ter um tipo mais sólido de vigário, um através do qual não desse para ver tão bem, mas talvez ele fosse real o bastante para um sonho.

E claro que o reverendo, embora enevoado, era realmente real, e habilitado a celebrar casamentos, e ele celebrou aquele. Quando a cerimônia acabou, o reverendo ficou passeando pela ilha e coletando espécimes botânicos, pois ele era um grande botânico amador, e a sua paixão pelo assunto era grande, mesmo em meio a um ataque de insanidade.

Houve um esplêndido banquete de casamento. Você consegue imaginar Jane e Anthea, e Robert e Cyril dançando animadamente numa roda, de mãos dadas com os selvagens cor de cobre, em volta do feliz casal, a cozinheira rainha e o ladrão consorte? Houve mais flores colhidas e jogadas do que você possa sonhar, e antes de as crianças levarem o tapete para casa o agora casado e estabelecido ladrão fez um discurso.

— Damas e cavalheiros — ele disse — e selvagens dos dois tipos, embora eu saiba que não podem entender o que estou falando, mas vou deixar isso de lado. Se isso é um sonho, estou nessa. Se não for, estou ainda mais nessa. Se fica entre uma coisa e outra... bom, sou honesto, e não posso dizer mais nada. Eu não quero saber mais da alta sociedade de Londres; tenho alguém em volta de quem colocar os braços; e tenho essa ilha inteira aqui como o meu torrão de terra, e se eu não plantar um brócolis de deixar de olho arregalado o juiz da feira agrícola, que um raio me fulmine! Tudo o que eu peço é que esses jovens cavalheiros e damas me tragam algumas sementes de salsa para o sonho, e um *penny* de semente de nabo, e três *pences* de cebola, e não me importaria com quatro ou cinco *pences* de couve, só que não tenho um tostão, não vou enganá-los. E tem só mais uma coisa, vocês podem levar o reverendo. Não gosto de coisas através das quais posso ver, é só isso! — Ele esvaziou uma casca de coco cheia de vinho de palmeira.

Já passava da meia-noite, embora fosse apenas a hora do jantar na ilha.

Desejando felicidades, as crianças se despediram. Elas também levaram o vigário e o devolveram para seu estúdio e para o relógio que ganhara de presente.

No dia seguinte a Fênix gentilmente levou as sementes para o ladrão e sua esposa, e voltou com as notícias mais satisfatórias do feliz casal.

— Ele fez uma pá de madeira e começou a trabalhar em seu torrão — a Fênix disse. — E ela está tecendo para ele uma camisa e uma calça da brancura mais radiante.

A polícia nunca soube como o ladrão escapou. Na delegacia de polícia de Kentish Town ainda se fala da fuga dele com assombro, como o mistério persa.

Quanto ao reverendo Septimus Blenkinsop, ele achou que tinha tido um ataque de insanidade realmente muito sério, e teve certeza de que foi devido a estudar demais. Então, ele planejou um breve descanso, e levou suas duas tias solteiras para Paris, onde elas se deliciaram com um vertiginoso passeio em museus e galerias de pintura, e voltaram achando que tinham de fato visto a vida. Ele nunca contou a suas tias ou a qualquer outra pessoa sobre o casamento na ilha — porque ninguém gosta que todo mundo fique sabendo que se teve ataques de insanidade, por mais interessantes e incomuns que tenham sido.

10.
O BURACO NO TAPETE

Viva! Viva! Viva!
Mamãe volta para casa hoje;
Mamãe volta para casa hoje;
Viva! Viva! Viva!

Jane cantou essa cançãozinha singela logo depois do café da manhã, e a Fênix verteu lágrimas cristalinas de comovida empatia.

— Quão bela — disse — é a devoção filial!

— Só que ela só vai chegar depois que tivermos ido para a cama — disse Robert. — Podemos ter mais um dia de tapete.

Ele estava contente que a mãe estivesse voltando para casa — bem contente, muito contente; mas, ao mesmo tempo, esse contentamento enfrentava a rude contradição de uma sensação muito forte de tristeza, porque de agora em diante não poderiam mais sair o dia todo no tapete.

— Eu gostaria muito que pudéssemos ir a algum lugar para trazer algo legal para a mamãe, só que ela vai querer saber onde conseguimos — disse Anthea. — E ela nunca,

nunca, acreditará na verdade. As pessoas nunca acreditam, por alguma razão, quando ela é interessante.

— Tenho uma ideia — disse Robert. — E se a gente desejasse que o tapete nos levasse a algum lugar onde encontraríamos uma bolsa com dinheiro dentro? Então poderíamos comprar alguma coisa para a mamãe.

— E se ele nos levar para algum lugar estrangeiro, e a bolsa estiver coberta de estranhos símbolos orientais, bordada em seda, e cheia de dinheiro que não é dinheiro de jeito nenhum aqui, só curiosidades estrangeiras? Então a gente não poderia gastá-lo, e as pessoas iriam querer saber onde tínhamos conseguido, e não saberíamos como sair da encrenca.

Cyril empurrou a mesa para fora do tapete enquanto falava, e a perna dela prendeu num dos cerzidos de Anthea e o desfez, abrindo um grande rasgo no tapete.

— Bom, agora você de fato *conseguiu* — disse Robert.

Mas Anthea era realmente uma irmã de primeira. Ela não disse uma palavra até pegar a lã mesclada escocesa e a agulha de cerzir e o dedal e a tesoura, e a essa altura ela já tinha conseguido controlar o ímpeto de ser inteiramente desagradável, e conseguiu dizer bem gentilmente:

— Não faz mal, Esquilo, num instante eu conserto.

Cyril deu um tapinha nas costas dela. Ele compreendeu exatamente o que ela tinha sentido, e ele não era um irmão ingrato.

— No que diz respeito à bolsa contendo moedas — a Fênix disse, pensativa, coçando a sua orelha invisível com a sua pata brilhante —, talvez fosse o caso de declarar precisamente a quantia que querem encontrar, bem como o país em que querem encontrar, e a natureza das moedas que preferem. Seria realmente um momento sombrio se vocês encontrassem uma bolsa contendo não mais do que três óbolos.

— Quanto vale um óbolo?

— Um óbolo vale cerca de dois *pences* e meio — a Fênix respondeu.

— É — disse Jane —, e se você encontra uma bolsa imagino que é só porque alguém a perdeu, e você precisa entregá-la para a polícia.

— A situação — observou a Fênix — é de fato repleta de dificuldades.

— Que tal um tesouro enterrado — disse Cyril —, com todo mundo a quem ele pertenceu já tendo morrido?

— Mamãe não iria acreditar nisso — disse mais de uma voz.

— E se... — disse Robert — e se pedíssemos para ser levados a um lugar onde encontrássemos uma bolsa e a devolvêssemos às pessoas a quem ela pertencia, e daí elas nos dessem algo por ter achado a bolsa?

— Nós não podemos receber dinheiro de desconhecidos. Você sabe disso, Robert — disse Anthea, fazendo um nó na ponta de um fio de lã mesclada escocesa. (O que é muito errado, e você nunca deve fazer isso quando está cerzindo.)

— Não, isso não resolve — disse Cyril. — Vamos deixar isso para lá e ir para o Polo Norte ou algum lugar realmente interessante.

— Não... — disseram junto as meninas — deve haver *algum* jeito.

— Esperem só um segundo... — Anthea acrescentou. — Uma ideia está surgindo na minha cabeça. Não falem.

Houve um silêncio enquanto ela ficava com a agulha parada no ar. E de repente ela falou.

— Já sei. Vamos dizer ao tapete para nos levar a algum lugar onde a gente possa conseguir o dinheiro para o presente da mamãe, e... e... e conseguir de um jeito que ela vá acreditar e que não ache errado.

— Bom, devo dizer que você está aprendendo a extrair o melhor do tapete — disse Cyril. Ele falou de modo mais sincero e gentil do que o habitual, porque lembrou como Anthea se refreara de brigar com ele por ele ter rasgado o tapete.

— Sim — disse a Fênix —, você certamente está. E é bom lembrar que quando você extrai uma coisa ela não fica onde estava.

Ninguém prestou a menor atenção a essa observação na hora, mas depois todos se lembrariam dela.

— Por favor, apresse-se, Pantera — disse Robert; e foi por isso que Anthea se apressou, e porque o grande cerzido no meio do tapete ficou todo aberto e mais parecendo uma rede de pescar, não fechado e rente como um tecido tramado, que é como um cerzido bom e bem-comportado deve ser.

Então todos puseram as roupas de sair, e a Fênix voejou para cima da lareira e arrumou suas penas no espelho, e tudo estava pronto. Todo mundo foi para o tapete.

— Por favor, vá devagar, caro tapete — Anthea começou. — Gostaríamos de ver aonde estamos indo. — E então acrescentou o difícil desejo que tinha sido decidido.

No instante seguinte, o tapete, firme e como uma jangada, estava voando sobre os telhados de Kentish Town.

— Eu gostaria... não, não é isso o que quero dizer. Quero dizer que é uma pena não estarmos mais alto — disse Anthea, quando a borda do tapete roçou numa chaminé.

— Isso mesmo. Tenha cuidado — disse a Fênix, num tom de advertência. — Se você diz que gostaria de alguma coisa, está desejando essa coisa, e pronto.

Então por um breve tempo ninguém falou nada, e o tapete voou em calma magnificência sobre as estações de St. Pancras e King's Cross e sobre as ruas apinhadas de Clerkenwell.

— Estamos indo na direção de Greenwich — disse Cyril, quando eles sobrevoaram a corrente de água turva que era o Tâmisa. — Poderíamos dar uma olhada no palácio.

O tapete continuou voando, ainda se mantendo muito mais perto das chaminés do que as crianças gostariam. E então, bem sobre New Cross, uma coisa terrível aconteceu.

Jane e Robert estavam no meio do tapete. Parte deles estava no tapete, e outra parte — a parte mais pesada — estava no grande cerzido central.

— Está tudo muito enevoado — disse Jane. — Parece

em parte fora de casa e em parte na nossa salinha em casa. Estou me sentindo como se fosse ficar com sarampo; tudo parecia terrivelmente turvo então, lembram?

— Estou sentindo exatamente a mesma coisa — Robert disse.

— É o buraco — disse a Fênix. — Não é sarampo, o que quer que essa possessão seja.

E então Robert e Jane repentinamente, e ao mesmo tempo, fizeram um movimento para tentar ficar na parte mais segura do tapete, e o cerzido cedeu e as botas deles foram para cima, e as cabeças e corpos pesados deles caíram pelo buraco, e eles aterrissaram numa posição entre sentada e deitada no telhado de uma casa alta, cinza, lúgubre e respeitável cujo endereço era Amersham Road, número 705, New Cross.

O tapete pareceu despertar com uma energia renovada assim que se livrou do peso deles, e subiu alto no ar. Os outros se deitaram e espiaram para fora da borda do tapete que se elevava.

— Vocês se machucaram? — gritou Cyril, e Robert gritou "não", e no instante seguinte o tapete tinha se afastado, e Jane e Robert sumiram da vista dos outros por trás de um amontoado de chaminés fumacentas.

— Ah, que horror! — disse Anthea.

— Poderia ter sido muito pior — disse a Fênix. — Quais teriam sido os sentimentos dos sobreviventes se aquele cerzido tivesse cedido quando estávamos sobrevoando o rio?

— É, tem isso — disse Cyril, se recuperando. — Eles vão ficar bem. Eles vão gritar até alguém ajudá-los a descer, ou jogar telhas no jardim para atrair a atenção dos passantes. Bobs está com os meus cinco *pences*... Sorte que você esqueceu de consertar aquele buraco no meu bolso, Pantera, ou ele não estaria com a moeda. Eles podem pegar o bonde para casa.

Mas Anthea não se conformava.

— É tudo culpa minha — ela disse. — Eu *sabia* o jeito certo de cerzir, e não foi como fiz. É tudo culpa minha. Vamos para casa e consertar o tapete com os Etons[32] de vocês, algo realmente forte, e então o mandamos buscar eles.

— Certo — disse Cyril. — Mas o seu paletó de domingo é mais forte que o meu Eton. Vamos deixar para lá o presente da mamãe, só isso. Eu gostaria...

— Pare! — gritou a Fênix. — O tapete está descendo para a terra.

E de fato estava.

Ele desceu rapidamente, e no entanto com segurança, e pousou na calçada da Deptford Road. Inclinou-se um pouco ao pousar, de modo que Cyril e Anthea saíram andando naturalmente, e num instante ele tinha se enrolado sozinho e se escondido atrás do pilar de um portão. Ele fez isso tudo tão rápido que nem uma única pessoa na Deptford Road percebeu. A Fênix se enfiou no peito do casaco de Cyril, e quase no mesmo instante uma voz bem conhecida observou:

— Ora, que surpresa! O que vocês estão fazendo por aqui?

Eles estavam frente a frente com o seu tio favorito, o tio Reginald.

— Nós pensamos em ir ao Greenwich Palace e trocar ideias sobre o almirante Nelson — disse Cyril, falando o tanto de verdade que julgou que seu tio poderia acreditar.

— E onde estão os outros? — perguntou tio Reginald.

— Não sei ao certo — Cyril respondeu, dessa vez bem honestamente.

— Bom — disse o tio Reginald —, preciso ir. Tenho um caso no Tribunal do Condado. Esse que é o problema de ser o raio de um advogado. Não se pode aproveitar as oportunidades da vida quando elas aparecem. Se ao menos eu pudesse ir com vocês ao Painted Hall e convidá-los para almoçar no Ship depois! Mas, pena, não vai dar.

O tio pôs a mão no bolso.

— *Eu* não posso me divertir — ele disse. — Mas isso não é razão para que vocês não se divirtam. Tome, dividam por quatro e o produto deverá dar a vocês algum resultado desejado. Cuidem-se. Adeus.

E acenando uma simpática despedida com o seu guarda-chuva impecável, o bom tio com sua cartola partiu, deixando Cyril e Anthea trocando olhares eloquentes em relação ao brilhante soberano de ouro na mão de Cyril.

— Ora! — disse Anthea.

— Ora! — disse Cyril.

— Ora! — disse a Fênix.

— O bom e velho tapete! — disse Cyril, todo alegre.

— Foi esperto da parte dele: tão apropriado e no entanto tão simples — disse a Fênix, com tranquila aprovação.

— Ih, vamos para casa para consertar o tapete. Sou

horrível. Esqueci completamente dos outros por um minuto — disse Anthea, com a consciência culpada.

Eles desenrolaram o tapete rápida e dissimuladamente — não queriam atrair a atenção — e no momento em que seus pés estavam no tapete, Anthea desejou estar em casa, e num instante estavam.

A gentileza do excelente tio deles tornara desnecessário recorrer a medidas extremas como o Eton de Cyril ou o paletó de domingo de Anthea para remendar o tapete.

Anthea pôs-se a trabalhar imediatamente para juntar as bordas do cerzido rompido, e Cyril apressou-se a sair para comprar um grande pedaço de encerado americano com estampa de mármore que donas de casa cuidadosas usam para cobrir aparadores e mesas de cozinha. Foi a coisa mais resistente em que ele conseguiu pensar.

Então eles puseram mãos à obra para forrar o tapete todo com o encerado. A salinha deles ficava muito esquisita e vazia sem os outros, e Cyril não tinha mais tanta certeza quanto antes em relação a eles simplesmente poderem pegar um bonde para casa. Então ele tentou ajudar Anthea, o que foi muito gentil da parte dele, mas não muito útil para ela.

A Fênix observou-os por um tempo, mas estava claramente ficando cada vez mais inquieta. Eriçou suas penas esplêndidas, e ficou primeiro em uma pata dourada, depois na outra, e por fim disse:

— Não consigo suportar mais. Esse suspense! O meu Robert... que fez com que meu ovo abrisse, no âmago de cuja indumentária Norfolk eu me aninhei tantas vezes e tão agradavelmente. Eu acho que, se vocês me derem licença...

— Sim, *faça isso*! — exclamou Anthea. — Gostaria que tivéssemos pensado em lhe pedir antes.

Cyril abriu a janela. A Fênix abriu suas asas resplandecentes ao sol e desapareceu.

— Bom, então isso está resolvido — disse Cyril, pegando sua agulha e imediatamente picando-se com ela noutro lugar na mão.

É claro que sei que o que você realmente queria saber esse tempo todo não era o que Anthea e Cyril fizeram, mas o que aconteceu com Jane e Robert depois de caírem pelo buraco do tapete no telhado de uma casa cujo endereço era Amersham Road, número 705.

Mas eu tive de contar a outra parte antes. Essa é uma das coisas mais irritantes das histórias, não poder contar todas as diferentes partes ao mesmo tempo.

O primeiro comentário de Robert quando ele se viu sentado no telhado úmido, frio e fuliginoso foi:

— Essa foi boa!

O primeiro ato de Jane foram lágrimas.

— Enxugue as lágrimas, Gatinha, não aja como uma patetinha — disse o irmão dela, gentil. — Vai dar tudo certo.

E então ele olhou em volta, exatamente como Cyril soubera que ele ia fazer, atrás de alguma coisa para jogar lá embaixo, para atrair a atenção dos passantes na rua. Ele não conseguiu encontrar nada. Curiosamente, não havia pedras no telhado, nem mesmo uma telha solta. O telhado era de ardósia, e cada telha sabia o seu lugar e nele se mantinha. Mas, como tantas vezes acontece, ao procurar uma coisa ele achou outra. Havia um alçapão levando para dentro da casa.

E o alçapão não estava trancado.

— Pare de choramingar e venha cá, Jane — ele chamou, encorajador. — Me dê uma mão para abrirmos isso. Se conseguirmos entrar na casa, talvez a gente consiga escapar para fora dela sem encontrar ninguém, com sorte. Vamos.

Eles puxaram a porta até ela se abrir na vertical e, quando eles se inclinaram para olhar lá embaixo pela abertura, a porta caiu para trás com estrépito no telhado, e com o barulho misturou-se um berro de gelar o sangue, que vinha lá de baixo.

— Descobertos! — sussurrou Robert. — Ah, que azar!

Eles tinham de fato sido descobertos.

Eles se viram olhando para um sótão, que era também um quarto de despejo. Tinha caixas e cadeiras quebradas, velhos guarda-fogos e molduras de quadros, e sacos de trapos pendurados em pregos.

No meio do chão havia uma caixa aberta, cheia até a metade de roupas. Outras roupas estavam pelo chão em pilhas bem-arrumadas. No meio das pilhas estava uma senhora, realmente muito gorda, com os pés estendidos para a frente. E fora ela quem berrara, e, de fato, continuava a berrar.

— Não grite! — exclamou Jane. — Por favor. Não vamos machucá-la.

— Onde está o resto da gangue de vocês? — perguntou a senhora, parando o grito subitamente no meio.

— Os outros continuaram voando, no tapete mágico — disse Jane, honestamente.

— Tapete mágico? — disse a senhora.

— Isso mesmo — disse Jane, antes que Robert pudesse dizer "cale a boca!". — A senhora já deve ter lido sobre eles. A Fênix está com eles.

Então a senhora se levantou, e tomando muito cuidado para passar entre as pilhas de roupas foi até a porta e saiu por ela. Fechou-a ao sair, e as duas crianças puderam ouvir a senhora gritando, bem alto apesar de estarem com medo: — Septimus! Septimus!

— Agora — disse Robert imediatamente. — Eu vou pular primeiro.

Ele pendurou-se pelas mãos e mergulhou pelo alçapão.

— Agora você. Pendure-se pelas mãos. Eu vou pegá-la. Ah, não temos tempo para vacilar. Pule, estou dizendo.

Jane pulou.

Robert tentou pegá-la, e mesmo antes de eles terminarem de rolar ofegantes no meio das pilhas de roupas, que foi como terminou a sua tentativa de pegá-la, ele sussurrou:

— Vamos nos esconder entre esses guarda-fogos e tralhas; eles vão achar que fugimos pelos telhados. Então, quando tudo ficar calmo, vamos nos esgueirar pelas escadas e tentar a sorte.

Eles se apressaram em se esconder. A ponta de uma cama de ferro ficou apertando Robert no lado, e Jane só tinha espaço para um pé, mas eles deram um jeito; e quando a senhora voltou, não com Septimus, mas com uma outra senhora, eles prenderam a respiração e seus corações dispararam.

— Foram embora — disse a primeira senhora. — Os coitadinhos... completamente malucos, e à solta! Precisamos trancar esta sala e chamar a polícia.

— Deixe-me dar uma olhada lá fora — disse a segunda senhora, que era, se possível, mais velha e mais magra e mais empertigada do que a primeira. Assim, as duas senhoras arrastaram uma caixa para debaixo do alçapão e colocaram outra caixa em cima dela, e então as duas treparam muito cuidadosamente nelas e puseram suas cabecinhas aprumadas e arrumadas para fora do alçapão para procurar as "crianças doidas".

— Agora — sussurrou Robert, tirando a perna da cama de seu flanco.

Eles conseguiram se esgueirar de seu esconderijo e sair pela porta antes de as duas senhoras se darem por satisfeitas quanto a olhar pelo alçapão os telhados vazios.

Robert e Jane desceram as escadas na ponta dos pés — um lance, dois lances. Então olharam por cima dos corrimãos. Que horror! Uma criada estava subindo com uma caixa carregada de carvão.

Num consenso instantâneo, as crianças se esgueiraram rapidamente pela primeira porta aberta.

Era um escritório, tranquilo e refinado, com estantes de livros, uma escrivaninha e um par de chinelos bordados se aquecendo junto à lareira. As crianças se esconderam atrás das cortinas. Ao passarem pela mesa, viram em cima dela uma *missionary-box*[33] com o seu lacre rasgado, aberta e vazia.

— Ih, que horror! — sussurrou Jane. — Nunca sairemos vivos daqui.

— Quieta! — disse Robert, bem a tempo, pois ouviram-se passos nas escadas, e no instante seguinte as duas senhoras entraram no escritório. Eles não viram as crianças, mas viram a *missionary-box* vazia.

— Eu sabia — disse uma delas. — Selina, *era* uma gangue. Tive certeza disso no mesmo instante. As crianças não eram doidas. Elas foram mandadas para distrair a atenção enquanto seus cúmplices roubavam a casa.

— Receio que você tenha razão — disse Selina. — Mas *onde elas estão agora*?

— Lá embaixo, sem dúvida, catando toda a prata, a leiteira, o açucareiro e a tigela de ponche que era do tio Joe, e as colheres de chá da tia Jerusha. Vou descer.

— Oh, não seja tão precipitada e heroica — disse Selina. — Amélia, o melhor é chamar a polícia pela janela. Tranque a porta. Eu vou, eu vou...

As palavras terminaram num berro quando Selina, apressando-se a ir para a janela, deu de cara com as crianças escondidas.

— Ah, pare com isso! — disse Jane. — Como pode ser tão antipática? Nós *não* somos ladrões, e não temos gangue nenhuma, e nós não abrimos a *missionary-box* de vocês. Nós abrimos a nossa própria, uma vez, mas não tivemos de usar o dinheiro, de modo que nossa consciência fez a gente pôr de volta o dinheiro e... *não*! Oh, gostaria que a senhora não...

A srta. Selina tinha agarrado Jane, e a srta. Amélia capturara Robert. As crianças se viram firmemente seguras por mãos fortes e finas, rosadas nos pulsos e brancas nos nós dos dedos.

— Pelo menos nós pegamos vocês — disse a srta. Amélia. — Selina, a sua prisioneira é menor que o meu. Trate de abrir a janela imediatamente e gritar "Assassinos!" o mais alto que puder.

Selina obedeceu; mas quando tinha aberto a janela, em vez de gritar "Assassinos!", ela gritou "Septimus!", porque bem naquele momento ela viu o seu sobrinho entrando pelo portão.

No minuto seguinte ele tinha passado pela porta e subido as escadas. Quando entrou no escritório, Jane e Robert soltaram um grito de alegria tão alto e tão repentino que as senhoras pularam com a surpresa, e quase soltaram as crianças.

— É o nosso reverendo! — exclamou Jane.

— O senhor não lembra da gente? — perguntou Robert. — O senhor casou o nosso ladrão para a gente... não lembra?

— Eu *sabia* que era uma gangue — disse Amélia. — Septimus, essas crianças abandonadas são membros de uma desesperada gangue de ladrões que está assaltando a casa. Elas já arrombaram a *missionary-box* e se apropriaram do que continha.

O reverendo Septimus passou a mão pela testa.

— Estou um pouco tonto... — ele disse — de subir as escadas tão rápido.

— Nós jamais pusemos a mão na maldita caixa — disse Robert.

— Então foram os seus cúmplices.

— Não, não — apressou-se a dizer o reverendo. — *Eu* mesmo abri a caixa. Esta manhã eu descobri que não tinha suficiente dinheiro trocado para os pagamentos dos seguros de sarampo e crupe da Unidade Independente de Mães. Eu suponho que isto *não* é um sonho, é?

— Sonho? Não, claro. Dê uma busca na casa. Faço questão.

O reverendo, ainda pálido e trêmulo, deu uma busca na casa, a qual, é claro, estava impecavelmente isenta de ladrões.

Quando voltou, ele se deixou afundar numa poltrona.

— O senhor não vai deixar a gente ir embora? — perguntou Robert, com uma furiosa indignação, pois há algo em estar preso por uma senhora forte que faz o sangue de um menino ferver de raiva e desespero. — Não fizemos nada contra vocês. É tudo culpa do tapete. Ele deixou a gente cair no telhado. Não havia nada que *nós* pudéssemos fazer. O senhor sabe como ele o levou para a ilha, e lá o senhor teve de casar o ladrão e a cozinheira.

— Ai, minha cabeça! — disse o reverendo.

— Deixe para lá a sua cabeça agora — disse Robert. — Tente ser honesto e honroso, e cumpra o seu dever nessa estação da vida.

— Isso é um castigo divino por alguma coisa, suponho — disse o reverendo Septimus, abatido. — Mas no momento eu realmente não consigo lembrar pelo quê.

— Chame a polícia — disse a srta. Selina.

— Chame um médico — disse o reverendo.

— Você acha que elas são mesmo malucas, então — disse a srta. Amélia.

— Eu acho que *eu* estou ficando — disse o reverendo.

Jane estivera chorando desde que fora capturada. Agora ela disse: — Não está agora, mas talvez fique, se... E vai ser muito bem feito, se vai.

— Tia Selina — disse o reverendo — e tia Amélia, acreditem em mim, isso não passa de um sonho insano. Vocês logo irão perceber isso. Já aconteceu comigo antes. Mas não sejamos injustos, mesmo num sonho. Soltem as crianças; elas não fizeram mal algum. Como eu disse antes, fui eu que abri a caixa.

As mãos fortes e ossudas soltaram as crianças a contragosto. Robert sacudiu-se e ficou parado num ressentimento emburrado. Mas Jane correu até o reverendo e o abraçou tão subitamente que ele não teve tempo de se defender.

— O senhor é um amor — ela disse. — E é como um sonho só no começo, mas daí a pessoa se acostuma. Agora deixe-nos ir embora. Como um bom, gentil e honrado reverendo.

— Não sei — disse o reverendo Septimus. — É um problema difícil. É um sonho tão incomum. Talvez seja apenas uma espécie de outra vida; real o bastante para vocês estarem loucos nela. E se vocês estão loucos, deve haver um asilo de sonho onde vocês seriam tratados delicadamente, e com o tempo retornariam, curados, para os seus parentes aflitos. É muito difícil perceber claramente qual é o seu dever, mesmo na vida normal, e essas circunstâncias de sonho são tão complicadas...

— Se for um sonho... — disse Robert — o senhor vai acordar logo mais, e aí vai se arrepender por ter mandado a gente para um asilo de sonho, porque talvez nunca consiga voltar ao mesmo sonho de novo e nos deixar ir embora, e assim poderemos ficar nele para sempre, e como ficarão os nossos parentes aflitos, que nem mesmo estão nos sonhos?

Mas tudo que o reverendo conseguiu dizer então foi:

— Ai, minha cabeça!

E Jane e Robert sentiram-se muito mal com o desespero e o desamparo. Um reverendo realmente conscencioso é uma coisa muito difícil de lidar.

E então, justo quando o desamparo e o desespero estavam começando a ficar maiores do que elas poderiam suportar, as duas crianças sentiram aquela extraordinária sensação de estar encolhendo que sempre se tem quando se está para desaparecer. E no instante seguinte eles tinham desaparecido, e o reverendo Septimus ficou sozinho com as suas tias.

— Eu sabia que era um sonho! — ele exclamou veementemente. — Tive algo parecido antes. Você também sonhou, tia Selina, e você também, tia Amélia? Eu sonhei que vocês sonharam, sabe?

Tia Selina olhou para ele e em seguida para a tia Amélia. Então ela disse determinada:

— Que história é essa? *Nós* não estávamos sonhando nada. Você deve ter caído no sono em sua poltrona.

O reverendo soltou um suspiro de alívio.

— Ah, bom, se fui só *eu*... — ele disse. — Se todos tivéssemos sonhado eu jamais teria acreditado, jamais!

Mais tarde tia Selina disse para a outra tia:

— Sim, eu sei que foi uma inverdade, e serei sem dúvida devidamente punida por isso um dia. Mas eu podia ver o cérebro do pobre sujeito desmoronando bem na minha frente. Ele não teria suportado o peso de três sonhos. *Foi esquisito, não foi?* Nós três sonhando o mesmo sonho no mesmo momento. Jamais deveremos contar ao caro Seppy. Mas eu vou mandar um relato para a Sociedade Psíquica, com estrelinhas no lugar dos nomes, sabe?

E ela mandou. E você pode ler o caso todo num dos grossos anais da sociedade.

Claro, você entendeu o que aconteceu, não? A inteligente Fênix tinha simplesmente ido direto atrás do Psamiende, e desejara que Robert e Jane estivessem em casa. E, claro, eles imediatamente estavam em casa. Cyril e Anthea não estavam nem na metade do conserto do tapete.

Quando todas as ardentes emoções do reencontro tinham se acalmado um pouco, todos saíram e gastaram o que tinha sobrado do soberano do tio Reginald em presentes para a mãe. Eles compraram um lenço de seda rosa, um par de vasos azul e branco, um frasco de perfume, um pacote de velinhas de Natal, e um sabonete com a forma e a cor de um tomate, e um que era tão parecido com uma laranja que quase qualquer pessoa a quem você o desse de presente teria tentado descascar — se gostasse de laranja, é claro. Eles também compraram um bolo com cobertura, e o resto do dinheiro foi gasto em flores para pôr nos vasos.

Quando eles tinham arrumado todas as coisas na mesa, com as velas prontas para ser acesas no momento em que ouvissem a mãe chegando, eles se lavaram direitinho e colocaram roupas limpas.

Então Robert disse:

— Graças ao bom e velho Psamiende — e os outros disseram a mesma coisa.

— Mas, na realidade também foi graças à boa e velha Fênix — disse Robert. — E se ela não tivesse pensado em fazer o desejo?

— Ah! — disse a Fênix — Talvez seja uma grande sorte para vocês que eu seja uma ave tão competente.

— A carruagem da mamãe chegou — Anthea exclamou, e a Fênix se escondeu e eles acenderam as velas, e no instante seguinte a mãe estava de volta em casa.

Ela gostou muito dos presentes, e achou a história deles sobre tio Reginald e o soberano fácil e até agradável de acreditar.

— Graças ao bom e velho tapete — foram as últimas palavras sonolentas de Cyril.

— Ao que sobrou dele — disse a Fênix, de seu poleiro na cortina.

11.
O COMEÇO DO FIM

— Bom, *tenho* de dizer... — a mãe falou, olhando para o tapete mágico como estava, todo cerzido e remendado e forrado com tecido americano brilhante, no chão da salinha — *tenho* de dizer que nunca na minha vida fiz um negócio tão ruim como com esse tapete.

Um leve "oh!" de contradição aflorou nos lábios de Cyril, Robert, Jane e Anthea. A mãe olhou rápido para eles e disse:

— Bom, é claro, vi que as meninas o remendaram muito bem, e foi muito gentil de sua parte, queridas.

— Os meninos ajudaram também — disseram as queridas, honradamente.

— Mas ainda assim... vinte e dois *shillings* e nove *pences*! Devia ter durado anos. Está simplesmente horrível agora. Bom, não importa, queridos, vocês fizeram o melhor que podiam. Eu acho que vamos trocar por uma esteira de fibra de coco da próxima vez. Um tapete não tem uma vida fácil nessa salinha, não é?

— Não é culpa nossa, não é, mãe, se as nossas botas são realmente do tipo resistente? — Robert fez a pergunta mais triste do que indignado.

— Não, querido, não podemos evitar que nossas botas sejam assim... — disse a mãe, animada — mas poderíamos tirá-las ao entrar, talvez. É só uma ideia que passou pela minha cabeça. Nem sonharia em lhes dar uma bronca justo na primeira manhã depois que voltei para casa. Ah, meu Carneirinho, o que você foi fazer?

Essa conversa se desenrolava no café da manhã, e o Carneirinho tinha estado maravilhosamente bonzinho até todo mundo ficar olhando para o tapete, e então para ele foi o serviço de um instante só virar um pote de geleia de framboesa em sua cabeça. Foi o serviço de muitos minutos e várias pessoas tirar a geleia dele de novo, e essa interessante atividade tirou o tapete da cabeça de todos, e nada mais se falou sobre o mau negócio que tinha sido e o que a mãe esperava da esteira de fibra de coco.

Quando o Carneirinho estava limpo de novo, foi preciso cuidar dele enquanto a mãe desgrenhava os cabelos, sujava os dedos de tinta e ficava com dor de cabeça com as contas da casa difíceis e confusas que a cozinheira deu a ela em pedaços sujos de papel, e que supostamente deviam explicar por que a cozinheira tinha apenas cinco *pences* e meio *penny* e um monte de contas não pagas sobrando de todo o dinheiro que a mãe lhe enviara para manter a casa. A mãe era muito inteligente, mas nem ela conseguia entender muito bem as contas da cozinheira.

O Carneirinho estava muito feliz de ter seus irmãos e irmãs para brincar com ele. Ele não tinha esquecido nem um pouco deles, e fez com que brincassem de todas as cansativas brincadeiras de sempre. "Mundo girando", quando você gira com o bebê no ar segurando-o pelas mãos; "Perna e braço", quando você o balança de um lado para o outro por um tornozelo e um pulso. Havia também a "Escalada do Vesúvio". Nessa brincadeira o bebê sobe em cima de você, e quando ele está em seus ombros, você grita o mais alto que pode, que é o estrondo do vulcão em erupção, e então o derruba gentilmente no chão, fazendo-o rolar, que é a destruição de Pompeia.

— Mesmo assim, eu gostaria que conseguíssemos decidir o que devemos dizer a próxima vez que a mãe falar no tapete — disse Cyril, ofegante, deixando de ser um vulcão em erupção.

— Bom, vocês conversem e decidam — disse Anthea. — Aqui, meu Carneirinho. Venha brincar de "Arca de Noé" com a Pantera.

O Carneirinho veio com o cabelo todo bagunçado e o rosto todo poeirento pela destruição de Pompeia, e no mesmo instante se tornou um filhote de cobra, sibilando e serpenteando nos braços de Anthea, enquanto ela dizia:

Eu amo o meu filhotinho de cobra,
Que sempre silva e sibila de sobra,
E não para de serpentear sinuoso,
Nem mesmo dormindo, o teimoso.

— Croque — disse o Carneirinho, e mostrou todos os seus dentinhos. E Anthea prosseguiu:

Eu amo o meu crocodilo miniatura
Que mostra a sua imensa dentadura
Nesse seu sorriso tão bonitinho de ver,
Desde que não seja para me comer.

— Bom, vejam — Cyril estava dizendo —, é o mesmo velho problema de sempre. A mamãe não vai acreditar na verdade verdadeira sobre o tapete, e...

— Você diz tolice, ó Cyril — observou a Fênix, saindo do armário onde moravam os besourinhos pretos, e os livros rasgados, e os azulejos quebrados, e as peças de brinquedos que tinham perdido o resto de si mesmos. — Agora ouça a sabedoria da Fênix, renascida da Fênix.

— Tem uma sociedade com esse nome — disse Cyril.

— Onde fica? E o que é uma sociedade? — perguntou a ave.

— É uma espécie de monte de gente ajuntada... uma espécie de fraternidade... um tipo de, bom, algo muito parecido com o seu templo, só que bem diferente.

— Entendi o seu significado — disse a Fênix. — Desejaria muito ver aqueles que se proclamam Renascidos da Fênix.

— Mas, e quanto às suas palavras de sabedoria?

— A sabedoria é sempre muito bem-vinda — disse a Fênix.

— Papagaio bonito! — observou o Carneirinho, estendendo as mãos na direção da oradora dourada.

A Fênix recuou modestamente atrás de Robert, e Anthea se apressou a distrair a atenção do Carneirinho murmurando:

> *Eu amo o meu bebê coelhinho*
> *Mesmo ele saindo de fininho*
> *Para na água ficar chapinhando*
> *E a roupa acabar encharcando.*

— Eu não sei se você gostaria dos Renascidos da Fênix, de verdade — disse Robert. — Ouvi dizer que eles não fazem nada de fogoso. Só bebem aos montes. Muito mais do que as outras pessoas, porque só bebem essas coisas cheias de espuma, e quanto mais você bebe, melhor fica.

— Na cabeça, talvez — disse Jane —, mas no corpo, não. Fica-se parecendo um balão.

A Fênix bocejou.

— Escutem — disse Anthea —, eu realmente tive uma ideia. Esse não é um tapete comum. É de fato muito mágico. Vocês não acham que se a gente puser a loção capilar Tatcho nele, e deixá-lo descansando, a parte mágica dele talvez cresça, como supostamente acontece com o cabelo?

— Talvez — disse Robert. — Mas eu diria que parafina deve servir do mesmo jeito; pelo menos, quanto ao cheiro, e isso parece ser o importante da Tatcho.

Mas com todos os seus defeitos a ideia de Anthea era algo para se fazer, então eles fizeram.

Foi Cyril quem buscou o frasco de Tatcho da pia do pai. Mas o frasco não estava muito cheio.

— Não podemos usar tudo — Jane disse. — Para o caso do cabelo do papai começar a cair de repente. Se ele não tiver nada para passar, é bem capaz que tenha caído todo, antes que Eliza tenha tempo para ir à farmácia comprar outro frasco. Seria terrível ter um pai careca, e ia tudo ser por nossa culpa.

— E perucas são caras, acho — disse Anthea. — Olhe, deixem o bastante no frasco para cobrir toda a cabeça do papai no caso de alguma emergência surgir, e vamos completar com a parafina. Eu espero que seja o cheiro que faça efeito, realmente; e o cheiro é exatamente o mesmo.

Então uma colherzinha de Tatcho foi posta nas bordas do pior remendo do tapete e cuidadosamente esfregada nas raízes dos cabelos dele, e todas as partes para as quais não havia Tatcho suficiente foram esfregadas com parafina num pedaço de flanela. Então a flanela foi queimada. Deu uma bela labareda, que deliciou a Fênix e o Carneirinho.

— Quantas vezes... — disse a mãe, abrindo a porta — quantas vezes vou ter de lhes dizer que *não* é para vocês brincarem com parafina? O que andaram aprontando?

— Nós pusemos fogo num trapo cheio de parafina — Anthea respondeu.

Não adiantava contar para a mãe o que eles tinham feito com o tapete. Ela não sabia que era um tapete mágico, e ninguém quer ser objeto de riso por ter tentado consertar um tapete comum com combustível de lamparina.

— Bom, não façam isso de novo — disse a mãe. — E agora, chega de melancolia! O seu pai mandou um telegrama. Vejam! — Ela o mostrou, e as crianças, segurando as pontas dele, leram:

"Camarote para crianças no Garrick. Plateia para nós, Haymarket. Encontro em Charing Cross, 18h30."

— Isso quer dizer — disse a mãe — que vocês vão assistir a *The Water Babies*[34] inteiramente por conta própria, e o seu pai e eu vamos levar e buscar vocês. Dê-me o Carneirinho, querida, e você e Jane ponham renda limpa nos vestidos de noite vermelhos de vocês, e eu não me admiraria se vocês descobrissem que eles precisam ser passados. Esse cheiro de parafina é horrível. Tratem de ir catar os seus vestidos.

Os vestidos de fato precisavam ser passados; precisavam muitíssimo, aliás, já que por serem de seda da Liberty cor de tomate, tinham sido considerados muito úteis para *tableaux vivants*[35] quando um traje vermelho foi necessário para o cardeal Richelieu. Foram muito legais esses *tableaux*, e eu gostaria de poder falar mais sobre eles; mas não se pode contar tudo numa história. Você teria ficado especialmente interessado no *tableau* da Princesa na Torre, em que um dos travesseiros estourou, e os jovens príncipes ficaram tão cobertos de penas que a imagem poderia muito bem ter sido intitulada "Véspera de Natal", ou "Depenando os gansos".

Passar os vestidos e costurar a renda tomou algum tempo, e ninguém estava chateado, porque havia a perspectiva de ir ao teatro, e também a do possível crescimento dos cabelos no tapete, que todos ficavam olhando ansiosamente. Por volta das quatro da tarde, Jane tinha quase certeza de que vários cabelos tinham começado a crescer.

A Fênix empoleirou-se no guarda-fogo, e a sua conversa, como sempre, entretinha e instruía — como dizem que os prêmios da escola fazem. Mas ela parecia um pouco preocupada, e até um pouco triste.

— Você não está se sentindo bem, Fênix querida? — perguntou Anthea, inclinando-se para pegar o ferro no fogo.

— Não estou doente — disse a ave dourada, balançando tristemente a cabeça. — Mas estou ficando velha.

— Ora, faz tão pouco tempo que você saiu do ovo.

— O tempo — observou a Fênix — é medido pelas batidas do coração. Tenho certeza de que as palpitações que tive desde que os conheci foram suficientes para deixar de penas brancas qualquer ave.

— Mas eu achei que você vivia quinhentos anos — disse Robert —, e esse período mal começou.. Pense só em todo o tempo que tem pela frente.

— O tempo — disse a Fênix — é, como vocês provavelmente estão cientes, meramente uma ficção conveniente. O tempo não existe. Eu vivi nesses dois meses num ritmo que generosamente contrabalança quinhentos anos de vida no deserto. Estou velha, estou cansada. Sinto que está na hora de botar meu ovo e me deitar para o meu flamejante sono. Mas a menos que eu tome precauções, renascerei instantaneamente, e esse é um infortúnio que realmente não acho que conseguiria suportar. Mas não deixem que essas reflexões pessoais desesperadas se intrometam em sua juvenil felicidade. Qual será o espetáculo no teatro esta noite? Lutadores? Gladiadores? Um combate entre girafas e unicórnios?

— Acho que não — disse Cyril. — Chama *The Water Babies*, e se for como o livro, não tem nenhuma luta. Tem limpadores de chaminé e professores, e uma lagosta e uma lontra e um salmão, e crianças que vivem na água.

— Soa gélido. — A Fênix se arrepiou, e foi se empoleirar junto à lareira.

— Não acho que vá ter água *de verdade* — disse Jane. — E teatros são quentinhos e bonitos, com um monte de dourado e luzes. Você não gostaria de vir com a gente?

— *Eu* ia justamente dizer isso... — protestou Robert, num tom ofendido — só que eu sei o quanto é falta de educação interromper os outros. Venha com a gente, Fênix, velha camarada; vai alegrá-la. Vai fazer você rir de montão. O sr. Bourchier sempre faz peças hilárias. Você precisava ter visto *Shock-Headed Peter*[36] no ano passado.

— Suas palavras são estranhas — disse a Fênix —, mas eu irei com vocês. Os entretenimentos desse Bourchier, de quem você fala, talvez me ajudem a esquecer o peso dos meus anos.

Assim, naquela noite a Fênix aninhou-se dentro do colete do terninho Eton de Robert (o que pareceu bem apertado tanto para Robert quanto para a Fênix) e foi levada ao teatro.

Robert teve de fingir que estava com frio no cintilante restaurante cheio de espelhos onde eles jantaram antes,

com o pai em traje de noite, com um peito de camisa branco muito brilhante, e a mãe muito bonita em seu vestido de noite cinza, que muda para rosa e verde quando ela se mexe. Robert fingiu que estava com muito frio para tirar o seu paletó, e assim ele ficou morrendo de calor por toda uma refeição que teria sido, se não fosse isso, das mais incríveis. Ele sentiu que era uma nódoa na bela elegância de sua família, e esperou que a Fênix compreendesse que ele estava sofrendo por ela. É claro, todo mundo adora sofrer pelos outros, mas gosta de que eles saibam disso, a menos quando se é do melhor e mais nobre tipo de pessoa, e Robert era apenas normal.

O pai contou muitas piadas e estava muito divertido, e todo mundo riu o tempo todo, até de boca cheia, o que não é nada educado. Robert achou que o pai não acharia tão engraçado assim o fato de ele ter insistido em ficar de paletó, se soubesse toda a verdade. E Robert provavelmente tinha razão.

Quando o jantar terminou depois da última uva e dos dedos na última lavanda — porque foi realmente um verdadeiro jantar de adultos —, as crianças foram levadas para o teatro, acompanhadas até um camarote perto do palco, e deixadas lá.

As palavras do pai ao se despedir foram:

— Agora, não saiam deste camarote, de jeito nenhum. Eu estarei de volta antes do fim da peça. Comportem-se e irão se divertir muito. Essa zona é tórrida o bastante para que você possa abandonar o paletó, Bobs? Não? Bom, então eu diria que você está pegando alguma doença, sarampo ou afta ou caxumba ou cárie. Até logo.

Ele se foi, e Robert pôde enfim tirar o paletó, enxugar a testa suada, e libertar a amassada e desgrenhada Fênix. Robert teve de ajeitar o seu cabelo úmido no espelho na parede de trás do camarote, e a Fênix teve de alisar as suas desgrenhadas penas por algum tempo antes que qualquer um dos dois estivesse em condições de ser visto.

Eles tinham chegado muito, muito cedo. Quando as luzes se acenderam de vez, a Fênix, equilibrando-se no encosto dourado de uma das cadeiras, agitou-se extasiada.

— Quão bela é essa cena! — murmurou. — Quão imensamente mais bela do que o meu templo! Ou terei adivinhado certo? Vocês me trouxeram para cá para elevar meu coração com emoções de jubilante surpresa? Diga-me, meu Robert, não é fato que este aqui, *este* é o meu verdadeiro templo, e o outro não era mais do que um santuário humilde frequentado por párias?

— Não sei nada sobre párias — disse Robert —, mas você pode chamar isso aqui de seu templo. E fique quieta, a música está começando.

Eu não vou contar como foi a peça. Como disse antes, não se pode contar tudo, e sem dúvida você já assistiu a *The Water Babies*. Se não assistiu é uma vergonha, ou melhor, uma pena.

O que eu tenho de contar para você é que, embora Cyril e Jane e Robert e Anthea tivessem se encantado com ela mais do que qualquer outra criança, o prazer da Fênix foi muito, muito maior do que o delas.

— Esse é de fato o meu templo — ela não parava de dizer. — Que rituais radiantes! E todos em minha honra!

As canções da peça ela achou que eram hinos em sua honra. Os coros eram hinos córicos em seu louvor. As luzes elétricas, ela disse, eram tochas mágicas acesas para ela, e tanto ficou encantada com as luzes da ribalta que as crianças tiveram dificuldade de convencê-la a ficar sentada quieta. Mas quando o canhão de luz foi empregado ela não conseguiu mais conter a sua aprovação. Bateu as asas douradas e bradou numa voz que dava para ouvir em todo o teatro:

— Muito bem, meus servos! Vós mereceis o meu favor e minha aprovação!

No palco o pequeno Tom parou no meio do que estava dizendo. Um suspiro profundo tomou centenas de pulmões, cada olho na sala voltado para o camarote onde as desafortunadas crianças se encolheram, e muita gente pediu silêncio, ou fez "ssh!" ou disse "ponham para fora!".

Então a peça prosseguiu, e um atendente veio ao camarote e deu uma bronca.

— Não fomos nós, não mesmo — disse Anthea, veemente. — Foi a ave.

O homem disse que bom, então, eles deviam manter a ave deles quieta.

— Ficar perturbando todo mundo assim... — disse.

— Não vai acontecer de novo — disse Robert, implorando à ave dourada, num relance. — Tenho certeza que não.

— Você tem a minha permissão para se retirar — disse a Fênix, gentilmente.

— Bom, ela é uma beleza, sem dúvida — disse o atendente. — Mas tratem de cobri-la durante os atos. Ela atrapalha a peça.

E se retirou.

— Não fale de novo, seja gentil — disse Anthea. — Você não gostaria de atrapalhar o seu próprio templo, gostaria?

E assim a Fênix ficou quieta, mas não parou de cochichar com as crianças. Ela queria saber por que não havia um altar, nem fogo, ou incenso, e ficou tão excitada e irrequieta e irritante que ao menos quatro do grupo de cinco desejaram sinceramente que ela tivesse ficado em casa.

O que aconteceu em seguida foi inteiramente por culpa da Fênix. Não foi nem um pouco por culpa da gente do teatro, e ninguém jamais conseguiu entender depois como aconteceu. Ninguém, quer dizer, exceto a própria ave culpada e as quatro crianças. A Fênix estava equilibrada no encosto dourado da cadeira, balançando para a frente e para trás e para cima e para baixo, como talvez você já tenha visto o seu próprio papagaio doméstico fazer. Eu me refiro ao cinza com o rabo vermelho. Todos os olhos estavam no palco onde a lagosta estava deliciando a plateia com aquela maravilha de canção "Se você não pode andar reto, ande de lado!", quando a Fênix murmurou calorosamente:

— Nada de altar, nem fogo, ou incenso! — e então, antes que qualquer uma das crianças pudesse até começar em pensar em detê-la, ela abriu suas asas reluzentes e saiu voando pelo teatro, roçando suas penas brilhantes contra os delicados ornamentos e os entalhes dourados.

Ela pareceu não ter feito mais do que um sobrevoo em círculo, tal como você pode ver uma gaivota fazer sobre a água cinzenta num dia de tempestade. No instante seguinte estava empoleirada de novo no encosto da cadeira... e por todo o teatro, onde ela tinha passado, pequenas faíscas brilharam como lantejoulas, e então pequenos rolos de fumaça se espiralaram como plantas crescendo, e pequenas chamas se abriram como botões de flor. As pessoas cochicharam, e daí as pessoas berraram.

— Fogo! Fogo! — A cortina baixou, as luzes se acenderam.

— Fogo! — gritavam todos, e se levantaram em direção às portas.

— Uma ideia magnífica! — disse a Fênix, toda complacente. — Um enorme altar, com o fogo fornecido de graça. O incenso não tem um aroma delicioso?

O único aroma era o sufocante cheiro de fumaça, de seda queimando, ou tinta chamuscada.

As pequenas chamas então se abriram em grandes flores-labaredas. As pessoas no teatro estavam gritando e se aglomerando em direção às portas.

— Oh, como você *pôde* fazer isso?! — gritou Jane. — Vamos sair daqui.

— O papai disse para ficarmos aqui — disse Anthea, muito pálida, e tentando falar com a voz normal.

— Ele não disse que era para ficar e acabar torrado — disse Robert. — Nada de meninos em conveses incendiados para mim, muito obrigado.

— Não mesmo — disse Cyril, e abriu a porta do camarote.

Mas uma forte lufada de fumaça e ar quente fez com que ele a fechasse de novo. Não era possível sair por ali.

Eles olharam para a frente do camarote. Poderiam descer por ali?

Seria possível, com certeza; mas ficariam numa situação muito melhor?

— Olhem as pessoas — gemeu Anthea. — Não conseguiremos passar!

E, de fato, a multidão aglomerada nas portas parecia tão compacta quanto moscas na época de fazer geleia.

— Gostaria que nunca tivéssemos visto a Fênix! — gritou Jane.

Mesmo naquele momento terrível Robert olhou em volta para ver se a ave ouvira uma declaração que, ainda que compreensível, não era nem um pouco educada ou agradecida.

A Fênix tinha sumido.

— Escutem aqui — disse Cyril. — Já li sobre incêndios nos jornais; tenho certeza de que tudo vai ficar bem. Vamos esperar aqui, como o papai disse.

— Não podemos fazer nenhuma outra coisa — disse Anthea amargamente.

— Escutem aqui — disse Robert. — Não estou com medo... não, não estou mesmo. A Fênix nunca foi uma canalha até agora, e eu tenho certeza de que ela vai nos tirar daqui de algum jeito. Eu acredito na Fênix!

— A Fênix lhe agradece, ó Robert — disse uma voz dourada a seus pés, e lá estava a Fênix em pessoa, no tapete mágico.

— Rápido — ela disse. — Pisem nas partes do tapete que são realmente antigas e autênticas e...

Um súbito jato de chamas interrompeu suas palavras. A Fênix inadvertidamente se exaltara com o assunto, e no involuntário calor da hora pôs fogo na parafina que as crianças tinham esfregado naquela manhã no tapete. Ela pegou fogo animadamente. As crianças tentaram apagá-lo pisoteando-o, em vão. Tiveram que recuar e deixar que queimasse até o fim. Quando a parafina acabou de queimar foi possível ver que tinha levado com ela todos os cerzidos de lã mesclada escocesa. Só o tecido antigo do tapete sobrara... e estava cheio de buracos.

— Venham — disse a Fênix. — Já esfriei.

As quatro crianças subiram no que sobrava do tapete. Com muito cuidado, pois não podiam deixar uma perna ou mão sobre nenhum dos buracos. Estava muito quente, o teatro era um poço de fogo. Todas as outras pessoas já tinham saído.

Jane teve de se sentar no colo de Anthea.

— Casa! — disse Cyril, e no instante seguinte a corrente de ar frio que passava por baixo da porta da salinha fez-se sentir nas pernas deles. Eles ainda estavam todos no tapete, e o tapete estava em seu devido lugar no chão da salinha, tão calmo e inabalável como se nunca tivesse ido ao teatro ou tomado parte num incêndio em toda a sua vida.

Quatro profundos suspiros de alívio foram suspirados no mesmo instante. A corrente de ar de que eles nunca tinham gostado antes era naquele momento bem agradável. E eles estavam sãos e salvos. E todos os demais também. O teatro estava bem vazio quando eles partiram. Todo mundo tinha certeza disso.

Em seguida eles se viram falando todos juntos ao mesmo tempo. De algum jeito nenhuma das aventuras deles tinha dado tanto o que falar depois. Nenhuma outra parecera tão real.

"Vocês viram...?", diziam, e "lembram que...?"

Quando então o rosto de Anthea repentinamente ficou pálido sob a sujeira que nele se acumulara durante o incêndio.

— Ih! — ela exclamou. — A mamãe e o papai! Oh, que horror! Eles vão achar que nós fomos incinerados pelas chamas. Ah, vamos nesse minuto mesmo dizer para eles que não fomos.

— Nós só vamos nos desencontrar deles — disse o sensato Cyril.

— Bom... Você vai então... — disse Anthea — ou eu vou. Só lave primeiro o seu rosto. Mamãe com certeza irá pensar que você foi incinerado pelas chamas se o vir preto como está, e vai desmaiar ou ter um ataque ou algo assim. Ah, eu gostaria que nós nunca tivéssemos conhecido a Fênix.

— Ssh! — disse Robert. — Não adianta nada ser grosseira com a ave. Eu imagino que ela não tem como evitar o que é da natureza dela. Talvez seja melhor a gente se lavar também. Agora que estou pensando nisso, as minhas mãos estão um tanto...

Ninguém vira a Fênix desde que ela dissera para eles subirem no tapete. E ninguém percebera que ninguém a vira mais.

Todos estavam parcialmente limpos, e Cyril acabara de pôr o seu paletó para sair à procura de seus pais — ele, e não com injustiça, dissera que era como procurar uma agulha num palheiro — quando o som da chave do pai na fechadura da porta da frente fez todos subirem correndo a escada.

— Vocês estão todos bem? — perguntou a voz da mãe.

— Estão todos bem? — E no instante seguinte ela estava ajoelhada no linóleo do *hall*, tentando beijar quatro crianças úmidas de uma vez só, e rindo e chorando ao mesmo tempo, enquanto o pai ficou parado olhando-os e dizendo que tinham sido abençoados ou algo assim.

— Mas como vocês adivinharam que tínhamos vindo para casa? — perguntou Cyril depois, quando todo mundo estava calmo o bastante para falar.

— Bom, foi uma coisa curiosa. Ouvimos que o Garrick tinha pegado fogo, e claro que fomos direto para lá — disse o pai, rapidamente. — Não conseguimos encontrá-los, é claro; e não podíamos entrar; mas os bombeiros nos disseram que todo mundo tinha conseguido sair são e salvo. E então eu ouvi uma voz dizendo em meu ouvido "Cyril, Anthea, Robert e Jane"... e algo me tocou no ombro. Era um grande pombo amarelo, e ficou no caminho impedindo que eu visse quem falara. Ele saiu voando, e então alguém falou no outro ouvido "eles estão sãos e salvos em casa"; e quando eu me virei de novo, para ver quem estava lá, não é que o raio do pombo estava no meu outro ombro? Aturdido pelo fogo, imagino. Sua mãe disse que a voz era de...

— Eu disse que foi a ave que falou — disse a mãe — e foi mesmo. Ou pelo menos foi o que eu achei na hora.

Não era um pombo. Era uma cacatua laranja. Não me importa quem foi que falou, afinal. É verdade e vocês estão sãos e salvos.

    A mãe começou a chorar de novo, e o pai disse que a cama era um bom lugar para ir depois dos prazeres do palco.

Então foi para onde todos foram.

Robert teve uma conversa com a Fênix naquela noite.

— Ah, está bem — disse a ave, quando Robert expressou o que sentia. — Você não sabia que tenho poder sobre o fogo? Não se preocupe; eu, como os meus altos sacerdotes da Lombard Street, posso desfazer o que as chamas fizeram. Faça a gentileza de abrir a janela.

Ela saiu voando.

Foi por isso que os jornais disseram no dia seguinte que o incêndio causara bem menos danos do que se previra. Na realidade, não causara dano nenhum, porque a Fênix passara a noite arrumando as coisas. Como a gerência explicou isso, e como muitos dos responsáveis pelo teatro ainda acreditam que ficaram loucos durante aquela noite, nunca se saberá.

No dia seguinte a mãe viu os buracos queimados no tapete.

— Foi onde tinha parafina — disse Anthea.

— Eu preciso me livrar desse tapete o quanto antes — disse a mãe.

Mas o que as crianças disseram em tristes cochichos umas como as outras, ao refletir sobre os eventos da noite anterior, foi:

— Precisamos nos livrar é dessa Fênix.

12.
O FIM DO FIM

— Ovo, torrada, chá, leite, xícara e pires, colher do ovo, faca, manteiga... Acho que está tudo aqui — observou Anthea, ao dar os últimos toques na bandeja de café da manhã para a mãe, e subiu a escada, com muito cuidado, procurando cada degrau com os pés, e segurando a bandeja com todos os dedos. Ela se esgueirou para dentro do quarto da mãe e colocou a bandeja numa cadeira. Então abriu uma das cortinas bem suavemente.

— A sua cabeça está melhor, mamãe querida? — ela perguntou, na vozinha suave que reservava expressamente para as dores de cabeça da mãe. — Eu trouxe o café, e eu usei a toalhinha com as folhas de cravo nela, aquela que fiz para você.

— Muita gentileza sua — a mãe disse, sonolenta.

Anthea sabia exatamente o que fazer com mães com dor de cabeça que tomam o café da manhã na cama. Ela buscou água morna e pôs um pouco de água-de-colônia nela, e banhou de leve o rosto e as mãos da mãe com água perfumada. Então a mãe ficou em condições de pensar no café da manhã.

— Mas qual é o problema com a minha menina? — ela perguntou, quando seus olhos se acostumaram com a luz.

— Ah, sinto tanto que você esteja doente — Anthea disse. — Foi aquele incêndio horrível e você ficar tão assustada. O papai disse isso. E nós todos sentimos que foi culpa nossa. Não sei explicar, mas...

— Não foi culpa de vocês nem um pouquinho, minha querida — disse a mãe. — Como poderia ser?

— É isso que eu não consigo explicar — disse Anthea. — Não tenho um cérebro fútil como você e o papai, para pensar em maneiras de explicar tudo.

A mãe riu.

— O meu cérebro fútil... ou você quis dizer "fértil"?... em todo caso, ele está muito pesado e dolorido esta manhã... mas eu vou ficar boa logo mais. E não seja uma tonta. O incêndio não foi culpa de vocês. Não, não quero o ovo, querida. Acho que vou dormir mais um pouco. Não se preocupe. E diga para a cozinheira não me incomodar com as refeições. Você pode pedir o que quiser para o almoço.

Anthea fechou a porta bem silenciosamente, e foi em seguida para a cozinha pedir o que ela queria para o almoço. Ela pediu um par de perus, um grande manjar branco, *cheesecakes*, e amêndoas e passas.

A cozinheira disse para ela ir passear. E ela podia muito bem ter pedido qualquer coisa, porque quando o almoço chegou era só picadinho de carneiro e purê de semolina, e a cozinheira esquecera das torradinhas para o picadinho de carneiro e o purê de semolina estava queimado.

Quando Anthea se juntou aos outros, encontrou-os todos mergulhados na mesma melancolia em que ela estava. Porque todos sabiam que os dias do tapete estavam agora contados. De fato, tão gasto ele estava que dava quase para contar os seus fios.

De modo que agora, depois de quase um mês de acontecimentos mágicos, estava chegando a hora em que a vida teria de continuar de seu jeito chato, comum, e Jane, Robert, Anthea e Cyril estariam exatamente na mesma situação das outras crianças que moravam em Camden Town, as crianças das quais essas quatro tinham não raro ficado com pena, e talvez até desprezado um pouco.

— Vamos ficar igual a elas — Cyril disse.

— Exceto... — disse Robert — que teremos mais coisas para lembrar e lamentar não ter conseguido.

— A mãe vai mandar o tapete embora assim que ela estiver boa o bastante para providenciar as esteiras de fibra de coco. Imaginem só, nós com um tapete de fibras de coco... nós! Nós que andamos debaixo de coqueiros de verdade na ilha onde nunca se tem tosse comprida.

— Ilha bonita — disse o Carneirinho. — Areia de aquarela e mar brilhante brilhante.

Seus irmãos e irmãs muitas vezes tinham se perguntado se ele se lembrava daquela ilha. Agora sabiam que sim.

— É — disse Cyril. — Para nós, nada mais de viagens de ida e volta grátis no tapete, isso é certo.

Estavam todos falando sobre o tapete, mas no que estavam todos pensando era na Fênix.

A ave dourada tinha sido tão gentil, tão amiga, tão educada, tão instrutiva... E agora tinha posto fogo num teatro e feito a mãe ficar doente.

Ninguém culpava a ave. Tinha agido de uma maneira perfeitamente natural. Mas todo mundo sabia que não era o caso de pedir que ela prolongasse a sua estada. De fato, falando com todas as letras, era preciso pedir para ela ir embora!

As quatro crianças sentiam-se como abjetos espiões e amigos traidores; e cada um em sua cabeça ficava pensando quem deveria ser aquele que ia dizer à Fênix que não mais poderia haver um lugar para ela naquele feliz lar em Camden Town. Cada criança tinha muita certeza de que um deles devia falar claramente, de uma maneira justa e digna, mas ninguém queria ser esse um.

Eles não podiam discutir a coisa toda como teriam gostado, porque a própria Fênix estava no armário, em meio aos besourinhos e os sapatos sem par e as peças de xadrez quebradas.

Mas Anthea tentou.

— É muito horrível. Detesto quando você pensa coisas sobre as pessoas, e não pode dizer as coisas em que está pensando por causa do que as pessoas vão sentir quando pensarem nas coisas que você estava pensando, e daí vão se perguntar o que elas fizeram para você pensar coisas como essas, e por que você estava pensando nelas.

Anthea estava tão ansiosa de que a Fênix pudesse não entender o que ela disse, que fez um discurso completamente incompreensível para todos. Foi só quando ela apontou o armário em que todos acreditavam que a Fênix estava que Cyril entendeu.

— É — ele disse, enquanto Jane e Robert estavam tentando dizer um ao outro quão profundamente não tinham entendido nada do que Anthea dissera. — Mas depois dos recentes incidentes, uma nova página tem que ser virada e, afinal, a mãe é mais importante que os sentimentos de qualquer uma das formas menores da criação, por mais sobrenaturais que sejam.

— Como você faz isso maravilhosamente bem... — disse Anthea, distraída, começando a construir um castelo de cartas para o Carneirinho. — Embaralhar o que você está falando, quero dizer. Devíamos treinar para a gente ser boa nisso em ocasiões que precisam de mistério. Estamos falando *sobre*... — ela disse para Jane e Robert, franzindo a testa, e apontando com a cabeça o armário onde a Fênix estava. Então Robert e Jane entenderam, e os dois abriram a boca para dar sua opinião.

— Esperem um pouco — Anthea apressou-se a dizer. — O jogo é torcer o que você quer dizer de um jeito que ninguém consiga entender o que você está dizendo, a não ser as pessoas que você quer que entendam, e às vezes nem elas.

— Os filósofos antigos... — disse uma voz dourada — eram bem versados na arte da qual você fala.

Claro que era a Fênix, que não estivera nem por um minuto dentro do armário, mas inclinando um olho dourado na direção deles lá de cima da cortina, durante toda a conversa.

— Galinho bonito! — observou o Carneirinho. — Galinho *canário*!

— Pobre infante equivocado — disse a Fênix.

Houve um silêncio constrangido; os quatro só podiam achar muito provável que a Fênix compreendera as alusões muito veladas deles, acompanhadas que tinham sido por gestos apontando o armário. Pois à Fênix inteligência não faltava.

— Nós só estávamos dizendo... — Cyril começou, e eu esperava que ele continuasse com nada mais do que a verdade. Mas com o que quer que fosse, ele não continuou, porque a Fênix o interrompeu. E todos respiraram bem mais aliviados com o que ela disse.

— Eu deduzo — disse ela — que vocês têm certas novidades de uma natureza fatal para comunicar a nossos desafortunados irmãos pretos que correm para lá e para cá por todo o sempre. — Ela apontou uma pata para o armário, onde viviam os besourinhos pretos.

— Canário *fala* — disse o Carneirinho todo feliz. — Vou mostrar mamãe.

Ele escapuliu do colo de Anthea.

— Mamãe está dormindo — disse Jane, aflita. — Venha brincar de animais selvagens numa jaula debaixo da mesa.

Mas o Carneirinho prendia os pés e as mãos, e até a cabeça, tantas vezes e tão fundo nos buracos do tapete, que a jaula, ou mesa, teve de ser removida para o linóleo, e o tapete ficou inteiramente à vista com todos os seus horrorosos buracos.

— Ah... — disse a ave. — Não vai perdurar mais muito nesse mundo.

— Não... — disse Robert — tudo acaba tendo um fim. É terrível.

— Às vezes o fim é a paz — observou a Fênix. — Eu suponho que a menos que venha logo, o fim do seu tapete será em farrapos.

— É — disse Cyril, respeitosamente, cutucando com o pé o que sobrava do tapete. O movimento de suas cores brilhantes chamou a atenção do Carneirinho, que num instante estava de quatro nele e começou a puxar seus fios vermelhos e azuis.

— Agguedidaggedigagguedi... — murmurou o Carneirinho — dagguedi ag ag ag!

E antes que qualquer um pudesse ter piscado (mesmo se quisessem, e não teria adiantado nada mesmo) o meio do chão mostrou-se todo à vista, uma ilha de tábuas cercada por um mar de linóleo. O tapete mágico tinha sumido, *e o Carneirinho também!*

Houve um silêncio horrível. O Carneirinho — o bebê, inteiramente sozinho — tinha sido levado naquele tapete nada confiável, tão cheio de buracos e de mágica. E ninguém tinha como saber onde ele estava. E ninguém tinha como ir atrás dele porque não havia tapete no qual ir atrás dele.

Jane prorrompeu em lágrimas, mas Anthea, embora pálida e histérica, manteve os olhos secos.

— *Tem* de ser um sonho — ela disse.

— Isso foi o que o reverendo disse — observou Robert, desconsolado. — Mas não era, e não é.

— Mas o Carneirinho não fez nenhum desejo — disse Cyril. — Ele só falou baboseira.

— O tapete entende todos os tipos de fala — disse a Fênix —, até essa baboseira. Não sei se isso é a língua de algum lugar, mas sendo ou não, podem ter certeza de que não é desconhecida para o tapete.

— Você quer dizer, então... — disse Anthea, branca de puro terror — que quando ele estava dizendo "aggueti dag" ou o que fosse, ele quis dizer alguma coisa com isso?

— Toda fala tem sentido — disse a Fênix.

— Nisso eu acho que você está errada — disse Cyril. — Até mesmo gente que fala a nossa língua às vezes diz coisas que no fim não querem dizer nada.

— Ah, deixem isso para lá agora... — reclamou Anthea. — Você acha que "aggueti dag" quis dizer alguma coisa para ele e para o tapete?

— Sem a menor dúvida, tinha o mesmo significado para o tapete e para o desafortunado infante — a Fênix disse calmamente.

— E o *que* queria dizer? Ah, o *quê*?

— Infelizmente — a ave replicou — nunca estudei baboseira.

Jane soluçou ruidosamente, mas os outros estavam tranquilos com o que às vezes se chama de tranquilidade do desespero. O Carneirinho tinha se ido... — o Carneirinho, o tão querido irmãozinho bebê deles, que nunca em toda sua feliz vidinha estivera por um momento fora da vista de olhos que o amavam — ele se fora. Ele tinha partido sozinho mundo afora sem outra companhia e proteção do que a de um tapete com buracos. As crianças nunca tinham antes realmente se dado conta do quanto o mundo era um lugar imensamente enorme. E o Carneirinho poderia estar em qualquer parte dele!

— E de nada adianta sair à procura dele — num tom resignado e devastado, Cyril disse apenas o que os outros estavam pensando.

— Vocês gostariam que ele retornasse? — a Fênix perguntou; pareceu falar com alguma surpresa.

— Claro que sim! — todo mundo exclamou.

— Ele não é mais incômodo do que vale a pena? — perguntou a ave duvidosamente.

— Não, não. Ah, queremos ele de volta! Queremos sim!

— Então... — disse a portadora da plumagem dourada — se vocês me derem licença, vou dar uma saída para ver o que posso fazer.

Cyril escancarou a janela, e a Fênix sumiu por ela.

— Ah, mamãe bem que podia continuar dormindo! Ih, e se ela acorda e pede o Carneirinho! Ah, e se as criadas vierem ver o que aconteceu! Pare de chorar, Jane. Não adianta nem um pouco. Não, eu mesma não estou chorando... ao menos não estava até você dizer isso, e eu não devia de qualquer jeito se... se houvesse alguma coisa que pudéssemos fazer. Ah, ih, ah!

Cyril e Robert eram meninos, e meninos não choram, é claro. Ainda assim, a situação era bem terrível, e eu não me admiraria se eles tiveram de fazer caretas em seu esforço de se comportar como homens realmente devem.

E nesse horrível momento a campainha da mãe tocou.

Uma imobilidade com a respiração presa se apossou das crianças. Então Anthea enxugou os olhos. Olhou em volta e pegou o atiçador. Ela o estendeu para Cyril.

— Bata forte na minha mão — ela disse. — Preciso ter alguma razão para os meus olhos estarem como estão para mostrar para a mamãe. Mais forte! — ela exclamou, quando Cyril bateu de leve com o ferro. E Cyril, nervoso e tremendo, criou coragem para bater mais forte, e bateu muito mais forte do que pretendia.

Anthea deu um berro.

— Ih, Pantera, eu não queria machucar, de verdade — disse Cyril, devolvendo trêmulo o atiçador ao guarda-fogo.

— Tudo... bem — disse Anthea sem fôlego, segurando a mão machucada com a que não estava. — Está... ficando... vermelha...

Estava: um calombo vermelho e azul crescendo no dorso dela.

— Agora, Robert — ela disse, tentando respirar mais normalmente —, você sai... ah, nem sei para onde... para a lata de lixo, qualquer lugar... e eu direi para a mamãe que você e o Carneirinho saíram.

Anthea agora estava pronta para enganar a sua mãe pelo tempo que conseguisse. Enganar as pessoas é muito errado, todos sabem, mas pareceu a Anthea que era simplesmente seu dever evitar por todo o tempo que fosse possível que sua mãe ficasse em pânico quanto ao Carneirinho. E a Fênix talvez ajudasse.

— Ela sempre ajudou — Robert disse. — Ela nos tirou da torre, e mesmo quando ela pôs fogo no teatro, tirou a gente de lá direitinho. Tenho certeza de que ela vai dar um jeito.

A campainha da mãe tocou de novo.

— Ih, a Eliza nem atendeu! — exclamou Anthea. — Ela nunca atende. Ah, preciso ir.

E ela foi.

O coração dela batia aflito enquanto ela subia as escadas. A mãe com certeza notaria os olhos dela; bom, a mão ia explicar isso. Mas o Carneirinho...

— Não, eu *não* posso pensar no Carneirinho — ela disse para si mesma, e mordeu a língua até seus olhos ficarem úmidos de novo, para dar a si mesma alguma outra coisa no que pensar. Seus braços, pernas e costas e até seu rosto afogueado com as lágrimas ficaram tensos com a sua resolução de não deixar a mãe ficar preocupada custe o que custasse.

Ela abriu a porta suavemente.

— Sim, mamãe? — ela disse.

— Querida — disse a mãe —, o Carneirinho...

Anthea tentou ser corajosa. Tentou dizer que o Carneirinho e Robert tinham saído. Talvez tenha tentado demais. Em todo caso, quando abriu a boca nenhuma palavra saiu.

De modo que de boca aberta ela ficou. Pareceu mais fácil se impedir de chorar com a boca naquela posição insólita.

— O Carneirinho — a mãe dela continuou. — Ele estava muito bonzinho a princípio, mas daí puxou a toalhinha da penteadeira com todos os pincéis e potes e tudo o mais, e agora ele está tão quieto que tenho certeza de que está aprontando alguma coisa. E eu não consigo vê-lo daqui, e se eu tivesse saído da cama para procurar tenho certeza de que teria desmaiado.

— Você quer dizer que ele está *aqui*? — disse Anthea.

— Claro que ele está aqui — disse a mãe, um pouco impaciente. — Onde você achou que ele estava?

Anthea deu a volta na grande cama de mogno. Houve um silêncio.

— Ele não está aqui *agora* — ela disse.

Que ele tinha estado ali era evidente, com a toalhinha no chão, os potes e frascos espalhados, os pincéis e pentes por toda parte, tudo envolto pela confusão de fitas e rendas que uma gaveta aberta tinha fornecido aos dedos inquiridores do bebê.

— Ele deve ter escapulido sem fazer barulho, então — disse a mãe. — Mantenha o bebê com vocês, faça isso por mim. Se eu não dormir um pouco vou estar um caco quando o seu pai chegar em casa.

Anthea fechou a porta suavemente. Então precipitou-se escada abaixo e irrompeu na salinha, gritando:

— Ele deve ter desejado estar com a mamãe. Ele estava lá o tempo todo. "Aggeti dag"...

As palavras insólitas congelaram em seus lábios, como as pessoas dizem nos livros.

Porque ali, no chão, estava o tapete, e no tapete, cercado por seus irmãos e Jane, estava o Carneirinho. Ele tinha coberto o rosto e as roupas com vaselina e pó violeta, mas ainda estava bem fácil de reconhecer, apesar do disfarce.

— Você está certa — disse a Fênix, que também estava presente. — É evidente que, como você dizia, "aggeti dag" é "eu quero estar onde a mamãe está" em baboseira, e foi o que tapete entendeu.

— Mas como... — disse Anthea, catando o Carneirinho e o abraçando — como ele voltou para cá?

— Ah... — disse a Fênix — eu voei até o Psamiende e desejei que o seu irmão infante fosse restaurado ao seu convívio, e ele imediatamente foi.

— Ah, fico tão feliz! Fico tão feliz! — exclamou Anthea, ainda abraçando o bebê. — Ah, meu queridinho! Cale a boca, Jane! Eu não me importo com o *quanto* ele está me sujando! Cyril! Você e o Robert tratem de enrolar esse tapete e enfiá-lo no armário dos besouros. Ele pode dizer "aggeti dag" de novo, e dessa vez querer dizer algo completamente diferente. Agora, meu Carneirinho, a Pantera vai limpá-lo um pouquinho. Vamos.

— Só espero que os besouros não se ponham a fazer desejos — disse Cyril, enquanto eles enrolavam o tapete.

Dois dias depois a mãe estava boa o bastante para sair, e naquela tarde a esteira de fibra de coco chegou em casa.

As crianças tinham falado e falado, e pensado e pensado, mas não tinham encontrado nenhum jeito educado de dizer à Fênix que eles não queriam que ela ficasse mais tempo.

Os dias foram de constrangimento para as crianças, e de sono para a Fênix.

E agora a esteira estava instalada, e a Fênix acordou e pousou nela.

Ela balançou a sua cabeça com crista.

— Não gosto desse tapete — ela disse. — É áspero e duro, e machuca meus pés dourados.

— Nós não vamos ter outro jeito a não ser nos acostumarmos com ele machucando os *nossos* pés dourados.

— Isso, então... — disse a ave — desbanca o tapete mágico.

— Sim — disse Robert. — Se você quer dizer que fica no lugar dele.

— E a trama mágica? — quis saber a Fênix, com repentina ansiedade.

— Amanhã passa o homem que cata jornais e garrafas velhas — disse Anthea, em voz baixa. — Ele vai levá-lo embora.

A Fênix voejou para o seu poleiro favorito no encosto da poltrona.

— Ouçam-me! — ela bradou. — Ó jovens filhos do homem, e contenham as suas lágrimas de tristeza e desespero, pois o que tem de ser tem de ser, e eu não me lembrarei de vocês, daqui a milhares de anos, como mesquinhos ingratos e vermes rastejantes repletos de vil egoísmo.

— Eu realmente espero que não — disse Cyril.

— Não chorem — a ave continuou. — Eu realmente imploro que não chorem. Não farei rodeios para dar a notícia. Que o golpe venha de uma vez por todas. Chegou o momento em que terei de deixá-los.

Todas as quatro crianças soltaram um profundo suspiro de alívio.

— A gente não precisava ter se preocupado tanto em como dar a notícia a ela — sussurrou Cyril.

— Ah, não suspirem assim — disse a ave, gentilmente. — Todos os encontros terminam em despedidas. Eu preciso partir. Eu tentei prepará-los para isso. Ah, não se desesperem.

— Você realmente precisa ir... tão cedo? — murmurou Anthea. Era o que ela ouvira a mãe dela dizer com frequência para as visitas no fim da tarde.

— Eu preciso, realmente, muito obrigada, minha cara — respondeu a ave, exatamente como se fosse uma visita.

— Estou cansada — ela prosseguiu. — Eu desejo repousar; depois de todos os acontecimentos da última lua eu realmente desejo repousar, e vou lhes pedir uma última dádiva.

— Qualquer coisinha que estiver ao nosso alcance — disse Robert.

Agora que tinha realmente chegado a hora de se despedir da Fênix, de quem ele sempre tinha sido o favorito, Robert estava de fato se sentindo quase tão infeliz quanto a Fênix achava que todos estavam.

— Peço tão somente a relíquia destinada ao homem dos jornais e garrafas. Deem-me o que sobrou do tapete e deixem-me partir.

— Será que ousamos? — disse Anthea. — Será que a mamãe vai se importar?

— Eu ousei enormemente por vocês — observou a ave.

— Bom, então, nós ousaremos — disse Robert.

A Fênix eriçou suas penas alegremente.

— E não se arrependerão disso, crianças de coração de ouro — ela disse. — Rápido: estendam o tapete e me deixem sozinha; mas antes façam um fogo alto. Então, enquanto eu estiver imersa nos rituais sagrados preliminares, preparem madeiras e especiarias de aroma doce para o último ato da despedida.

As crianças estenderam o que sobrara do tapete. E, no fim, embora isso fosse exatamente o que eles desejavam que acontecesse, todos os corações estavam tristes. Então eles colocaram meia caixa de carvão no fogo e saíram, fechando a porta e deixando a Fênix, enfim, sozinha com o tapete.

— Um de nós precisa ficar de vigia — disse Robert, emocionado, assim que saíram da sala — e os outros podem ir comprar madeiras e especiarias aromáticas. Consigam o melhor que puderem com o dinheiro, e bastante. Não vamos ficar economizando tostões. Eu quero que ela tenha uma partida muito boa. É a única coisa que fará a gente se sentir menos horrível por dentro.

Foi decidido que Robert, como o predileto da Fênix,

deveria ter o último prazer melancólico de escolher os materiais para a pira funerária dela.

— Posso ficar de vigia se quiserem — disse Cyril. — Não me importo. E, além disso, está chovendo forte, e está entrando água nas minhas botas. Vocês podiam aproveitar e ver se as minhas outras ficaram "realmente resistentes" de novo.

Então eles deixaram Cyril parado como um sentinela romano do lado de fora da porta atrás da qual a Fênix estava se aprontando para a grande metamorfose, e todos saíram para comprar as preciosas coisas para os últimos ritos tristes.

— Robert tem razão — disse Anthea. — Não é o momento de sermos mesquinhos com dinheiro. Vamos à papelaria primeiro, comprar um pacote inteiro de lápis. Fica mais barato se você compra em pacote.

Essa era uma coisa que eles sempre quiseram fazer, mas foi necessária a grande emoção de uma pira funerária e da despedida de uma amada Fênix para levá-los a essa extravagância.

O pessoal da papelaria disse que os lápis eram realmente de cedro, e espero que sim, pois deve-se sempre falar a verdade nas papelarias. Em todo caso, custaram quarenta e um *pences*. Eles também pagaram sete *pences* e três *farthings* numa pequena caixa de sândalo com entalhe de marfim.

— Porque — disse Anthea — eu sei que o sândalo é perfumado, e quando queima o perfume é ainda mais forte.

— Marfim não tem nenhum cheiro — disse Robert —, mas imagino que quando queima deve cheirar muito mal, como ossos.

No armazém eles compraram todas as especiarias cujos nomes conseguiram lembrar: noz-moscada em forma de concha; cravos como pregos entortados; pimenta, a do tipo comprido e redondo; gengibre, seco, é claro, e as belas conchas cobertas de brotos de fragrante canela. Pimenta-da-jamaica também, e sementes de alcaravia (essas cheiraram terrivelmente mal quando chegou a hora de queimá-las).

Cânfora e óleo de lavanda eles compraram na farmácia, e também um pequeno sachê perfumado com o rótulo Violettes de Parme.

Eles levaram as coisas para casa e encontraram Cyril ainda de guarda. Quando bateram e a voz dourada da Fênix disse "entrem", eles entraram.

Lá estava o tapete — ou o que restava dele —, e nele estava um ovo, exatamente igual àquele do qual a Fênix saíra.

A Fênix não parava de andar em volta do ovo, cacarejando de alegria e orgulho.

— Eu o botei, vejam — ela disse —, e é o melhor ovo que botei em todos os meus dias de vida.

Todo mundo disse que sim, era mesmo uma beleza.

As coisas que as crianças tinham comprado foram então desembrulhadas e arrumadas na mesa, e quando conseguiram convencer a Fênix a deixar um pouco de lado o

seu ovo e olhar os materiais para o seu último fogo, ela ficou muito comovida.

— Nunca, nunca eu tive uma pira melhor do que esta será. Vocês não se arrependerão — ela disse, enxugando uma lágrima dourada. — Escrevam logo: "Vá e diga ao Psamiende para conceder o último desejo da Fênix, e volte imediatamente".

Mas Robert quis ser educado e escreveu: "Por favor, vá e peça ao Psamiende para fazer a gentileza de conceder o último desejo da Fênix, e volte em seguida, por favor".

O papel foi preso com um alfinete no tapete, que desapareceu e retornou num piscar de olhos.

Então outro papel foi escrito dizendo ao tapete para levar o ovo para algum lugar onde ele não se abriria por mais dois mil anos. A Fênix separou-se de seu amado ovo, o qual ela ficou olhando com ansiosa ternura até que, o papel sendo alfinetado, o tapete rapidamente se enrolou sozinho em volta do ovo, e ambos desapareceram para sempre da salinha das crianças na casa em Camden Town.

— Ah, puxa! Ah, puxa! Ah, puxa! — disseram todos.

— Coragem — disse a ave. — Vocês acham que *eu* não sofro, tendo de me separar assim de meu precioso ovo recém-posto? Vamos, dominem suas emoções e construam o meu fogo.

— Ah! — exclamou Robert, de repente, se desconsolando todo. — Não *suporto* ter de vê-la partir!

A Fênix empoleirou-se no ombro dele e esfregou de leve seu bico na orelha dele.

— As tristezas da juventude logo parecem não mais que sonhos — ela disse. — Adeus, Robert do meu coração. Eu o amei muito.

O fogo queimava com um fulgor vermelho. Uma a uma as especiarias e madeiras perfumadas foram postas nele: algumas cheiraram muito bem, mas outras — as sementes de alcaravia e o sachê Violettes de Parme entre elas — cheiraram pior do que você imaginaria possível.

— Adeus, adeus, adeus, adeus! — disse a Fênix, numa voz já longínqua.

— Ah, *adeus*! — disse cada um deles, e agora estavam todos às lágrimas.

A ave brilhante revoou sete vezes em volta do quarto e pousou no coração do fogo. As resinas, especiarias e madeiras aromáticas flamejaram e tremeluziram em volta dela, mas as suas penas douradas não queimaram. Ela pareceu ficar vermelho-incandescente até bem dentro de seu coração... e então, perante os oito olhos de seus amigos, ela se desfez, numa pilha de cinzas brancas, e as labaredas dos lápis de cedro e da caixa de sândalo se fecharam sobre ela.

— Que fim vocês deram no tapete? — perguntou a mãe no dia seguinte.

— Nós o demos para alguém que o queria muito. O nome começa com F — disse Jane.

Os outros imediatamente fizeram ela se calar.

— Ah, bom, não valia nem dois *pences* — disse a mãe.

— A pessoa que começava com F disse que não iríamos nos arrepender — Jane continuou antes que pudesse ser impedida.

— Acho que não, mesmo! — disse a mãe, rindo.

Mas naquela noite uma grande caixa chegou, endereçada para as crianças com todos os nomes delas. Eliza jamais conseguiu lembrar o nome do serviço que a trouxera. Não era nenhuma empresa conhecida nem os Correios.

Foi aberta no mesmo instante. Era uma grande caixa de madeira, e teve de ser aberta com um martelo e o atiçador da cozinha; os pregos compridos saíram guinchando, e as tábuas rangeram ao serem tiradas. Dentro da caixa havia papel macio, com belas estampas chinesas nele — azul, verde, vermelho e violeta. E debaixo do papel... bom, quase tudo de maravilhoso que você consiga pensar. Tudo de um tamanho razoável, quer dizer; porque, é claro, não havia automóveis ou aviões ou puros-sangues. Mas havia realmente quase tudo o mais. Tudo o que as crianças sempre quiseram — brinquedos e jogos e livros, chocolate e cerejas cristalizadas, estojos de pintura e câmeras fotográficas, e todos os presentes que elas sempre quiseram dar para o pai e a mãe e o Carneirinho, só que nunca tinham tido o dinheiro. Bem no fundo da caixa havia uma minúscula pena dourada. Ninguém mais a viu a não ser Robert, e ele a catou e a escondeu no peito de seu paletó, que tinha sido tantas vezes o ninho da ave dourada. Quando ele foi para a cama a pena tinha sumido. Foi o último vislumbre que ele teve da Fênix.

Preso com um alfinete ao belo casaco de pele que a mãe sempre quisera estava um papel, que dizia:

"Em troca pelo tapete. Com gratidão — F."

Você pode adivinhar o quanto a mãe e o pai discutiram aquilo. Por fim, decidiram que a pessoa que ficara com o tapete, a qual, curiosamente, as crianças não conseguiam descrever bem, devia ser um milionário doido que se divertia brincando de ser um catador de jornais e garrafas velhas. Mas as crianças sabiam melhor.

Elas sabiam que aquela era a realização, pelo poderoso Psamiende, do último desejo da Fênix, e que aquela caixa gloriosa e deliciosa cheia de tesouros era realmente o verdadeiro fim, mesmo, da Fênix e do tapete.

NOTAS PARA A LEITURA

¹ *Dia de Guy Fawkes*: Guy Fawkes (1570-1606) foi um especialista em explosivos que participou da Conspiração da Pólvora, levante que pretendia explodir o Parlamento inglês e assim restaurar o poder da Igreja Católica na Inglaterra, então governada pelo rei protestante Jaime I. Sendo o responsável pela detonação da pólvora, Fawkes acabou preso e condenado à morte, assim como os demais conspiradores. Na Inglaterra se celebra a Noite das Fogueiras no dia 5 de novembro, com a queima de fogos e de bonecos com a imagem de Fawkes.

² *Esquilo*: talvez vocês não lembrem, mas em *Cinco crianças e um segredo*, o livro anterior de Edith Nesbit, conhecemos os apelidos carinhosos dos cinco irmãos: Cyril é o Esquilo, Robert é o Bobs, Anthea é a Pantera, Jane é a Gatinha, e o bebê é chamado de Carneirinho.

³ *Pences*: o sistema monetário inglês era bastante complicado. Por isso não se espante com as denominações que você vai encontrar aqui. Basta lembrar que o soberano, uma moeda de ouro equivalente a uma libra, era então a maior moeda, e a menor era o *farthing*. Depois vinham, em ordem crescente de grandeza, o meio *penny*, o *penny* (*pennies* ou *pence*, no plural), o *shilling*, a meia coroa, a coroa e o guinéu, que podia ter figuras diferentes e saiu de circulação em 1813, sendo substituído pouco depois pelo soberano. Em 1971, os ingleses resolveram simplificar o seu sis-

tema e transformaram-no em decimal, como o nosso. Ou seja, hoje uma libra é igual a 100 *pence* (quando a quantia é em dinheiro) ou *pennies* (quando são as próprias moedas).

4 *Maria, rainha da Escócia*: referência a Maria Stuart (1542-1587), que disputou o trono da Inglaterra com Elizabeth I e depois foi presa e executada.

5 *Persas e medos*: os dois tradicionais impérios adversários que dominaram a região do Irã na Antiguidade.

6 *Allan Quatermain*: protagonista do romance de H. Rider Haggard, *As minas do rei Salomão*, publicado em 1885.

7 *Psamiende*: personagem do livro *Cinco crianças e um segredo*, o Psamiende é um duende-da-areia que provoca situações desconcertantes ao realizar os desejos de cada um.

8 *Lendas de Ingoldsby*: ou *The Ingoldsby Legends or Mirth and Marvels*, livro com histórias clássicas recontadas por Thomas Ingoldsby, pseudônimo de Richard Harris Barham (1788-1845).

9 *Monte Cristo*: referência ao romance de aventuras *O conde de Monte Cristo*, de Alexandre Dumas (1802-1870).

10 *Grisu*: gás inflamável composto principalmente por metano e que se encontra nas minas de carvão.

11 *Angel pudding*: literalmente "pudim dos anjos", tradicional sobremesa inglesa.

12 *Monarca do Vale*: esse é o nome do cervo com chifre de doze pontas que intitula uma famosa pintura a óleo de Sir Edwin Landseer, de 1851. O original está no Palácio de Westminster, em Londres; aqui se trata evidentemente de uma reprodução.

13 *The Eyes of Light*: romance de Arthur Moore, de 1901, repleto de episódios e personagens fantásticos. Tony e Paul são os protagonistas da obra.

[14] Tate e Brady: referência aos poetas Nahum Tate e Nicholas Brady, que publicaram uma versão simplificada dos *Salmos* de Davi em 1696.

[15] *Mares do sul*: referência à parte sul do Oceano Pacífico, de clima tropical.

[16] *Westward Ho!* e *Fair Play*: romances históricos ingleses do século XIX, com cenas nos mares do sul. *Westward Ho!*, de Charles Kingsley (1819-1875), foi publicado em 1855.

[17] *Selvagens*: quando este livro foi escrito, no início do século XX, vigorava uma mentalidade bastante preconceituosa, segundo a qual os povos indígenas eram considerados "selvagens", ou seja, "não civilizados", e por isso inferiores aos europeus.

[18] *Albert Edward Music-Hall*: atualmente conhecida como Royal Albert Hall, é uma majestosa sala de concertos londrina inaugurada pela rainha Vitória em 1871.

[19] *Liberty*: tradicional loja de Londres, aberta em 1875, na época especializada em artigos de decoração do Oriente.

[20] *Sr. Kipling*: referência a Rudyard Kipling (1865-1936), autor de vários clássicos da literatura juvenil, como *O livro da selva* (1894) e *Kim* (1901), que têm a Índia como cenário. Foi o primeiro inglês a ser premiado com o Nobel de Literatura, em 1907.

[21] *Rani*: termo indiano que designa a esposa do rajá.

[22] *Casar com um bispo*: na Igreja Anglicana inglesa os sacerdotes podem se casar.

[23] *Jaqueta Norfolk*: jaqueta com bolsos externos criada para permitir práticas esportivas em condições climáticas desfavoráveis, tão frequentes na fria e chuvosa Inglaterra.

[24] *Parcas*: deusas do destino na Roma Antiga.

[25] *Hefesto*: deus do fogo e da metalurgia na Grécia Antiga.

[26] "*St. Jean de Luz. Priez pour nous*": "São João da Luz. Reze por nós", em francês no original.

[27] "*C'est vrai, Monsieur. Venez donc voir*": "É verdade, senhor. Venha ver, então", em francês no original.

[28] *Mala Gladstone*: maleta de couro com aro metálico que abre em duas partes iguais, batizada com o nome do primeiro-ministro britânico William Gladstone (1809-1898).

[29] *Turkish delight*: "delícia turca", doce feito com amido, açúcar, pistache, tâmaras ou nozes, em diferentes combinações.

[30] *Poema clássico*: referência a "There Was a Little Girl", de Henry Wadsworth Longfellow (1807-1882).

[31] *Bull and Gate*: tradicional *pub* londrino. Os *pubs* são bares que costumam fechar entre as 22 horas e a meia-noite.

[32] *Etons*: referência aos paletós usados pelos estudantes do tradicional Eton College, localizado em Windsor, na Inglaterra. Trata-se de um paletó preto que vai até a altura da cintura, com lapelas largas e a parte da frente aberta.

[33] *Missionary-box*: caixa para o recolhimento de contribuições em dinheiro destinadas a uma sociedade missionária.

[34] *The Water Babies*: livro de Charles Kingsley publicado em 1863, muito popular na época, protagonizado por Tom, um jovem limpador de chaminés. Uma adaptação da obra foi encenada em 1902 no Garrick Theatre pelo ator e diretor Arthur Bourchier.

[35] *Tableaux vivants*: divertimento com a representação de cenas, pinturas ou esculturas, por uma pessoa ou um grupo, de forma estática e silenciosa.

[36] *Shock-Headed Peter*: obra levada ao teatro por Bourchier, provavelmente uma adaptação do clássico *Der Struwwelpeter* (ou *João Felpudo*), do alemão Heinrich Hoffmann (1808-1894).

SOBRE A AUTORA

Edith Nesbit nasceu em 1858, em Kennington, um subúrbio rural de Londres, onde seu pai foi diretor do Colégio Agrícola até sua morte, em 1862, sendo então substituído pela esposa. Em 1867 sua mãe decidiu ir para a França, atrás de um clima melhor para a saúde de sua filha mais velha, Mary. Seguiu-se um período nômade, que incluiu escolas internas que Edith detestou (de uma delas teria tentado fugir várias vezes), mas também uma casa enorme e deliciosa na Bretanha. Quando ela tinha treze anos, a família voltou para a Inglaterra, indo morar também numa casa no campo. As aventuras de Edith Nesbit e seus irmãos nos arredores dessas duas casas inspirariam mais tarde as das crianças de seus livros.

Três anos depois, sua família mudou-se para Londres. Aos quinze anos, Edith começou a publicar poemas em revistas (por um guinéu), e logo iniciaria a produção contínua de ficção para revistas populares, que garantiria por muito tempo o sustento de sua família após seu casamento em 1880. Seu marido, Hubert Bland, depois de uma malsucedida tentativa de ter um negócio próprio, devotaria todas suas energias à Fabian Society, uma agremiação para promover a justiça social da qual ambos foram fundadores, junto com Bernard Shaw e H. G. Wells, entre outros.

Foi só aos quarenta anos que Nesbit começou de fato a escrever para crianças, iniciando uma obra verdadeiramente original, que a faria famosa e a tornaria uma das mais importantes e influentes autoras inglesas de literatura para crianças. Após doze artigos encomendados por uma revista rememorando sua infância, Nesbit iniciou uma série de episódios sobre seis irmãos, os Bastable, e suas desastradas tentativas de ganhar dinheiro para restaurar a fortuna da família, escrevendo como se fosse um deles de forma convincente e num estilo fluente, coloquial e bem-humorado. Publicados em livro com o título *The Story of the Treasure Seekers* (*A história dos caçadores de tesouro*) em 1898, foi um enorme sucesso, em grande parte por suas diferenças em relação aos livros para crianças da época.

Nesbit continuou então a escrever para crianças, experimentando introduzir elementos fantásticos, publicando em seguida dois livros de histórias curtas — um deles só sobre dragões — e, em 1901, uma continuação das aventuras dos Bastable. Em 1902, seria a vez de *Cinco crianças e um segredo* (*Five Children and It*), o livro que consolidaria esse gênero que então apenas começava e depois se tornaria tão comum na literatura infantil, em que personagens e acontecimentos fantásticos se misturam com o cotidiano contemporâneo das crianças. As aventuras de Cyril, Anthea, Robert, Jane, o Carneirinho e o Psamiende continuaram em dois outros livros, *The Phoenix and the Carpet* (*A fênix e o tapete*, de 1904) e *The Story of the Amulet* (*A história do amuleto*, de 1906), este um dos primeiros livros para crianças a incluir viagens no tempo. O tema seria explorado de forma mais elaborada em dois outros livros, *The House of Arden* (*A casa de Arden*, de 1908) e *Harding's Luck* (*A sorte de Harding*, de 1909), em que duas crianças voltam no tempo e os acontecimentos no passado influenciam os do presente, e vice-versa.

Além de dois outros com histórias sobre os Bastable, publicados em 1904 e 1905, Nesbit escreveu mais cinco livros, todos (com exceção de *The Railway Children* [*Os meninos e o trem de ferro*], de 1906) combinando fantasia com o cotidiano, entre os quais se destacam *The Enchanted Castle* (*O castelo encantado*, de 1907) e *The Magic City* (*A cidade mágica*, de 1910).

Edith Nesbit morreu em 1924.

SOBRE O ILUSTRADOR

Conhecido como o mais importante ilustrador das obras de Edith Nesbit, Harold Robert Millar nasceu em 1869, em Thornhill, Dumfriesshire, na Escócia, e estudou engenharia civil antes de se dedicar à arte. Após cursar a Birmingham Municipal School of Art, começou a ilustrar revistas e jornais. Mais tarde, mudou-se para Londres a convite do editor da revista *Graphic*, passando então a trabalhar para várias publicações de renome, como *English Illustrated Magazine*, *Punch*, *Good Words* e *Strand Magazine*. Harold Millar faleceu no início dos anos 1940, sendo lembrado hoje sobretudo pelo traço preciso com que ilustrou um grande número de histórias e aventuras infanto-juvenis.

SOBRE O TRADUTOR

Marcos Maffei nasceu em São Paulo, em 1959, e atualmente mora em Parati, RJ. Estudou música (e, um tanto mais vagamente, filosofia) na USP, mas não virou músico (e tampouco filósofo). Trabalhou vários anos em educação (foi professor de música e de arte), e acabou se tornando escritor e tradutor. Entre 1989 e 1991 colaborou regularmente com resenhas para o caderno *Letras* da *Folha de S. Paulo*. Tem publicadas três adaptações de clássicos para crianças (*Odisseia*, *Romeu e Julieta*, e *Rei Artur*, pela editora Escala) e inúmeras traduções, entre as quais se destacam *Frankenstein*, de Mary Shelley (Ática, 1998), *Adeus, ponta do meu nariz!* (Hedra, 2003), seleção de noventa limeriques de Edward Lear com uma biografia ilustrada do autor, além de *Cinco crianças e um segredo*, de Edith Nesbit, e *O jardim secreto*, de Frances Hodgson Burnett (Editora 34, 2006 e 2013, respectivamente).

Este livro foi composto em Lucida Sans pela Franciosi & Malta, com CTP e impressão da Edições Loyola em papel Paperfect 75 g/m^2 da Cia. Suzano de Papel e Celulose para a Editora 34, em maio de 2023.